돌아온 여기사

돌아온 여기사 2

초판 1쇄 인쇄 2019년 8월 8일
초판 1쇄 발행 2019년 8월 30일

지은이 이하린
발행인 오영배
편집 편집부
디자인 디자인그룹 헌드레드
본문 디자인 오정인
제작 조하늬

펴낸 곳 (주)삼양출판사 · 피오렛
주소 서울시 강북구 도봉로 173
대표 전화 02-980-2112 / **팩스** 02-983-0660
편집부 전화 02-987-9393 / **팩스** 02-980-2115
블로그 blog.naver.com/dan_gul
출판등록 1999년 3월 11일 제9-00046호

ISBN 979-11-283-9697-7 (04810) / 979-11-283-9695-3 (세트)

+ 이 도서의 국립중앙도서관 출판시도서목록(CIP)은 서지정보유통지원시스템홈페이지(http://seoji.nl.go.kr)와
+ 국가자료공동목록시스템(http://www.nl.go.kr/kolisnet)에서 이용하실 수 있습니다. (CIP제어번호: CIP2019030433)

fiòret 은 (주)삼양출판사의 로맨스 판타지 문학 브랜드입니다.

돌아온 여기사

이하린 장편소설

II

fioret

목차

9

그대가 너무 예뻐서

오페라는 많은 귀족들이 즐기는 취미였다.

이레나 또한 마찬가지로 몇 번인가 관람을 해 본 적이 있었다.

어두운 조명 아래에서 열리는 오페라 공연은 어떤 자리에 앉느냐에 따라서 가격이 천차만별이었다. 웬만한 일반 좌석 하나 값도 평민들의 한 달 치 봉급과 맞먹을 정도니 말 다 한 셈이다.

문제는 그럼에도 불구하고 오페라 공연을 관람하러 오는 귀족들의 수는 너무나도 많았다.

매 공연마다 좌석이 매진이 될 정도니 말이다.

비싼 가격을 떠나서 이런 곳에서 이레나와 칼라일이

만난다는 건 말이 되질 않았다.

이레나가 무도회 전까지 두 사람의 관계를 숨기고 싶어 한다는 걸 칼라일도 익히 잘 알고 있었다.

그런데 이런 장소를 잡았다는 게 의아하게 느껴질 수밖에 없었다.

프라이빗한 생활을 추구하는 귀족들이 모이는 공간이라지만, 아무리 그래도 입구에서부터 지정된 좌석에 앉기까지 누구와도 마주치지 않을 순 없다.

'……대체 무슨 생각인 거야?'

그렇다고 칼라일이 무도회 전까지 모른 척하자는 자신의 의견을 무시할 거란 생각은 들지 않았다.

만약 그랬다면 저번에 찾아왔을 때 순순히 로브까지 뒤집어쓰면서 장단을 맞춰 주진 않았을 테니까.

이레나가 고민하고 있을 때, 가만히 기다리고 있던 쿤이 먼저 입을 열었다.

"딱히 더 분부하실 일이 없으시면, 저는 이만 가 보겠습니다."

"아, 잠시만요. 혹시 수도에서 최대한 빨리 드레스를 맞출 만한 의상실이 어디인지 알아봐 줄 수 있나요?"

"원하신다면 찾아보긴 하겠지만, 그에 관해선 저보다 더 적합한 분을 만나실 테니 직접 물어보시는 게 빠를 겁니다."

"적합한 분이라면……?"

이레나의 설마 하는 표정을 읽은 쿤이 보다 정확한 대답을 내놓았다.

"네. 장군을 말씀드리는 겁니다."

"황태자 전하가 어떻게 이런 분야에 대해 잘 알고 있는 거죠?"

칼라일은 유년 시절부터 전장에서만 지냈다고 알려져 있었다.

더구나 그는 수도에 올라온 지도 얼마 되지 않은 상황이다.

그런데 칼라일과는 전혀 관련이 없어 보이는 의상실에 관한 질문을, 그에게 직접 하라고 하니 뭔가 이상하게 느껴질 수밖에 없었다.

"장군에 대한 이야기는 직접 만나서 들으시죠. 제가 해드릴 수 있는 말은 여기까지입니다."

하지만 쿤은 그에 관해서 더 이상 설명해 줄 생각이 없는지 말을 아낄 뿐이었다.

이렇게까지 딱 잘라 버리는 쿤에게 더 이상 질문을 던질 순 없는 노릇.

이레나는 하는 수 없이 고개를 끄덕였다. 어찌 됐든 오늘 밤 오페라 공연에 가면 알게 될 일이었으니까.

"그럼 이만 가 보겠습니다."

"그러세요."

이레나가 더 이상 쿤을 이 자리에 붙잡아 둘 이유는 없었다.

그는 허락이 떨어지자마자 순식간에 창문 밖으로 사라졌다.

이젠 이런 모습도 이레나에게 매우 익숙한 상황이 되어 가고 있었다.

다시 혼자 남게 된 방 안.

이레나는 자신도 모르게 긴 한숨을 내쉬며, 다시금 생각을 정리하고 있을 때였다.

쿵쾅쿵쾅!

갑자기 누군가 이쪽을 향해 뛰어오는 발소리가 들리더니 곧이어 벌컥 문이 열렸다.

노크도 없이 무단으로 침입한 범인은 바로 미라벨이었다.

"언니!"

예의범절을 지키지 않은 미라벨에게 처음엔 주의를 주려고 했지만, 그러기엔 그녀의 표정이 너무 좋지 않았다.

"무슨 일이야?"

"어젯밤 우리가 무도회에 입고 가려고 맞춘 드레스가 완전히 엉망이 됐다는데 이게 대체 무슨 소리야?"

"아……."

혹시라도 이 소식을 전해 들은 미라벨이 잠을 이루지 못할까 봐 따로 언질을 해 두지 않은 상태였다.

그래서 지금에서야 뒤늦게 그 사실을 알게 된 모양이었다.

"미라벨, 그게 말이지……."

이레나는 곧 실망할 미라벨을 걱정하며 진땀을 뺄 수밖에 없었다.

간략하게 어젯밤 하녀 틸다가 짐칸에 혼자 있었던 것과 그녀가 드레스를 찢고 도망친 것 같다는 부분을 설명했다.

그리고 소피에 관한 말은 하지 않았다. 그건 아직 확실치 않았으니까.

"그럼 우리 이제 어떻게 해? 무도회에 아예 못 가는 거야?"

"그렇게 생각하긴 아직 일러. 지금은 일단 제작을 맡길 수 있는 의상실이 있나 찾아보려고."

"하아. 실력이 좋은 의상실에는 이미 주문이 꽉 차 있을 텐데, 이걸 어떡하면 좋아."

울상을 짓는 미라벨의 심정을 이해하지 못하는 건 아니었다.

황실 무도회.

그것도 제국의 황태자가 처음으로 모습을 선보인다고 공식적으로 발표된 자리였다.

모든 귀족 영애가 한껏 치장을 하고 나온 자리에서 블레이즈가의 이름을 걸고 초라한 모습을 선보일 수는 없었다. 차라리 그럴 바엔 어떤 핑계를 대서라도 나가지 않는 편이 나았다.

하지만 그렇게 쉽게 포기하기엔 이레나는 무도회에서 칼라일과 공식적인 첫 만남을 가지기로 계획이 된 상태였고, 미라벨은 아주 오래전부터 이 무도회에 참석하는 것을 기대하고 있었다.

이래저래 두 사람은 서로 다른 이유로 속이 상할 수밖에 없는 입장이었다.

미라벨이 잔뜩 의기소침해진 목소리로 중얼거렸다.

"너무 아까워. 그 예쁜 드레스를 한 번도 못 입어 보고……."

아무리 생각해도 화가 나는지 미라벨은 방금 전보다 더 커진 목소리로 물었다.

"대체 범인이 누구야? 틸다 혼자서 그런 일을 꾸밀 리가 없잖아."

"조금만 기다려 봐. 언니가 알아보고 있는 중이야."

이레나는 잔뜩 심통이 난 미라벨에게 가까이 다가갔다. 그리곤 그녀의 머리를 부드럽게 쓸어주며 말을 이었다.

"어떻게든 수습해서 가능한 무도회에는 참석할 수 있도록 해 보자."

"……그게 가능할까?"

작아지는 미라벨의 목소리를 들으며, 이레나는 저도 모르게 오늘 밤 만나기로 한 칼라일을 떠올렸다.

"뭐, 최대한 노력해 봐야지."

오늘 밤, 칼라일을 만나서 해결해야 할 일이 많았다.

그가 어떤 도움을 줄 수 있을지는 모르겠지만, 만약 그가 안 된다면 이레나는 또 다른 방법을 찾아서 움직여야 했다.

이레나는 미라벨의 머리를 쓰다듬으며 무심코 시계를 쳐다봤다.

칼라일이 마차를 보내겠다고 한 시간을 확인하기 위해서였다.

* * *

시간은 빛처럼 지나갔다.

어느새 시계는 칼라일이 마차를 보내겠다고 말한 8시를 향해 가까워지고 있었다.

이레나는 그때까지 이미 오페라에 참석할 모든 준비를 마친 상황.

평상시엔 수수하게 하고 다니는 이레나였지만, 오늘은 장소에 맞춰 최대한 화려하게 꾸민 상태였다.

그래도 다른 영애들에 비한다면 모자란 수준이겠지만, 원래부터 예쁜 얼굴의 이레나를 꾸며 놓기까지 하니 눈이 부실 지경이었다.

갑작스러운 외출로 인해 미라벨에게는 미리 드레스를 맡길 의상실을 찾으러 나간다고 말해 두었다.

꼭 틀린 말도 아니었다. 어차피 칼라일을 만나면 그 일에 관해서도 물어봐야 했으니까.

그렇게 시계 초침이 정확히 8시를 가리킬 때였다.

덜그럭, 덜그럭.

이레나가 머무는 저택의 정문 앞에 웅장하게 생긴 검은색 마차 한 대가 멈춰 섰다.

그것을 창밖으로 지켜보고 있던 이레나는 칼같이 약속 시간을 지키는 게 왜인지 칼라일답다는 생각이 들었다.

마차 안에서 내린 마부가 뭐라고 말을 건네자, 곧 시종이 그 말을 집사에게 전했고, 최종적으로 집사는 이레나에게 와서 보고를 올렸다.

"아가씨를 모시러 마차가 도착했습니다."

이레나도 이미 상황을 파악하고 있었기에 곧바로 바깥으로 향했다.

"알겠습니다. 잠시 나갔다 들어올 테니, 아버지가 오시면 외출했다고 전해 주세요."

"네, 아가씨. 조심히 다녀오십시오."

마이클의 정중한 배웅을 받으며, 이레나는 자신을 데리러 온 검은색 마차가 있는 곳으로 다가갔다.

그러자 마차를 몰고 온 마부가 이레나를 향해 깊게 허

리를 숙여 인사하곤, 곧이어 정중한 몸동작으로 직접 마차의 문을 열어 주었다.

탁—

안전하게 이레나가 탑승하는 것까지 확인한 마부가 마차의 문을 닫고 천천히 출발했다.

블레이즈가의 마차도 무척이나 안락했지만, 칼라일이 보낸 마차에 비교할 수는 없었다.

그만큼 지금 타고 있는 마차는 바퀴가 굴러가는 것조차 전혀 느껴지지 않을 정도로 승차감이 매우 훌륭했다.

여태껏 이레나가 타 본 마차 중에 단연코 최고라고 손꼽을 수 있을 정도다.

괜스레 얼마 전, 칼라일과 같이 블레이즈가의 마차를 탔던 일이 떠올랐다.

'이런 마차만 타고 다녔다면, 그때 불편했을지도 모르겠어.'

이내 이레나는 자신도 모르게 혼자서 피식 웃고 말았다.

왠지 칼라일이 혼자서 마차를 타고 다니는 모습이 잘 상상이 되질 않았기 때문이다.

물론 황태자이기 때문에 상황에 따라선 마차를 타고 이동할 수도 있겠지만, 그는 직접 말을 타고 달리는 게 더 어울릴 것 같은 남자였다.

뭐라고 표현할 순 없었지만, 왠지 그랬다.

'그러고 보니까. 내가 언제부터 그를 만나러 가는 것에 거부감을 느끼지 않았지?'

이레나가 좋아서 선택한 결혼이 아니었다.

감정을 배제하고, 이해득실을 따져서 이득이 더 많았기에 진행하게 된 계약 결혼이다.

그런데 이상하게도 어느 순간부터 칼라일에 대해 별다른 생각이 없어졌다.

이렇게 그를 만나러 가면서 불현듯 미소가 지어질 정도로 말이다.

그가 계속해서 자신에게 도움을 줬기 때문일까?

칼라일은 짐작했던 것보다 능력이 출중했고, 여러 가지로 보탬이 된 것도 사실이다.

'뭐, 만날 때마다 불편한 사이보단 낫겠지.'

이레나는 편하게 생각했다.

뭐든 좋은 게 좋은 거라고, 그렇게 생각했으니까.

승차감이 좋은 마차를 타고 한참을 달려서 오페라 공연이 열리는 홀에 도착했다.

이레나가 굳이 뭐라고 말을 하기도 전에, 자동으로 문이 열렸기에 자연스럽게 마차 밖으로 내릴 수가 있었다.

그런데 마차에서 내리자마자 펼쳐진 광경에 이레나는 깜짝 놀랄 수밖에 없었다.

‘이게…… 뭐지?’

이레나가 타고 온 마차를 기점으로 주변이 온통 검은색 휘장으로 둘러싸여 있었다.

의아한 마음에 그녀가 한 걸음을 앞으로 내딛는 순간이었다.

휘리리릭—

그 휘장들이 전부 이레나의 발걸음을 따라서 움직이기 시작했다.

자세히 들여다보니 이레나의 주변으로 사람들이 둥그렇게 둘러싸고 있었다. 그리고 그들이 손수 휘장을 들고 바깥에서 다른 귀족들이 그녀를 보지 못하도록 바리게이트를 치고 있는 것이다.

희한한 광경에 사람들이 웅성거리는 목소리가 들려왔다.

“어머, 대체 누구야?”

“누구길래 저렇게 극진한 대접을 받는 거지?”

이레나 또한 다른 사람들이 말하는 소리만 들릴 뿐, 주변을 에워싼 휘장 때문에 그들이 누구인지 정체를 확인할 수 없었다.

이제야 이레나는 칼라일이 이곳으로 자신을 부른 이유를 깨달았다.

‘카릴은 내 얼굴을 다른 사람한테 보여 주지 않을 자신이 있었던 거야.’

이런 상황이 펼쳐질 거라고는 상상조차 해 본 적이 없었기에 이레나는 잠시 발걸음을 주춤거릴 수밖에 없었다.

하지만 계속해서 이 자리에 머무르다간 오히려 다른 사람들의 이목만 집중시킬 뿐이었다.

이레나가 순간 멈췄던 걸음을 다시 움직이자, 제일 앞에서 휘장을 들고 있는 남자가 나지막한 목소리로 말을 건넸다.

"저를 따라오십시오."

"……."

이레나는 그 말에 굳이 대꾸하지 않고, 앞사람의 안내를 따라 움직였다.

목소리만 듣고 이레나의 정체를 알아볼 수 있는 사람이 몇이나 되겠냐마는 그래도 조심해서 나쁠 것은 없었으니까.

'설마 VIP석으로 데려가려는 건가?'

비싼 가격의 VIP석 중에는 다른 사람들과 잘 마주치지 않는 자리가 있어서, 돈이 많은 귀족 남성들이 불륜을 저지를 때 많이 찾는 장소라고 소문이 나 있었다.

오페라의 관람료가 워낙 비싸다는 것을 알았기에, 이레나는 도대체 이들이 자신을 어디로 끌고 가려고 하는 것인지 도무지 감을 잡을 수가 없었다.

"뭐야, 저 안에 누구 있어?"

"아우— 궁금해. 어느 나라 공주님이라도 행차한 건가?"

바깥에서 다른 귀족들이 하는 말소리가 똑똑히 들려왔다. 하지만 이레나는 입을 꾹 다문 채로 묵묵히 앞을 향해 걸어갈 뿐이었다.

그렇게 이레나의 머릿속에도 점점 궁금증이 가득 차오를 때였다.

앞장서던 사람이 멈춰 선 것을 본 이레나는 곧이어 자신이 도착한 장소가 어디인지 알아차릴 수밖에 없었다.

"아……."

저도 모르게 탄성이 터져 나왔다.

잠시 VIP석이 아닐까 상상한 이레나를 비웃듯이, 그녀가 도착한 곳은 오페라의 자리 중 가장 비싸다는 박스석이였다.

박스석은 지금껏 멀리서만 구경했을 뿐 이렇게 입장을 해 본 적은 처음이었다. 아니, 할 수가 없는 곳이었다.

왜냐면 오페라 홀에 있는 박스석은 고작 몇 개밖에 되지 않았는데, 이곳은 다른 좌석들처럼 예약이 되는 게 아니라 완전히 소유를 해야만 입장이 가능한 장소였기 때문이다.

그렇기 때문에 제국에서 손꼽히는 갑부만이 박스석을 보유할 수 있었고, 그들이 아닌 이상에야 출입조차 할 수가 없는 것이다.

오페라의 일반 좌석조차 평민들의 한 달 치 봉급인데, 이런 박스석을 전용으로 구입하려면 얼마를 내야 하는지 도무지 짐작조차 되지 않았다.

잠시 멈춰 선 이레나를 향해 지금까지 길 안내를 해 줬던 남자가 다시 말을 걸었다.

"들어가시죠."

그 말에 정신을 차린 이레나는 살짝 고개를 끄덕이며 안으로 걸음을 옮겼다.

끼익, 문이 열리는 미세한 소리조차도 왜인지 천둥처럼 크게 들렸다.

그만큼 이 장소가 어떠한 곳인지 잘 알고 있었기 때문이다.

그 안에는 먼저 도착한 칼라일이 팔짱을 낀 채로 여유롭게 앉아 있는 모습이 보였다.

일부러 그런 건지 최대한 그늘이 진 곳으로 의자가 배치되어 있어서, 미세한 불빛이 아니었다면 그인지조차 알아보기 힘들었을 것이다.

칼라일도 이레나가 박스석으로 들어온 것을 알아차렸는지, 입구를 향해 천천히 고개를 돌렸다.

허공에서 눈이 마주치는 순간.

짙은 어둠 속에서 칼라일의 푸른 홍채만이 희미하게 빛을 발하는 것 같다고 느껴졌다.

마치 먹잇감을 눈앞에 둔 굶주린 포식자처럼 강렬한 시선이었다.

찰나의 정적이 감돌 때였다.

끼이익—

마침 이레나의 뒤편에서 자동으로 박스석의 문이 닫혔다.

그 소리에 이레나의 시선이 자연스레 뒤를 향하자, 칼라일이 빤히 그녀를 쳐다보다가 처음으로 입을 떼었다.

"오늘, 아무도 그대를 못 봐서 다행이야."

"……?"

"다른 사람이 봤으면 귀찮은 일이 벌어졌을지도 모르겠어."

"그게 무슨……?"

"그대가 너무 예뻐서. 그대를 본 남성들의 눈알을 파내고 싶어질 것 같거든."

잠시 칼라일의 말을 되새겨보던 이레나의 얼굴이 순간 붉게 물들었다.

이렇게 예쁘다는 칭찬을 살벌하게 들은 적은 처음이었다.

"말씀은 감사하지만, 그런 농담이 너무 과하세요."

이레나의 정색에 칼라일은 의미 모를 웃음을 지을 뿐이었다.

"일단 자리에 앉지."

이레나는 이 모든 상황이 의아하게 느껴졌지만, 어찌 됐든 여기까지 온 이상 다시 바깥으로 되돌아갈 순 없었다.

칼라일의 권유대로 그의 옆자리에 가서 앉자, 뭔가 기분이 묘했다.

"영애는 어떨지 모르겠지만, 난 지금까지 전장에서 지내느라 이런 곳에 한 번도 와 본 적이 없어."

"……."

"그래서 더욱 그대와 오고 싶었지."

이레나도 설마 그가 오페라 홀의 박스석으로 자신을 초대할 줄은 몰랐다.

잠시 생각을 정리한 이레나가 차분한 목소리로 말했다.

"이 자리, 아는 사람한테 빌린 건가요?"

"그럴 리가."

아주 짧지만 강한 부정이었다.

칼라일은 그 질문을 다른 의미로 받아들였는지, 이레나를 향해 재차 말을 이었다.

"그대는 오페라를 싫어하나?"

"아뇨. 그런 건 아니지만……."

이레나는 오페라를 싫어하지 않았다.

아마 귀족 중에 오페라 관람을 싫어하는 사람은 거의 없을 것이다.

문제는 여기가 다른 곳도 아닌, 박스석이라는 거다.

이 자리가 얼마짜리인지 몰랐다면 모르겠지만, 누구라도 박스석의 값어치를 안다면 아무렇지 않은 척을 할 수는 없었다.

"그렇다면 앞으로도 함께 여기서 오페라를 관람하면 좋겠군."

칼라일의 말뜻은 아무리 생각해도 하나였다. 바로 이 박스석을 그가 직접 구매했다는 것이다.

그런 중대한 사실을 이토록 아무렇지 않게 밝히는 칼라일이 이레나는 한편으로 놀랍게 느껴졌다.

아무리 제국의 황태자라고 해도 쉽사리 감당하기 어려울 정도로 큰 금액이었다.

황제가 아닌 이상 국고에 마음대로 손을 댈 수는 없었으니까.

더구나 칼라일은 든든한 뒷배가 되어 줄 외척 세력이 있는 것도 아니었고, 전장에서 수도로 올라온 지도 얼마 되지 않았다.

어디서 이런 막대한 자금을 마련한 건지 그 자체가 의문스러울 지경이었다.

하지만 그보다 먼저 자신과의 만남에서 이렇게 많은 돈을 쓰는 게 이해가 가지 않았다.

돈이라는 건 얼마든지 유용하게 쓸 데가 많았다.

칼라일이 황제가 되려면 앞으로 더 많은 곳에 돈이 필요할 것이다.

"너무 쓸데없는 곳에다 돈을 쓰시는군요."

이레나의 단도직입적인 말에 칼라일의 눈동자가 일순 가늘게 휘어지며 재미있다는 표정으로 바뀌었다.

"나, 이 정도쯤은 해 줄 수 있는 남자인데."

"아무리 많아도 그렇죠. 어떻게 박스석을……."

"아무한테도 우리 사이를 알리고 싶지 않다고 해서 신경 썼더니, 이번엔 박스석이 별로 마음에 들지 않는다는 건가?"

"그건……."

칼라일이 하는 말 중에 틀린 건 없었기에, 순간 말문이 막힐 수밖에 없었다.

당황한 이레나의 모습을 기꺼운 표정으로 쳐다보던 칼라일이 나직하게 말을 이었다.

"그대야말로 모르는 게 하나 있어."

그 말에 이레나의 시선이 옆자리에 앉은 칼라일을 향했다. 막 자신이 뭘 모르냐고 물어보려고 하는 찰나였다.

이레나의 질문보다 칼라일의 목소리가 먼저 흘러나왔다.

"영애가 그런 눈으로 날 쳐다보면, 뭐든 다 해 주고 싶어지거든."

"……!"

허공에서 마주친 칼라일의 눈동자는 마치 그물 같았다.

이레나는 거기에 포획당한 것처럼 옴짝달싹할 수가 없었다.

애써 그의 강렬한 시선을 회피하며 이레나가 최대한 차분한 목소리로 말했다.

"이런 자리에 초대해 주실 만큼 신경 써 주신 건 감사하지만, 앞으로 저와의 만남에 이렇게 큰 금액을 쓰진 마세요."

실제로 두 사람이 데이트를 하려고 만난 것도 아닌데 이런 자리는 너무 과했다. 정말이지, 너무 과해서 몸 둘 바를 모를 만큼.

하지만 이레나의 진지한 말에도 칼라일은 픽하고 낮게 웃을 뿐이었다.

"방금 영애가 한 말을 그대로 돌려주고 싶군. 그대는 참 쓸데없는 곳에 신경을 많이 써."

"하지만……."

이레나가 반박하려고 하는 찰나였다.

무대에서 악기를 조율하는 소리가 들려왔다. 곧 오페라 공연이 시작된다는 신호였다.

한 번도 오페라를 감상해 본 적이 없다는 칼라일을 방해하고 싶진 않았기에 이레나는 하려던 말을 멈췄다. 그러자 칼라일도 그 의미를 알아차린 모양이었다.

"나머지 대화는 공연이 끝난 후에 하도록 하지."

"……그래요."

이레나는 입을 다문 채 눈앞에 있는 무대를 향해 눈길을 고정시켰다. 눈을 어디에다 두어야 할지 몰랐기 때문이다.

자꾸만 옆자리에 앉아 있는 칼라일이 신경 쓰여서.

잠자코 무대를 감상하고 있자니 새삼스레 이 박스석이 얼마나 명당자리인지 알 수 있었다.

여기선 무대가 바로 앞처럼 환하게 보였지만, 막상 저곳에선 이레나가 있는 자리가 잘 보이지 않을 것 같았다.

특이하게 의자가 발코니 쪽으로 바싹 당겨져 있지 않고, 어두운 쪽에 위치해 있어서 더욱 그랬지만 이곳 자체가 그런 사각지대인 듯 했다.

오페라 홀에 박스석은 몇 개 되지도 않을뿐더러, 이미 이곳의 주인이 있었을지도 모른다.

그런데 그들에게서 원하는 자리를 구입하기는 그리 쉽지 않았을 터.

무도회 전까지 모르는 척하자는 이레나의 의견을 들어주기 위해, 칼라일이 얼마나 신경을 써 줬는지 단편적으로 보여 주는 것만 같았다.

그래서인지 불현듯 저번에 만났을 때, 칼라일이 했던 말이 떠올랐다.

—내 방식대로, 그대를 아끼고 있는 건 사실이야.

그때 그가 한 말은 틀리지 않았다.

칼라일은 오히려 지나칠 정도로 이레나에게 호의를 베풀고 있었다.

그런 그의 마음이 너무나 절절히 느껴져서, 이레나는 이 어둡고 좁은 공간에 그와 단둘이 앉아 있는 게 조금 불편해졌다.

그의 움직임 하나하나, 그의 나지막한 숨소리까지 신경이 쓰였으니까.

칼라일이 권태로운 표정으로 한 손에 턱을 괸 채 오페라를 관람하는 모습을 이레나는 저도 모르게 힐끔 훔쳐보았다.

왜인지 공연에 잘 집중이 되지 않았다.

* * *

오페라의 모든 막이 끝났다.

칼라일은 시종일관 감흥 없는 표정으로 오페라를 감상하고 있었다.

이레나는 궁금증에 먼저 입을 열었다.

"어떠셨어요?"

"기대만큼 좋지는 않았어. 그대는?"

사실 이레나에겐 한 번쯤 보고 싶었던 공연이었는데

지금은 뭘 봤는지 하나도 기억에 남지 않았다. 그만큼 집중이 잘되지 않았으니까.

"저는…… 재밌었어요."

하지만 그런 마음을 감추고 싶었기에, 이레나는 전혀 다른 말을 꺼냈다.

칼라일은 그런 이레나의 속마음도 모르고 흡족하단 듯이 말했다.

"그대만 좋았다면야, 나도 만족스럽군."

그의 대답에 이레나는 거짓말을 한 아이처럼 괜히 가슴 한구석이 뜨끔했다.

"앞으로도 종종 같이 오페라를 관람하도록 하지."

"……별로 좋지 않으셨다면서요."

"그대는 좋다고 했잖아."

한 치의 망설임도 없이 흘러나오는 칼라일의 말에 이레나는 순간 어안이 벙벙했다.

그가 왜 자신이 좋다는 걸 맞춰 주려고 하는 건지 이해가 되지 않았다.

이레나가 뭐라고 더 입을 열려는 찰나였다.

칼라일이 먼저 자리에서 일어나면서 그녀를 향해 말했다.

"사람들의 이목을 피하려면 지금 나가는 게 좋겠어."

맞는 소리였다.

조금만 머뭇거려도 관람을 끝낸 귀족들이 우루루 몰려

나올 것이다.

원래 오페라가 끝나면 잠시 여운에 젖어 자리에 앉아 있는 경우가 태반이었다. 사람들이 집중적으로 몰리는 시간을 피하려면 지금 나가는 것이 적합했다.

"……그러죠."

이레나는 하고 싶은 말이 많았지만, 어차피 여기서 길게 대화를 나눌 수는 없었다.

일단 자리를 옮기는 게 낫겠다는 생각에 칼라일을 따라 막 자리에서 일어나려 할 때였다.

스윽—

이레나의 앞으로 칼라일의 손이 다가왔다.

말하지 않아도 그게 무슨 뜻인지 알아차렸다. 바로 에스코트를 해 주겠다는 것이다.

칼라일의 매너 있는 행동을 거절할 이유는 없었기에, 이레나는 잠시 망설이다가 곧 그의 손바닥 위에 자신의 손가락을 살포시 얹었다.

평상시의 이레나라면 상대가 누구라 해도 아무렇지 않게 손을 잡았을 것이다.

이런 행동이 특별한 이유가 있어서 하는 게 아니라, 남성들이 누구에게나 의례적으로 하는 매너였기 때문이다.

하지만 오늘따라 칼라일의 손을 잡는 게 망설여진 것은, 그의 이런 행동이 평범하게 느껴지지 않아서였다.

갑자기 왜 그렇게 느껴졌는지는 이레나도 알 수가 없었다.

복잡한 표정으로 이레나가 칼라일의 손을 잡고 자리에서 일어서자, 그가 허스키한 목소리로 그녀에게 말을 건넸다.

"그럼 가지."

칼라일의 능숙한 에스코트를 받으며 이레나는 박스석에서 나와, 다시 마차가 있는 곳으로 이동했다.

벌써 입구에 소수의 귀족들이 나와 있는 게 느껴졌지만, 들어올 때와 마찬가지로 그들은 이레나와 칼라일의 얼굴을 볼 수가 없었다.

몇몇 귀족들이 정체불명의 손님들을 궁금해하며 수군거리는 소리가 들려왔다.

하지만 이레나는 여기까지 와서 정체를 들키고 싶은 생각은 없었기에 최대한 빠른 속도로 마차 안에 탑승했다.

"……하아."

마차 안에 타고나서야 안도의 한숨이 새어 나왔다.

아직까지 살짝 긴장한 기색이 느껴지는 이레나의 얼굴을 쳐다보며, 칼라일이 나지막한 목소리로 말했다.

"나와의 관계가 들통날까 봐 그렇게까지 신경 쓸 필요는 없어. 사실 누군가에게 걸린다 해도 아무렇게나 둘러대면 그만이야."

"저도 알아요. 하지만…… 가능하면 제 가족들이 우리의 결혼이 정말 사랑해서 이뤄진 거라고 믿게 하고 싶어요."

그 말에 칼라일이 의아하다는 시선으로 쳐다보자, 이레나가 설명하듯이 뒷말을 이었다.

"제가 계약 결혼을 한 것을 알면…… 분명 걱정할 게 뻔하거든요."

이레나의 머릿속에 귀여운 미라벨의 얼굴이 떠올랐다. 그리고 무뚝뚝한 척하지만 누구보다 자신을 걱정해 주는 데릭 오라버니도.

그들에게 가능한 사랑하는 사람과 결혼식을 치르는 모습을 보여 주고 싶었다.

자신이 선택한 일에 괜한 걱정을 끼치고 싶진 않았으니까.

"지금까지 잘 넘겼으니 앞으로도 걱정할 필요 없어. 어차피 무도회가 열리는 날까지 그리 많이 남은 게 아니니."

이상하게도 칼라일의 말이 마치 걱정하지 말라는 것처럼 들려서 이레나는 흐릿하게 웃고 말았다.

그러고 보니, 두 사람이 탑승하고부터 마차는 어딘가를 향해 부지런히 이동하고 있는 중이었다.

이레나가 궁금하단 표정으로 물었다.

"이번엔 어디로 가는 거죠?"

"함께 저녁 식사나 하지. 생각해 보니 우리가 한 번도 같이 식사를 한 적이 없더라고."

이레나는 대답 대신 살짝 고개를 끄덕거렸다.

어차피 칼라일이 준비한 일정에 태클을 걸 마음도 없었지만, 그의 말대로 언제나 두 사람의 만남은 짧게 이루어졌다.

결혼하기 전에 한 번쯤 저녁 식사를 함께하는 것도 나쁘지 않았다.

그리고 그만큼 긴 대화를 나누기 편한 장소도 없었으니까.

편한 마음가짐으로 온 이레나의 생각과 달리, 칼라일과 함께 도착한 장소는 지나치게 부담스러웠다.

3층짜리 건물로 된 커다란 레스토랑에는 손님이 단 한 명도 보이지 않았다.

단번에 알아차릴 수 있었다.

칼라일이 이 레스토랑을 통째로 빌렸다는 것을.

거기다가 이 근처로 사람들이 다가오지 못하도록, 칼라일의 수하로 보이는 남자들이 둥그렇게 에워싸고 있는 게 창밖으로 훤히 보였다.

그러니 아무리 맛있는 음식이라 해도 잘 넘어가지 않을 것 같았다.

"먹고 싶은 걸 골라 봐."

아무렇지 않게 메뉴판을 내미는 칼라일을 향해 이레나가 조금은 지친 목소리로 대꾸했다.

"전 아무거나 괜찮아요."

그 말에 칼라일은 힐끔 그녀를 쳐다보다가 이내 종업원을 불렀다.

"주방장이 추천하는 거로."

"네, 알겠습니다."

고개를 꾸벅 숙이고 사라지는 종업원을 보며, 이레나는 저 사람도 칼라일과 연관된 자가 아닐까 추측을 해 보았다.

그게 아니라면 이렇게 자신들의 얼굴을 드러낼 리 없었으니까.

칼라일이 느릿하게 와인이 따라져 있는 잔을 들면서 말했다.

"여기가 별로 마음에 들지 않나?"

언뜻 평범한 질문처럼 들렸지만, 이레나는 그것이 가볍게 들리지가 않았다.

왜냐면 칼라일은 가끔 이레나가 생각하는 내용과 전혀 다른 방향으로 해석을 하는 경우가 있었다.

이것만 해도 그렇다.

무도회 전까지 아무에게도 둘의 관계를 들키고 싶지 않다고 말하긴 했지만, 그게 오페라 홀의 박스석을 구입하고, 이처럼 최고급 레스토랑을 통째로 빌리라는 뜻은 아니었다.

그저 단순하게 사람이 없는 장소에서 조용히 만나자는 것이었을 뿐.

잠시 고민하던 이레나가 진지한 표정으로 입을 열었다.

"솔직하게 말씀드릴게요."

"해."

"너무 부담스러워요."

그 말이 칼라일에겐 전혀 생각하지 못한 것이었는지, 그가 의아하단 눈빛으로 이레나에게 다시 질문을 던졌다.

"어떤 부분이?"

"모두 다요."

"모두?"

여전히 납득이 안 간다는 듯 메아리처럼 질문하는 칼라일에게, 이레나는 손가락 한 개를 펴서 바깥에 있는 그의 수하들을 가리켰다.

"사람들을 저렇게 세워 놓고 편하게 밥을 먹을 수 있을 것 같지 않아요. 그리고 오페라 홀에서도 말씀드렸지만, 이렇게 과하게 돈을 쓰시는 걸 보면 제 머릿속에서는 여기가 얼마일까 하는 생각밖에 들지 않아요."

진중한 이레나의 말에도 칼라일은 피식하고 흘리듯 웃음 지을 뿐이었다.

그게 어떤 의미인지 모르겠어서 이레나는 혼란스러울 수밖에 없었다.

하지만 이레나가 깊은 고민에 빠지기 전에, 칼라일이 먼저 나지막한 목소리로 입을 열었다.

"한마디로 그대는 내가 과분한 사치를 부리고 있는 게 아닐까, 염려가 된다는 소리인가?"

너무나도 정확한 지적에 이레나는 곧바로 고개를 끄덕거렸다.

도대체 칼라일이 어디서 자금을 얻어 오페라의 박스석과 이런 레스토랑을 아무렇지 않게 잡아놓는 것일까?

정말로 바람둥이여서 여자에게 돈을 많이 쓰나?

그렇다면 자신 이외에 다른 여자들을 만날 때마다 이렇게 써대면 어떡하지?

머릿속에서 오만 가지의 생각이 드는데 이레나가 편안하게 식사를 할 수 있을 리 만무했다.

칼라일은 이제야 그런 이레나의 심리 상태를 꿰뚫어 보고 흐릿하게 웃음을 지었다.

"영애가 궁금하다면 간단하게 설명해 주지. 내가 전장에서 이긴 전투가 몇 개인 줄 아나? 나조차도 셀 수가 없을 지경이야."

"……."

"그렇다면 여기서 문제. 그렇게나 많은 전투에서 승리하고 얻은 전리품들은 다 어디로 갔을까?"

"……!"

칼라일의 말을 듣는 순간, 이레나의 눈동자가 크게 뜨여졌다.

한 번도 생각해 본 적이 없는 영역이었다. 왜냐면 전장에서 얻은 전리품은 당연히 제국에 귀속되어야만 하기 때문이다.

원래는 황제에게 보내지는 게 마땅하나, 그것을 칼라일이 중간에서 어떻게 처리했을지는 아무도 모르는 일이다.

당연히 그가 황태자이기 때문에 중간에서 가로챌 거란 생각은 한 번도 해 본 적이 없었다.

"난 그렇게 깨끗한 놈이 아니야. 황자라는 신분이 누군가의 눈에는 고귀해 보일지 모르겠지만…… 황자로 태어나면 모두 황제 폐하의 자식이라는 똑같은 출발선에서 시작하지. 그래서 그때부턴 황자에게 어떤 외가가 존재하는지가 중요해져."

이어지는 칼라일의 말에도 이레나는 어떠한 추임새도 넣지 못한 채 묵묵히 듣고만 있을 수밖에 없었다.

왜냐면 바로 그의 친모가 비천한 하녀 출신이었으니까.

황궁 시녀라고 불리는 이들과 잡일을 담당하는 하녀들은 차원이 달랐다.

황궁 시녀들은 알아주는 가문의 귀부인이나 영애들로 구성되어져 있었고, 잡일을 담당하는 하녀들은 말 그대로 보잘것없는 평민들이었다.

마치 블레이즈 백작가에서 일했던 소피나 메리 같은 고용인들처럼 말이다.

그런 하녀 출신의 어미를 둔 칼라일이야말로 뒷받침이 되어 줄 아무런 외가 없이 황태자란 직위에 오른 인물이었다.

그 때문에 황실에서 칼라일에게 모계 쪽의 혈통이 천박하다는 이유로 얼마나 많은 자격 논란이 있었는지 익히 잘 알고 있었다.

그것은 굳이 이레나가 한 번의 생을 살아 보지 않았더라도 루퍼드의 제국민이라면 누구라도 알 수 있는 사실이었다.

"기댈 언덕이 없는 내가, 전장에서 얻은 전리품들을 그대로 황궁에 상납했을 리가 없잖아. 안 그래?"

태연하게 말하는 칼라일에게서 이레나는 왠지 형언할 수 없는 아픔이 느껴졌다.

지금까지 이레나는 가족들을 지키고 싶다는 목적만 생각했지, 칼라일이 어떠한 삶을 살아왔는지에 대해선 한 번도 생각해 본 적이 없었다.

그는 어떤 남자일까?

처음으로 궁금증이 들었다.

어찌 됐든 이레나는 더 이상 칼라일이 말을 듣지 않아도, 그가 왜 이렇게 부유한지에 대해 충분히 이해할 수 있었다.

칼라일은 본인을 지지해 줄 외척 세력이 전혀 없었기에 스스로 전장에서 얻은 전리품으로 비자금을 모아 놓은 거다.

"……무슨 말인지 알겠어요."

그 말에 칼라인은 그저 쥐고 있던 와인을 한 모금 마실 뿐이었다.

조금도 흐트러짐 없는 그의 모습이 이상하게 섹시하게 느껴졌다.

"쿤에게 전해 들었어. 그대의 무도회 의상을 누군가 망가뜨려 놨다고."

"아, 네."

안 그래도 그건 칼라일에게 묻고 싶은 질문 중 하나였다.

"전리품이란 게 보통 현금이 아니라 보석이나 드레스 같은 물품들이거든. 그래서 돈세탁을 하려면 어둠의 경로가 좀 필요하지."

거기까지 듣자 이레나는 확실히 알 수 있었다.

쿤이 말했던 칼라일의 전문 분야에 왜 드레스가 포함되어 있는지를 말이다.

납득한 이레나의 표정을 바라보며 칼라일은 그제야 설명 같은 말을 멈추었다. 그리고 거의 손도 대지 않은 이레나의 접시를 한 번 바라보고 슬쩍 인상을 찌푸렸다.

그가 오른손을 허공으로 들어서 딱, 소리가 나게 부딪쳤다.

그러자 바깥에서 대기하고 있는 그의 수하가 눈 깜짝할 사이에 다가왔다.

"부르셨습니까, 전하."

"밖에 있는 놈들 다 안 보이게 치워 놔. 너희들 때문에 내 손님의 식사가 방해된다."

"죄송합니다. 바로 처리하겠습니다."

이레나는 쏜살같이 달려 나가는 수하와 칼라일의 모습을 번갈아 쳐다보며 당황한 표정을 지어 보일 수밖에 없었다.

아까 자신이 말한 뜻은 그게 아니었다.

그건 수하들의 모습을 안 보이게 치워 달라는 것이 아니라, 자신에게 이렇게까지 신경 쓸 필요가 없다는 거였다.

사사삭—

순식간에 칼라일의 명령대로 창밖에는 아무도 보이지 않게 되었다.

이레나는 입술만 달싹거리며 무슨 말을 해야 할지 말문이 막혀왔다.

어쩔 줄 몰라 하는 이레나를 향해 칼라일이 근사한 웃음을 지어 보였다.

"그럼 이제 식사를 해 볼까."

그 말을 기다렸다는 듯이 주방에서 먹음직스러운 요리들이 줄줄이 쏟아져 나오기 시작했다.

이레나는 자신의 생각보다 칼라일이 더 강적일지도 모르겠단 생각이 들었다.

*　　*　　*

칼라일과 이레나가 있는 레스토랑의 외곽.

셀비 후작가의 의뢰로 이레나의 뒤를 조사하고 있던 남자는 생각지도 못한 수확에 흥분을 감출 수가 없었다.

'블레이즈 영애와 부유한 귀족 남성의 스캔들이다!'

칼라일의 정체가 뭔지는 아직까지 파악할 수 없었지만, 계속 따라 다녀 본 결과 그가 엄청난 갑부라는 사실은 깨달을 수 있었다.

이런 정보야말로 엘렌이 목이 빠지게 기다리고 있는 것이었다.

가뜩이나 요즘 특별한 일이 없어서 얼마나 엘렌에게 구박을 받았는지 모른다.

서둘러 이 일을 엘렌에게 보고하고, 수당으로 받게 될 금화 생각에 남자가 진득한 미소 지을 때였다.

슈슈숙!

갑자기 나무 위에서 시커먼 인영이 뚝 떨어진다고 생각이 든 순간이었다.

"컥!"

비명조차 제대로 지르지 못한 채, 그는 눈을 크게 뜬 채로 숨을 거둘 수밖에 없었다.

어둠 속에서 모습을 드러낸 인영이 날카로운 단도로

단숨에 그의 목덜미를 꿰뚫었기 때문이다.

숨이 멎어 가는 그 남자를 무감각하게 쳐다보는 범인의 정체가 희미한 달빛을 통해 서서히 드러났다.

바로 쿤이었다.

쿤은 죽어 가는 남자를 향해 나지막이 말했다.

"장군께서 더 이상은 봐주지 말라고 해서 말이야."

완전히 숨이 끊어진 남자의 목덜미에서 쿤은 다시 빠르게 검을 회수했다.

퓨슉—

엄청난 양의 피가 터져 나옴과 동시에 죽은 남자의 시체가 바닥에 쓰러졌다.

그 초라한 뒷모습을 보며 쿤이 다시 중얼거렸다.

"어차피 이게 우리의 인생이니, 원망은 없이 가도록 해."

* * *

레스토랑 종업원이 가지고 오는 요리는 하나같이 훌륭했다.

애피타이저부터 시작해서 메인 요리까지 먹기에도 아까울 정도로 예쁘게 장식되어 있었다.

뿐만 아니라 음식의 종류 또한 육류, 해산물을 전부 맛볼 수 있을 정도로 다양했으며, 거기엔 이레나가 지금껏 먹어 보지 못한 희귀한 요리도 있었다.

이레나는 수많은 종류의 요리들을 언제나처럼 입 안의 내용물이 보이지 않도록 예의 바르게 먹고 있었다.

언제부턴가 칼라일이 그녀가 먹는 모습을 가만히 바라보다가 신기하다는 듯이 말했다.

"그대는 먹는 모습도 참 예뻐."

"……큽."

생각지도 못한 말에 이레나는 음식을 먹다가 사레에 걸리고 말았다.

그녀는 시둘리 옆에 놓인 물을 마시며 속을 진정시켰다.

"말씀은 감사하지만…… 계속 그렇게 쳐다보시면 불편합니다."

"여기서 내 눈이 향할 곳이 그대밖에 없는데, 그럼 어딜 보라는 거지?"

지나치게 당당한 칼라일의 말투에 오히려 이레나가 할 말을 잃었다.

아무리 같이 식사하는 사람을 자연스레 쳐다보게 된다지만, 보통은 이런 말을 들으면 일부러라도 눈을 돌려주는 게 정상이었다.

그런데 이처럼 대답할 줄은 상상도 못 했다. 더구나 그런 대답을 이토록 당당하게 내뱉는 남자는 어쩌면 칼라일이 유일할지도 모르겠다.

이레나는 더 이상의 대화를 이어 나가지 않는 대신, 자신을 쳐다보는 칼라일의 눈을 똑바로 마주했다.

어쩌면 지금이 대화를 시작할 타이밍인지도 모르겠다.

슬슬 식사도 끝나가겠다, 지금껏 참아 왔던 질문들을 쏟아낼 적절한 시기였다.

"이번에 만나면 알려 주겠다고 한 거, 기억하세요?"

"……글쎄."

정말 몰라서 그러는 건지, 아니면 알면서도 모르는 척을 하는 건지 알 수 없었다.

애매한 대답으로 능청을 부리는 칼라일을 향해 이레나가 단도직입적으로 물었다.

"저번에 저희가 오래전에 만난 적이 있다고 하셨잖아요. 다시 만나면 그때가 언제인지 가르쳐 준다고 했으니, 이제 말해 주세요."

이레나가 눈 하나 깜빡하지 않고 제 할 말을 또박또박 하자, 칼라일이 이내 어쩔 수 없다는 듯 흐릿하게 웃었다.

"뭐, 약속을 했으니 지켜야겠지."

그는 내키지 않는다는 듯 중얼거렸지만, 곧 손에 들고 있던 식기들을 가지런히 내려놓으며 대화를 시작했다.

"내가 열세 살 때, 그대를 황궁에서 본 적이 있어."

"……황궁이요?"

이레나는 그 말을 듣고 자신의 기억을 샅샅이 뒤져 볼

수밖에 없었다.

블레이즈 성이 있는 남부 지방에서 거리가 먼 수도까지 올 일은 많지 않았다. 그것도 그렇게 어린 나이에 황궁에 들른 적은 손에 꼽을 정도였다.

그런데 그 몇 개도 안 되는 기억 속에 칼라일은 없었다.

잠시 곰곰이 생각에 잠겨 있던 이레나가 의아하다는 듯 물었다.

“……그게 끝이에요?”

“그럼 무슨 답변을 바란 거지?”

칼라일의 말에 이레나는 순간 기가 막힐 수밖에 없었다.

겨우 그런 만남 때문에 그가 지금처럼 잘해 준다는 게 말이 되질 않았다.

이레나는 지금껏 혹시 자신이 모르는 기억 속에 그와 엄청 대단한 인연이 있었던 게 아닌가 고민했다. 그게 아니라면 말이 되질 않았으니까.

고작 열세 살 즈음에 한 번 만난 인연이, 뭐 얼마나 대단하다고.

오늘만 해도 칼라일은 자신을 위해 오페라의 박스석을 구입했고, 단둘이 저녁 식사를 하려고 레스토랑 전체를 빌렸다.

그뿐만이 아니었다.

유능한 수하인 쿤을 붙여 주었으며, 그에게 어떤 명령

이든 내릴 수 있도록 사전에 언질까지 해 두었다.

아무리 생각해도 단순히 계약 결혼 상대에게 베푸는 호의로는 지나쳤다.

이레나가 혹시나 하는 마음에 재차 질문을 던졌다.

"정말로 열세 살 때, 딱 한 번 만난 게 끝이에요?"

"아쉽게도 그래."

"그 후에는 제가 기억하는 그 날, 우리가 만난 게 맞아요?"

"맞아. 그대가 내 목숨을 구해 준 날."

이레나는 저도 모르게 흥분해서 식탁을 쿵 하고 내려칠 뻔했다.

그동안 궁금했던 내용이 아무것도 풀리지 않았다.

도대체 왜, 칼라일은 자신에게 이토록 잘해 주는 것일까?

이레나는 더 이상 혼자서 고민해 봤자 정답이 나올 리 없는 질문을 멈췄다.

확실하게 알아낼 방법은 단 하나뿐이었다.

칼라일에게 직접 묻고, 확인하는 것.

"대답해 주세요. 저한테 왜 이렇게 잘해 주시는 거예요?"

칼라일은 단순히 계약 결혼을 진행하기로 한 상대를 대하는 태도가 아니었다.

처음엔 그게 무슨 상관이냐 싶었지만, 시간이 갈수록 궁금해져서 확인하고 싶었다.

“저희가 고작 열세 살 때 한 번 만난 인연이라고 하기엔, 상식적으로 지금 저한테 하시는 행동이 납득이 가질 않아요.”

“더 이상의 힌트는 없어.”

“하지만……!”

“나머진 그대가 직접 떠올려 봐. 그렇지 않으면 내가 너무 손해인 것 같으니까.”

손해? 어떤 것에 대한?

이레나가 의문이 가득 담긴 눈빛으로 칼라일을 쳐다보았다.

그러자 칼라일이 조금 전보다 잠긴 목소리로 낮게 대꾸했다.

“내게는 영애와 처음 만났던 그 순간이, 지금까지 가장 돌아가고 싶은 추억이었거든.”

그 말에 이레나는 누군가가 자신의 머리를 강하게 내려친 것 같은 느낌이 들었다. 그만큼 지금 칼라일이 한 말은 충격적이었다.

칼라일에겐 그토록 강렬하게 남은 기억이 왜 자신에겐 없는 것일까?

하지만 한 가지 확실한 건, 그게 어떤 만남이었든 간에 칼라일에겐 아직까지도 선명하게 각인되어 있다는 것이다.

이레나는 묻고 싶은 게 많았지만, 지그시 입술을 깨물며 참았다.

어차피 더 이상 물어본다고 해도 가르쳐 줄 것 같지 않았으니까.

열세 살, 황궁.

단서가 아예 없는 것도 아니었으니, 나머지는 정말 스스로 찾아봐야 했다. 그가 대체 무엇 때문에 자신에게 이토록 호의적인지 알고 싶었으니까.

"……알겠어요. 힌트대로라면 나머진 제가 기억해 내죠."

"기대하지."

칼라일은 이레나의 대답이 만족스러운 듯 희미하게 웃을 뿐이었다.

대충 식사가 끝난 것 같자 종업원이 와서 서둘러 테이블 위에 놓인 접시들을 치우기 시작했다.

그리곤 그들의 앞에 아기자기하게 생긴 디저트를 몇 가지씩 놓아주었다.

이레나가 저도 모르게 디저트를 물끄러미 바라보며, 머릿속으론 방금 전 칼라일과 나눈 대화를 다시 곰곰이 돌이켜 보고 있을 때였다.

칼라일이 말했다.

"그것 말고도 내게 물을 게 하나 더 있지 않나?"

"……?"

"그대의 무도회용 드레스. 어떻게든 다시 구해야 하는 것 아니었어?"

"아, 혹시 제가 드레스를 맡길 만한 의상실을 알고 계실까요?"

칼라일과 대화를 하다 보니 잠시 놓치고 있었던 부분이었다. 다시금 정신을 차린 이레나가 기대에 찬 눈빛으로 그를 쳐다보았다.

칼라일이 알게 모르게 한쪽 입꼬리를 슬쩍 올리며 말했다.

"아니, 현재 수도에서 드레스를 맞출 만한 의상실은 없을 거야. 워낙 주문이 꽉 찬 상태라서 억지로 맡겨 봤자 제대로 된 의상이 나오긴 힘들어."

"……그렇군요."

이레나는 다시 고민에 빠질 수밖에 없었다.

어떻게든 다른 방법을 찾아보겠지만, 칼라일까지 이렇게 말하는 걸 보니 웬만한 곳에서 드레스를 맞추긴 어려워 보였다.

이레나는 미라벨이 섭섭해하는 모습이 떠올라서 더욱 속이 쓰렸다.

최악의 경우, 어쩔 수 없이 칼라일과의 무도회에서 첫 만남을 포기해야 할지도 모르겠다는 생각이 들 때였다.

칼라일이 나지막이 말을 이어 나갔다.

"그대만 괜찮다면, 한 가지 방법이 있긴 해."

"그게 뭐죠?"

"이미 제작되어 있는 드레스를 구하는 거야. 사이즈가 조금 다를 순 있겠지만 수선 정도야 어렵지 않게 할 수 있을 테니까."

맞는 소리였다.

수선을 맡기기도 쉽진 않겠지만, 드레스 제작에 비할 바는 아니었다.

그리고 정 안된다면 블레이즈가의 하녀들이 직접 하는 방법도 있었다.

지난 번, 남부 사교계에서 열린 티 파티 때에도 미라벨의 진두지휘 하에 수선이 된 드레스를 입고 나갔으니까.

말대로 그렇게만 된다면 걱정이 없겠지만, 문제는 그런 드레스들조차 구하기가 쉽지 않다는 것이다.

귀족들은 대부분 완성된 드레스보다 본인의 몸에 딱 맞게 제작된 것을 원했다.

그래서 의상실에서도 샘플로 만들어 놓은 드레스를 마네킹에 걸어 놓긴 했지만, 그걸 새 상품으로 구매할 순 없는 형태였다. 그렇기에 이미 제작되어 있는 드레스는 중저가용이 많았고, 그게 아니라면 누군가가 입다가 내놓은 헌 드레스들이었다.

백번 양보한다 쳐도, 그런 드레스들조차 괜찮은 디자

인이라면 이미 가난한 귀족가에서 싹 쓸어 갔을 확률이 높았다.

자그마치 황실 무도회다.

너무 격이 떨어지는 드레스를 입고 참석할 수는 없었다.

시간은 촉박하기 그지없었으나, 블레이즈가의 이름에 먹칠을 하지 않을 정도의 드레스를 구해야 한다는 것은 꽤나 어려운 과제였다.

"그쪽으로도 알아보긴 하겠지만, 완성된 드레스를 구하기도 쉽진 않을 것 같네요."

"그건 걱정할 필요 없어. 내가 보내 줄 테니까."

"……네?"

전혀 생각지도 못한 제안에 이레나의 눈이 동그랗게 떠졌다.

그러고 보니 칼라일이 전리품으로 보석이나 드레스 같은 것들을 얻었다고 말하긴 했었다. 아무리 그래도 황실 무도회에 입고 나가는 의상과는 좀 다를 수도 있지 않나, 하는 생각이 들었다.

이레나의 그런 미심쩍어하는 심정을 알아차렸는지, 칼라일이 나지막이 말을 이었다.

"다른 이들이 예쁜 그대를 쳐다보는 건 못마땅하지만, 그렇다고 내 여자를 초라하게 내보일 생각은 없으니 걱정하지 마."

그가 말한 '내 여자'라는 단어에, 이레나는 순간 어떻게 반응을 해야 할지 몰라 멈칫할 수밖에 없었다.

하지만 그런 심정과는 별개로 그가 말한 제안이 솔깃하게 들려왔다.

지금까지 칼라일은 본인이 한 말을 어긴 적이 없었다. 이번에도 그를 믿어 보는 게 나쁘지 않은 결과를 가져다줄 것만 같았다.

어차피 다른 뾰족한 수도 없었기에 이레나는 이내 고개를 끄덕거렸다.

"도와주신다면 저야 너무 감사하죠."

이레나의 그 말을 기다렸다는 듯, 칼라일이 곧바로 입을 열었다.

"대신 조건이 있어."

"……조건이요?"

"내가 뭘 보내든 군말 없이 받아들이는 것으로 하지."

뭔가 아리송한 그의 조건에 이레나는 찜찜한 기분이 들었지만, 그렇다고 거절을 할 수 있는 입장도 아니었다. 말대로 무도회에만 어울리는 드레스라면 그게 뭐든 상관없었으니까.

원래대로 드레스만 구한다면 이레나가 세운 계획도 차질이 없었고, 무도회를 위해 수도까지 올라온 미라벨을 실망시키지 않을 수도 있었다.

잠시 고민하던 이레나는 흔쾌히 고개를 끄덕거렸다.

"알겠어요. 어떤 드레스를 보내 주셔도 절대 뭐라고 하지 않을게요. 대신 무도회에 너무 맞지 않는다고 판단되면 입지 않을 수도 있어요."

"상관없어. 그럼 조만간 그대가 머무는 저택으로 사람을 보내도록 하지."

"고마워요."

정확한 건 그가 보내 주는 것을 받아 봐야 알겠지만, 일단 한시름이 놓인 건 사실이었다.

이레나가 한결 편안해진 표정으로 디저트로 나온 아이스크림을 맛볼 때였다.

덜컹—

아까 칼라일의 부름으로 잠시 레스토랑 안으로 들어왔던 수하가 다시 모습을 드러냈다.

갑작스러운 그의 등장에 칼라일의 미간이 미묘하게 찡그려졌지만, 곧이어 아무렇지 않은 목소리로 입을 열었다.

"웬만하면 방해하지 말라고 했을 텐데, 무슨 일이야?"

입구에서 눈치만 보고 있던 수하가 그 말을 듣고 재빨리 다가왔다. 그리고 칼라일에게 살짝 고개를 기울이며, 작은 목소리로 말을 전했다.

"쿤이 쥐새끼 한 마리는 처리했는데, 다른 한 놈은 놓쳤습니다."

그 순간이었다.

칼라일의 표정에서 험악한 기운이 뿜어져 나왔다.

순식간에 뒤바뀐 분위기에 이레나조차도 움찔할 수밖에 없었다.

떨어져 있는 이레나조차 이 정도인데, 그에게 직접 보고를 하고 있는 수하는 더 심했다.

금세라도 긴장한 얼굴에서 식은땀이 뚝뚝 떨어져 내릴 것 같았다.

하지만 칼라일은 이내 자신의 앞자리에 이레나가 앉아 있다는 것을 기억해 내고, 살벌했던 분위기를 순식간에 지워 버렸다.

"……둘 중에 누구를 놓친 거야?"

"후작가에서 보낸 쥐새끼는 잡았는데, 계속 정체가 불분명했던 놈을 놓쳤습니다."

"사상자는?"

"실력이 상당한 모양인지, 따라붙었던 저희 애들을 전부 잃었습니다."

그의 보고에 칼라일의 관자놀이가 다시 한 번 꿈틀거렸다.

아주 잠깐의 침묵이 흘렀지만, 곧이어 칼라일이 아무렇지 않게 대답했다.

"알겠다."

"그럼 가 보겠습니다."

수하는 칼라일에게 깊게 허리를 숙이고는 다시금 레스토랑 바깥으로 나갔다.

이레나는 지금 이 레스토랑을 에워싸고 있는 그의 수하가 몇 명인지 이젠 가늠조차 되지 않았다. 다들 칼라일의 명령을 받고 모습이 보이지 않도록 꼭꼭 숨어 있었기 때문이다.

새삼 자신이 이런 분위기에서 팔자 좋게 식사를 하고 있었단 사실을 깨달았다.

만약 전생이었다면 이레나가 바깥에서 지키는 역할을 맡았을 것이다. 그런데 한 번의 생을 되돌아왔다고 이렇게나 입장이 바뀌어 있었다.

잠시 지난 생을 떠올리던 이레나가 이내 칼라일을 향해 조심스레 물었다.

"무슨 일 있어요?"

"그대가 걱정할 만한 일은 아니야. 다만…… 신경이 조금 쓰일 뿐이지."

"……네?"

"혹시라도 누가 그대를 건드릴까 봐. 내 손길이 닿지 않는 곳에서 영애가 다치기라도 하면 진짜 미쳐 버릴 것 같은데."

칼라일이 무덤덤한 목소리로, 생각하기에 따라선 어마

어마한 내용들을 아무렇지 않게 내뱉었다.

이레나는 그 말이 당황스러워서 순간 얼어붙었지만, 곧이어 어처구니없다는 듯 피식 웃어 보였다.

"저를 뭐라고 생각하시는 거예요?"

"……?"

"우리가 어떻게 만났는지 잊어버리셨나 봐요."

이레나가 조용히 디저트를 먹기 위해 사용하던 포크를 집어 들었다.

그리곤 허공에서 몇 차례 장난스럽게 포크를 돌리더니, 어느 순간 그것을 손에 쥐고 오른편을 향해 날려버렸다.

쉬이이익—

그게 포크라곤 믿기지 않을 만큼, 빠른 바람 소리를 내며 날아갔다.

터엉!

포크가 꽂힌 자리에는 장식용으로 꾸며진 다트 판이 놓여 있었다.

그 다트 판 정중앙에 이레나가 던진 포크가 정확히 박혔다.

제대로 조준하고 던진 것도 아니었는데, 엄청난 적중률이었다.

갑작스런 실력행사에 칼라일의 푸른 홍채에도 순간 이채가 돌았다.

"우리의 포지션을 착각하시면 안 되죠."

이레나가 그 말과 동시에 자기 자신을 손가락으로 가리켰다.

"지키는 건 나."

그리고 이번엔 이레나의 손이 정중하게 펴지면서 칼라일을 향했다.

"보호받는 건 그쪽."

조금 놀란 듯 보이는 칼라일을 똑바로 응시하면서 이레나가 계속해서 입을 열었다.

"지금 카릴의 앞에 앉아 있는 게 누구라고 생각하는 거예요?"

착각해선 안 된다.

이레나가 이렇게 예쁘장한 드레스를 입고 얌전하게 앉아 있는 이유는 누구보다 칼라일의 옆에 가까이 있기 위해서였다.

결혼의 궁극적인 목적은 블레이즈 가문을 지켜 내는 것이지만, 그러기 위해선 칼라일이 다치거나 죽지 않게끔 보호하는 것이 주된 과제였다.

애초에 죽었어야 할 칼라일의 목숨을 구한 것도 바로 이레나, 그녀다.

이레나가 말했다.

"잊지 말아요. 저는…… 당신이 휘두를 수 있는 가장

날카로운 검이라는 걸."

*　　*　　*

"하, 빌어먹을……."

복면으로 얼굴을 가린 한 남자가 낮게 욕지거리를 내뱉으며 바닥에 주저앉았다.

그의 옆구리에서는 피가 철철 새어 나오고 있었다.

갑작스러운 공격에 결국 상처를 입고 말았다.

물론, 당한 만큼 갚아 줘야 했기에 상대는 전부 죽여 버렸지만 말이다.

스윽—

근처에 아무도 없다는 것을 확인한 그가 얼굴에 쓰고 있던 갑갑한 복면을 벗어 던졌다.

그의 정체는 바로 바토리였다.

남부 지방의 보석상에서 이레나를 발견하고 계속해서 주시하고 있는 중이었다.

이유는 단 하나, 그녀가 가진 반지가 바토리가 찾아야 할 물건과 비슷했으니까.

"쯧. 황태자가 그때 죽어 버렸으면 이딴 임무도 자연스럽게 사라졌을 텐데……."

바토리는 못내 아쉽다는 듯 입맛을 다시며, 상처 난 옆구리를 한 손으로 막았다.

이미 상당한 양의 피를 흘렸기에 지혈이 필요했다.

"……그런데 아무리 생각해도 냄새가 난단 말이지."

지금껏 비슷한 푸른색 구슬을 수십 개는 발견했다.

어떤 건 귀걸이였고, 또 어떤 건 목걸이였으며, 거기엔 심지어 어린아이들이 가지고 노는 장난감 구슬도 포함돼 있었다.

그때마다 추적해 봤지만 결국 바토리가 찾던 물건은 아니었다.

이번에도 혹시나 하는 생각이 들어 움직인 것이지 확신은 없었다.

그런데…….

갑자기 실력 좋은 놈들이 나타나서 자신을 죽이려 했다.

이런 적은 처음이었다.

"이레나 블레이즈라……."

바토리는 인형처럼 예쁘장하게 생긴 이레나의 얼굴을 떠올렸다.

이상하게 조금만 가까이 접근하려고 하면 눈치를 챌 것 같다는 느낌이 들었다.

한낱 백작 영애가 그럴 리가 없는데도, 묘하게 감이 좋지 않아 멀리서만 지켜봤다.

다른 사람이라면 무시했을 그 감각을 바토리는 누구보

다 믿고 있었다.

그걸로 인해 지금까지 수차례나 자신의 목숨을 부지할 수 있었으니까.

바토리는 현재 루넨 공국을 다스리는 파벨루크에게 지시받은 명령을 수행하는 중이었다.

그의 명령은 간단했다.

자그만 구슬처럼 생긴 용의 여의주를 찾아라.

그 임무를 받고 얼마나 기가 막혔는지 모른다.

용의 여의주는 황가가 드래곤의 핏줄을 이었다고 일컬어지는 건국 신화에서나 나올 법한 가상의 물건이었다.

더구나 세간에 알려진 것과 달리 그 크기가 손톱만큼도 안 될 정도로 작은 사이즈라니.

뭔가 상상했던 여의주와는 많이 다른 이미지였다.

더 이상한 건, 그 여의주라는 걸 찾는 수색 기간이 칼라일의 목숨이 붙어 있는 동안이라는 것이다.

왜 그래야만 하는 건지 정확한 이유는 알지 못했으나, 섭섭지 않게 챙겨 주는 보수를 마다할 이유는 없었기에 수락했다.

그런데 계속해서 안개 속을 헤매는 것 같았던 이 임무에 처음으로 실마리를 잡은 느낌이 들었다.

이레나가 차고 있는 반지가…….

수상했다.

"……각하께 다시 아뢰어야겠군."

지금까지완 달리 여기서 겪었던 일들을 아주 상세하게 보고해야 했다.

바토리는 곧 익숙하게 상의를 쭉 찢어서 옆구리를 휘감았다. 그리곤 주저 없이 자리에서 일어나 다시 밤거리를 걸었다.

아직은 편안히 앉아서 쉴 때가 아니었다.

자신의 피 냄새를 쫓아 추격해 오는 자들은 매우 집요했으니까.

* * *

식사를 마친 이레나와 칼라일은 레스토랑 바깥으로 나왔다.

따뜻한 곳에 있다가 갑자기 차가운 밤공기를 맡으니 왠지 시원한 느낌이 들었다.

이레나는 숨을 크게 들이마시며 서늘한 밤공기를 음미했다.

처음 레스토랑에 도착했을 때와 달리, 지금은 칼라일의 수하들이 주변에 코빼기도 보이지 않고 있었다.

하지만 보이지 않는다고 해서 그들이 사라진 것은 아니었다.

이레나의 날카로운 감각에 그들의 기척이 잡히고 있었으니까.

"……타지."

칼라일이 먼저 마차의 문을 열어 주며 언제나처럼 이레나를 에스코트했다.

그는 이레나가 다트 판에 포크를 맞춘 후부터 급격히 말수가 적어졌다.

뭔가 복잡한 표정이었다.

마치 스스로도 정리가 안 돼서 어떻게 말을 해야 할지 모르는 것처럼 말이다.

하지만 이레나는 그런 칼라일의 심정을 알면서도 모른 척했다.

자신은 그에게 보호받을 대상이 아닌 지켜 주는 입장이었다. 그가 그 말을 어떻게 받아들일지 알 수는 없었지만, 그렇다고 그 말의 의미가 변하는 것은 아니었다.

만약 이 자리에서 화살이 날아온다면, 최우선적으로 지켜야 할 대상은 칼라일이었다.

이레나는 그를 지키기 위해 일말의 망설임도 없이 몸을 던질 것이다.

그건 절대로 혼동해선 안 되는 부분이었다.

이레나가 묵묵히 마차에 탑승하려 걸음을 움직일 때였다.

히이이잉—

갑자기 말이 뜨거운 콧김을 내뿜으며 가볍게 몸을 푸는 모습이 보였다.

사실 오늘 같은 밤이면 답답한 마차 안보다, 시원한 밤바람을 맞으며 말을 타고 달리고 싶었다.

그동안 백작 영애의 역할에 충실 하느라 계속해서 참아 왔던 부분이었다.

이레나가 아쉬운 눈빛으로 말을 쳐다보다가 이내 다시 마차로 시선을 돌릴 때였다.

탁!

갑자기 칼라일이 아무런 말도 없이 마차의 문을 닫았다. 그리곤 이레나를 향해 성큼성큼 다가왔다.

"왜……?"

의아한 그의 행동에 이레나가 막 입을 떼려고 하는 순간이었다.

그는 돌발 행동을 한 사람답지 않게, 태연한 표정으로 대꾸했다.

"말이 타고 싶은 거 아닌가?"

"아, 잠깐 그런 생각을 하긴 했지만……."

"그러면 그렇다고 말해. 그대는 야무지게 할 말을 잘하는 것 같다가도 이상하게 표현을 하지 않는 부분이 있어."

"……."

"가끔은 그대가 해야 할 일 말고, 하고 싶은 일을 말해 봐."

책임감이 강한 이레나에겐 뭔가 깊숙하게 다가오는 말이었다.

그녀의 머릿속엔 온통 가족을 구해야 하는 것밖에 들어있지 않았으니까.

하지만 그게 이레나가 가장 원하는 일이었다.

그저 그 이외에 모든 것들을 절제하고 있을 뿐이다.

"전 괜찮아요. 아무리 밤이라 해도 카릴과 얼굴을 드러내 놓고 다닐 순 없어요."

마차는 그 안에 누가 탔는지 확인할 수가 없었지만, 말은 달랐다.

칼라일과 이레나가 함께 말을 타고 저택까지 달릴 수는 없었다.

하지만 칼라일은 그런 그녀의 말을 들은 척도 하지 않았다.

그는 나지막한 목소리로 아무도 없는 뒤편을 향해 명령을 내렸다.

"내 말을 가져와."

그러자 신기하게도 고요한 숲속에서 말고삐를 쥔 누군가가 걸어 나왔다.

멀리서 봐도 일반적인 말보다 훨씬 커다란 검은색 말이었다.

한눈에 명마라는 사실을 알아차릴 수 있었다.

칼라일은 익숙하게 말 위에 올라타더니, 곧이어 이레나를 향해 손을 내밀었다.

"아까 그대가 우리의 관계를 밝히고 싶지 않아 하는 이유에 대해 충분히 들었어. 절대로 그대의 정체가 탄로 나지 않게 할 테니, 내 손을 잡아."

아무리 그래도 이레나는 순간 망설여질 수밖에 없었다.

괜한 말로 쓸데없는 일을 만든 건 아닌가, 하는 생각이 강하게 들었으니까.

주저하고 있는 이레나를 향해 칼라일이 다시 한 번 입을 열었다.

"팔 아파, 빨리."

분명 커다란 말 위에 올라타 있는 칼라일은 동화 속에 나오는 백마 탄 왕자님 같은 반듯한 이미지는 아니었다.

하지만 그보다 더 위험한 매력을 풍기고 있었다.

가늘어진 푸른색의 눈동자는 이레나를 똑바로 응시하고 있었고, 칠흑같이 검은 머리카락과 날렵한 콧날이 달빛에 비쳐 더욱 선명하게 드러났다.

머리로는 이 제안을 어떻게 하면 좋을지 아직 결정하지 못했다.

하지만 그런 복잡한 생각과 달리…….

이레나는 결국 그가 내민 손을 마주 잡고 말았다.

정체를 들키지 않게 해 주겠다는 그의 말에 대한 믿음도 있었지만, 지금 이 순간 말을 타고 싶다는 충동을 느끼는 것도 사실이었다.

자신이 원하는 것을 들어주겠다고 하는 칼라일의 제안을 굳이 매정하게 거절할 이유는 없었다.

그저 마음이 쓰이는 건, 괜히 그를 번거롭게 만드는 것 같아서였다.

하지만 정작 칼라일은 전혀 그런 생각이 없는 건지, 이레나의 작은 손이 잡히자마자 희미한 웃음을 지었다.

휘익—

칼라일이 손을 잡고 위로 끌어 주자, 이레나는 그 반동으로 자연스럽게 그의 앞자리에 착석했다.

풍성한 드레스 자락 때문에 앉은 자세가 약간 불편했지만, 그럼에도 말 위에서만 보이는 이 탁 트인 시야가 좋았다.

타닥, 타닥.

말이 조금씩 앞으로 나가기 시작할 때였다.

갑자기 뒤편에서 따뜻한 기운이 느껴져서 고개를 돌려보니, 칼라일이 자신이 입고 있던 겉옷을 벗어서 덮어 주었다.

"괜찮아요. 춥지 않은데……."

"그래도 덮고 있어. 만에 하나라도 누군가 영애를 보면 그편이 나을 테니까."

확실히 얼굴을 가리고 있는 건 아니었지만, 그래도 의상을 완전히 드러내는 것보다 외투라도 하나 걸치고 있는 게 더 나을지도 몰랐다.

원래대로라면 결단코 사양했겠지만, 이런 말을 들으니 마냥 거절할 수만은 없었다.

이레나는 하는 수 없이 대답했다.

"네, 그럼…… 감사히 받겠습니다."

칼라일은 왠지 그녀가 이렇게 대답하리란 것을 예상한 듯했다.

그는 이레나가 따뜻하게 외투를 걸친 것을 확인한 후 말을 이었다.

"슬슬 달려 볼까."

그 대화를 끝으로 칼라일이 본격적으로 말을 몰기 시작하자, 지금까지와는 전혀 다른 속도로 말이 앞을 향해 달려 나가기 시작했다.

귓가를 스치는 시원한 바람에 이레나는 저도 모르게 입가에 미소를 머금었다.

그때 칼라일이 뒤편에서 낮게 물어왔다.

"무섭진 않나?"

"전혀요. 더 빨리, 달리고 싶어요."

"분부대로."

칼라일의 대답대로 말이 달리는 속도가 점점 더 빨라졌다.

아주 오랜만에 느껴 보는 상쾌함에 이레나는 속이 뻥 뚫리는 느낌이 들었다.

생각했던 것보다 더 기분이 좋았다.

아무도 없는 어두운 숲길을 이렇게 자유롭게 달려본 게 얼마만인지 모르겠다.

칼라일은 상기된 이레나의 표정은 볼 수 없었지만, 그녀도 모르게 내뱉은 작은 웃음소리를 들을 수 있었다.

이레나는 한순간이나마 자유로웠던 여검사 시절처럼 시원한 바람을 즐겼다.

얼마나 달렸을까.

만족할 만큼은 아니었지만 꽤 먼 거리를 말을 타고 달려왔을 때였다.

칼라일이 말고삐를 쥐며 천천히 말의 속도를 늦췄다.

그러다 보니 의도치 않게 칼라일이 뒤편에서 이레나를 안고 있는 듯한 자세가 만들어졌다.

이레나는 자신을 둘러싸고 있는 그의 힘줄이 돋은 굵은 팔뚝을 보고서야, 생각보다 두 사람이 가깝게 밀착하고 있었단 사실을 깨달았다.

칼라일이 말했다.

"마음 같아선 계속 바람을 쐬어 주고 싶지만, 여기서부턴 사람들의 눈에 띌 수도 있으니 마차로 옮겨 타지."

"그래요."

희한하게도 지금까지 달려온 어두운 숲길에는 개미 새끼 한 마리조차 보이지 않았다.

덕분에 이레나는 아무런 걱정 없이 말을 타는 기분을 만끽할 수 있었다.

그저 운이 좋았다고 생각했지만…….

곧이어 그게 자신의 착각이었다는 것을 깨달을 수 있었다.

사사사삭—

풀잎을 가르며 움직이는 수십 개의 말발굽 소리가 여기까지 들려왔다.

갑작스러운 소리에 이레나가 경계를 하려고 하자, 칼라일이 걱정하지 말란 듯이 입을 열었다.

"근처로 사람들이 다가오지 못하도록 내 수하들이 움직이는 것이니, 신경 쓸 필요 없어."

"……네?"

이레나는 생각지 못한 사실에 깜짝 놀랐다.

칼라일이 절대로 정체가 들키지 않게 해 주겠다고 해서 믿기는 했지만, 그게 이렇게 많은 사람들의 인력으로 이뤄지는 것인지는 몰랐다.

지금까지 달렸던 그 숲길을 아무도 접근하지 못하도록 그의 수하들이 통제하고 있었다는 사실에 순간 망연자실해졌다.

"이렇게까지 하실 필요는 없었는데……."

"분명히 말하지만, 내가 그대를 위해 하는 일 중에 필요 없는 건 없어."

오늘따라 느끼는 거지만, 칼라일은 스케일이 너무 컸다.

백작 영애인 이레나조차 이처럼 귀한 대접을 받아본 적은 없었다.

가뜩이나 힘들었던 저번 생을 살다보니, 사치스러운 귀족 생활이 익숙하지 않은 상태라 더욱 적응이 되지 않았다.

하지만…….

이 모든 게 이레나를 위해서 한 행동이라는 것만은 잘 알고 있었다.

"……고마워요."

그가 무엇 때문에 자신에게 이렇게 잘해 주는지는 미지수였지만, 그렇다고 그의 행동이 고맙지 않은 것은 아니었다.

"하지만 앞으로는 이렇게까지 신경 써 주지 않으셔도 돼요."

이어지는 이레나의 뒷말에, 칼라일도 지지 않고 한 마디를 내뱉었다.

"1절까지만. 고맙다는 말로 듣도록 하지."

정작 중요한 본론만 빼고 듣는 그가 기가 막혀서 이레나는 칼라일을 어처구니없다는 표정으로 쳐다봤다.

둘은 언제가 될진 모르지만 가능한 빨리 결혼식을 올릴 계획이었다.

그 말은 즉, 칼라일은 곧 자신의 남편이 될 거란 소리다.

앞으로도 지금처럼 그와 함께할 날들이 많아질 거란 생각에 이레나는 왜인지 복잡하고 미묘한 감정이 들었다.

그때였다.

덜그럭, 덜그럭.

뒤편에서 검은색의 빈 마차가 그들을 향해 다가왔다.

워낙 말을 타고 빠르게 달린 탓에 뒤쫓아 오던 마차가 상대적으로 늦게 도착한 것이었다.

두 사람은 익숙하게 말에서 내려 다시 마차로 갈아탔다.

그렇게 인적이 드문 어두운 밤거리를 달리며, 마차는 오래 걸리지 않아 이레나가 머무는 저택의 앞에 도착했다.

이레나가 말했다.

"누가 볼지도 모르니 마차에서 내리지 말고 가세요."

"……그러지. 무도회가 얼마 남지 않았으니 이런 일도 오늘이 마지막이겠군."

"네. 지금까지 여러모로 신경 써 주셔서 감사했어요."

하나부터 열까지 너무 과분하긴 했지만, 그래도 꽤 즐

거웠던 건 사실이다.

이레나가 슬쩍 고개를 숙이며 인사하려고 하자, 칼라일이 그것을 저지하며 말을 이었다.

"나한테 고개 숙이지 마. 지금도 그렇고, 앞으로도 그대는 나와 유일하게 어깨를 견줄 수 있는 사람이 될 테니까."

"아무리 황후라 해도 제국의 황제보다 높은 권위를 가질 순 없어요. 설령 지금은 생략한다 하더라도 나중에는 황제가 되실 몸이니 결국 제 인사를 받으셔야 될 겁니다."

칼라일은 황제가 되어서 가장 정점에 설 남자였다.

그리고 그 자리에 오를 수 있도록, 이레나는 온 힘을 다해 도울 생각이다.

그런 자신이 칼라일의 위신을 떨어트리는 일을 할 수는 없는 노릇이었다.

기본적으로 아내인 이레나가 남편인 칼라일을 높게 대우해 줘야 다른 이들 또한 그를 가벼이 여기지 못하는 것이다.

"그대 말대로 가장 높은 권위를 가질 내가 말하잖아. 나는 그대와 같은 자리에 설 거라고."

이레나는 의문스러운 눈빛으로 칼라일을 쳐다봤다.

생각하기에 따라서는 엄청난 뜻으로도 해석될 수 있는 말이었다.

황제와 황후가 똑같은 권력을 나눠 갖는다는 뜻이기도 했으니까.

“그대는 장차 내 비가 될 여자야. 영애가 머리를 숙인다는 건, 내가 머리를 숙이는 것과 같지. 그러니까 앞으로는 내게 그런 격식을 갖추지 않아도 돼.”

잠시 망설이던 이레나는 이내 고개를 끄덕거렸다.

칼라일의 의중을 다 파악할 순 없었지만, 다른 사람한테 함부로 머리를 숙이지 말라는 말은 저번에도 들은 적이 있었다.

어차피 황태자비가 되고, 나중에 황후가 되면 이레나가 고개를 숙일 일은 점점 없어질 것이다.

이게 칼라일이 정말로 원하는 것이라면 이레나가 못 들어줄 것도 없었다.

말 그대로 자신은 그의 여자였으니까.

“……알겠어요. 다시 한 번 명심할게요.”

이레나의 대답에 칼라일은 만족스러운 표정을 지을 뿐이었다.

그녀가 마차의 문고리에 손을 대며 다시 마지막 인사를 건넸다.

“그럼 조심해서 가세요.”

“영애도…… 잘 자.”

생각지도 못한 그의 인사말에 이레나는 슬쩍 그를 쳐다보긴 했지만, 곧 타고 있던 마차에서 내려 저택을 향해 걸어갔다.

그런데 문득 어깨 위에 따뜻한 온기가 느껴졌다.

생각해 보니 칼라일이 덮어 준 옷을 그대로 자신이 입고 나온 것이다.

순간 아차 하는 생각에 뒤를 돌아보니, 아직도 마차가 그 자리에 서 있었다.

여태껏 칼라일과 헤어지고 나서, 이렇게 뒤를 돌아본 적은 처음이었다.

마차의 내부가 바깥에서 보이진 않았지만, 왜인지 칼라일이 자신을 빤히 쳐다보는 듯한 시선이 느껴지는 것 같았다.

그의 묘한 열기가 어린 푸른 눈동자를 떠올리며 이레나가 잠시 발걸음을 멈출 때였다.

우연히 저택 입구를 지나가던 하인이 이레나를 발견하고 얼른 다가와 인사를 건넸다.

"아가씨, 오셨습니까?"

"아, 그래."

갑작스러운 하인의 등장에 이레나는 다시 마차로 돌아가 칼라일에게 외투를 돌려줄 타이밍을 놓치고 말았다.

잠시 머뭇거리던 이레나는 어쩔 수 없이 겉옷을 걸친 채로 저택 안으로 걸어갔다.

아직은 칼라일과의 관계를 그 누구에게도 들키고 싶지 않았기에 조심해서 나쁠 건 없었다.

그렇게 저택을 향하는 내내, 뒤에서 칼라일의 시선이 따라오는 것 같은 기분이 들었다.

또각또각—

달칵.

자신의 방에 도착한 이레나는 가장 먼저 창밖을 내려다보았다.

그 자리에 계속해서 머물러 있던 칼라일의 마차가 뒤늦게 사라지는 것이 보였다.

머릿속에 설마, 하는 생각이 들었다.

'헤어질 때마다 이렇게 뒤에서 내 모습을 지켜보고 있었던 건 아니겠지?'

불현듯 궁금증이 들었지만, 그것을 확인할 방법은 없었다.

이레나는 고개를 절레절레 흔들면서 애써 머릿속에 떠오른 생각을 지우려고 하는 찰나였다.

문득 지금껏 깨닫지 못한 한 가지 사실을 알았다.

그러고 보면, 그의 수하들이 숲길을 통제하고 있었다. 한마디로 칼라일과 이레나가 함께 말을 타고 달리는 모습을 누군가가 목격할 일은 없다는 소리다.

그런데…….

칼라일은 그걸 알면서도 자신에게 다른 사람의 시선을 핑계로 외투를 걸칠 것을 권유했다.

분명 이레나가 거절하지 못하도록 그런 이유를 들먹인 게 틀림없었다.

'……약아빠졌어.'

뒤늦게 깨달은 사실에 이레나는 기가 막혔다.

이 정도면 아무리 눈치가 없는 여자라 해도 모를 수가 없었다. 칼라일은 자신에게 지나칠 정도로 잘해 주고 있었다.

그가 덮어 준 겉옷을 벗어 내리며 이레나는 마차가 머물렀던 자리를 쳐다봤다.

마음속에 왠지 모를 여운이 남았다.

10

하나부터 열까지

다음 날, 미라벨은 이레나의 얘기를 듣고 방긋 웃을 수밖에 없었다.

“정말? 언니가 아는 사람이 드레스를 주겠대?”

“응. 제작하는 드레스는 아무래도 기한 내에 맞추기가 어려울 것 같아서, 어쩔 수 없이 완성된 드레스를 받기로 했어.”

“괜찮아. 아예 무도회를 못 갈 줄 알았는데, 그게 어디야!”

봄날의 햇살처럼 환하게 웃는 미라벨의 얼굴을 보고 있자니, 이레나의 가슴조차 따뜻하게 변할 수밖에 없었다.

칼라일에게 너무 신세를 지는 것 같아 신경이 쓰였지만, 막상 미라벨이 웃는 모습을 보고 있자니 그래도 잘한 선택이라는 생각이 들었다.

이레나와 미라벨이 두런두런 대화를 나누고 있는데, 이상하게 오늘따라 저택 안이 어수선한 느낌이 들었다.

평상시와 다른 기운을 감지한 이레나가 물었다.

"그런데 오늘 무슨 날이야? 왜 이렇게 사람들이 들뜬 것 같지?"

"아, 언니 몰랐어? 오늘 수도에서 축제가 벌어진대."

"축제?"

"응, 오랫동안 공사 중이었던 플라워 브리지 알지? 그게 최근에 완공이 돼서 그 기념으로 황궁에서 사람도 나온다네."

미라벨이 힐끔 주변을 둘러보더니 은밀하게 목소리를 낮추며 말했다.

"그 사람이 황태자 전하라는 소문이 있어. 잘하면 무도회 전에 얼굴을 볼 수도 있다고 하녀들이 그러더라고."

"……뭐?"

이레나가 깜짝 놀란 표정을 짓자, 미라벨이 그럴 줄 알았다는 듯 웃었다.

"뭐야, 언니도 궁금했구나?"

하지만 미라벨의 예상과 달리, 이레나가 놀란 것은 전혀 다른 부분이었다.

플라워 브리지.

지난 생에서 부실 공사로 부서졌던 다리였다.

강가 사이를 잇는 큰 다리로 황실에서 꽤 막대한 투자를 들여서 건설했지만, 중간 역할을 하던 관리가 부정하게 돈을 취하며 부실 공사를 하는 바람에 축제에 나간 많은 사람이 다쳤다.

다행히 이레나와 미라벨은 저번 생에서 참석하지 않았기에 별다른 피해가 없었지만, 그런 사실을 잊을 순 없었다.

그 위험한 곳에…….

'카릴이 참석한다고?'

절로 떠오르는 최악의 상황에 짙은 불안감이 엄습했다.

"아, 급히 처리해야 할 서류가 있었는데 깜빡했네. 난 다시 방으로 들어가서 못다 한 업무를 봐야겠다."

"응, 쉬엄쉬엄해 언니."

이레나는 서둘러 핑계를 대고 자신의 방으로 돌아갔다.

미라벨의 말만 듣고 칼라일이 플라워 브리지 완공 축제에 등장할 거라 확신할 순 없었다. 정확한 건 쿤에게 직접 확인해 봐야 했다.

자칫하면 칼라일의 신변에 위험이 생길 수도 있는 상황이었기에 이레나는 평상시와 달리 창문에 붉은색 손수건을 여러 장 걸어 두었다.

여태껏 손수건을 한 장씩만 묶어 놓았던 것과 달리, 일종의 급하다는 표시인 셈이다.

그리고 만약의 상황에 대비해, 블레이즈가에서부터 어렵게 가지고 온 어머니의 철 갑옷을 숨겨 놓은 위치를 떠올렸다.

자신이 직접 움직여야 할 상황을 대비해서 아무도 모르게 챙겨 온 물건이었다.

지금껏 누구에게도 들키지 않게 가져오느라 얼마나 애를 썼는지 모른다.

철 갑옷이 워낙 부피가 큰 물건이었기에 의상이 있는 짐들과 따로 분류를 해 놓아서 천만다행이었지, 아니었으면 틸다가 드레스를 찢었을 때 발견했을지도 모른다.

그 예기치 못한 상황에서 철 갑옷을 들키지 않은 건 정말 운이 좋았다.

아직 드레스를 찢게 만든 범인이 누구인지도 모르는 마당에, 이레나가 수상한 철 갑옷을 가지고 있다는 사실을 들켜서 좋을 건 없었으니까.

이레나는 초조하게 창문 근처를 서성이며, 빨리 쿤이 와 주기를 바랐다.

자신이 죽고 난 뒤, 어떻게 과거로 돌아오게 된 건지 알 수 없다.

그래서 불안했다.

한 번 죽었던 칼라일이 다시 위험에 빠질까 봐.

원래 칼라일은 죽었어야 할 운명이다. 그렇다면 다시

죽음이란 그림자가 그를 덮치는 건 아닐까, 불길한 생각이 들었다.

그리고 그건 가족들도 마찬가지였다.

'……안 돼.'

미라벨, 데릭 오라버니, 그리고 아버지.

순차적인 죽음을 막고 가족들을 지키려면 칼라일이 필요했다.

지금까지 어렵게 계약 결혼을 성사시키고, 이제야 파벨루크를 슬슬 상대해 볼까 하는데 이 와중에 칼라일이 사라져 버린다면 다시 원점이었다.

가장 좋은 길을 두고, 돌아갈 순 없었다.

이레나는 무슨 수를 써서라도 칼라일을 지켜 내야만 했다. 그 앞을 가로막는 게 설령 운명이라는 거대한 이름이라 해도 말이다.

만약 신이라 해도 칼라일의 목숨을 거둬 가려면 자신을 거쳐야 할 것이다.

그 무엇도 칼라일을 위협하도록 놔두진 않으리라.

* * *

쿤은 다행히 오래 걸리지 않아 이레나의 앞에 모습을 드러냈다. 아마도 붉은색 손수건을 여러 장 묶어 놓은 탓에 그도 서두른 모양이었다.

이레나는 무표정한 쿤의 모습이 이토록 반가웠던 적은 처음이었다.

"무슨 일로……."

"전하의 일정 중에, 플라워 브리지 축제에 참석하는 것이 있나요?"

쿤의 말을 자르며, 이레나는 빠르게 본론부터 물어봤다.

그러자 잠시 기억을 더듬어 보던 쿤이 이내 고개를 끄덕거렸다.

"네, 있습니다."

"……확실한가요?"

"분명합니다. 얼마 전에 들은 기억이 있으니까요. 그런데 무슨 일 때문에 그러시죠?"

점점 어둡게 변하는 이레나의 안색을 쿤은 의아하게 바라볼 수밖에 없었다.

이레나는 가능한 자신이 잘못 안 것이기를 바랐지만, 결국 칼라일이 그 사고 현장에 연루될 수도 있다는 걸 확인했다.

사실을 안 이상, 방법은 하나였다.

어떻게든 그의 참석을 막아야 했다.

"전하께 전해 주세요. 그 일정을 취소하시라고요."

"……네?"

쿤은 그런 성격이 아님에도 불구하고 저도 모르게 이레나의 말을 되묻고 말았다.

다른 사람이 듣기엔 그녀의 말이 너무도 뜬금없었기 때문이다.

"누군가한테 들었어요. 플라워 브리지가 부실하게 지어졌다고요. 전하께서 그런 곳에 참석하시는 건 아무래도 위험할 것 같으니 가지 말아 달라고 말씀해 주세요."

쿤이 도무지 납득이 안 간다는 표정으로 이레나를 쳐다봤다. 그리곤 조심스럽게 다시 물었다.

"진심이십니까?"

"제가 장난으로 이런 말을 할 것 같나요?"

딱딱하게 굳은 이레나의 얼굴에도 쿤은 여전히 의문스러운 시선을 거두지 못했지만, 곧 알겠다는 듯 고개를 끄덕거렸다.

"아가씨가 그리 말씀하신다면 그대로 전하겠습니다. 단, 장군께서 어떤 결정을 내리실지는 저도 장담할 수 없습니다."

"일단 전하께 최대한 빨리 이 말을 전해 주세요. 그리고 어떤 대답을 하셨는지 저에게도 곧바로 알려 주시고요."

"……알겠습니다."

쿤은 이레나가 왜 이런 말을 하는지 이유를 알지 못했지만, 그럼에도 그녀가 하는 말에 더 이상 토를 달지 않았다.

이레나는 쿤의 이런 부분이 나쁘지 않았다.

자신이 하는 행동에 대해서 일일이 설명을 해 줄 생각은 없었으니까.

“그럼 바로 가 보겠습니다.”

평상시처럼 군더더기 없는 동작으로 고개를 숙인 쿤이 다시 창문을 통해 나가려고 할 때였다.

이레나가 초조한 심정에 한마디를 덧붙였다.

“최대한 빨리, 부탁드릴게요.”

“알겠습니다.”

그 대답을 끝으로 쿤의 모습이 창밖으로 사라졌다.

몇 번의 경험으로 쿤의 일 처리엔 신뢰가 생겼다. 그가 곧 어떠한 대답이든 이레나에게 가져다줄 게 분명했다.

이레나는 쿤이 가지고 올 답이, 축제에 불참하겠다는 것이기를 간절히 바랐다.

그게 가장 안전한 방법이었으니까.

어느새 시간이 흘러 늦은 오후가 되었다.

벌써 해가 지려고 하는 것인지 하늘의 끝자락에 붉은 색의 노을이 져 있었다.

이레나는 방 안에서 꼼짝도 하지 않은 채, 여전히 쿤을 기다리고 있는 중이었다.

그때였다.

타악!

침입하기 편하도록 열어놓은 창문에 누군가의 손이 올라왔다. 그리곤 순식간에 쿤이 모습을 드러내며 방 안으로 들어왔다.

그는 이레나가 부탁한 대로 빠르게 다녀온 듯했다.

물론 그 시간조차도 이레나에겐 꽤나 길게 느껴졌지만, 칼라일이 어디 있었는지 알 수 없었기에 불만을 가질 순 없었다.

쿤의 얼굴을 보자마자, 이레나가 참지 못하고 먼저 물었다.

“전하께서 뭐라고 대답하시던가요?”

“황궁 행사라 빠질 수 없는 일정이라고 하십니다. 하지만 아가씨의 충고를 새겨듣고 안전하게 다녀올 테니, 염려하지 말고 계시랍니다.”

“…….”

“……아가씨?”

이레나가 한순간 아무런 말이 없자, 쿤이 재차 그녀를 불렀다. 왠지 지금 그녀가 짓는 표정을 보고 약간 놀라는 기색이었다.

잠시 생각을 정리한 이레나가 침착하게 대꾸했다.

“……무슨 말씀인지 알겠습니다.”

“괜찮으십니까?”

"부득이한 일정이라면, 하는 수 없죠."

"아뇨. 그게 아니라 지금 표정이……."

쿤은 이것을 뭐라고 표현해야 할지 몰라 잠시 말을 멈췄다.

그러자 이레나가 의아한 눈빛으로 그를 똑바로 쳐다보며 말했다.

"제 표정이 왜요?"

"……조금 변하셨습니다. 마치 전장에라도 나가는 사람처럼요."

생각보다 날카로운 쿤의 눈썰미에 이레나는 억지로 웃음을 띠었다.

"설마요."

이레나는 그 말만 내뱉고, 곧바로 책상으로 걸어가 흰 종에 위에 빠르게 글자를 적어 나갔다.

그리곤 그것을 봉투에 넣어 블레이즈가의 문양을 찍고 아무도 열어 보지 못하도록 봉했다.

이레나가 그 편지 봉투를 쿤에게 건네며 다시 입을 열었다.

"여러 번 일을 시키는 것 같아 죄송하지만, 이것을 전하께 전해 주세요."

"이것만 전해 드리면 되겠습니까?"

"네."

"알겠습니다."

묘하게 달라진 이레나의 태도를 의아하게 생각하면서도, 쿤은 그 편지 봉투를 조심스럽게 품 안에 챙길 뿐이었다.

쿤이 새로 받은 임무를 위해 다시 나가려고 하자, 이레나가 마지막으로 그에게 물었다.

"전하께서 축제에 참석하셔야 하는 시간이 언제죠?"

"오늘 저녁 아홉 시라고 알고 있습니다."

"네, 알려 줘서 고마워요."

"그럼—"

사라지는 쿤의 모습을 잠시 바라보던 이레나는 곧 절도 있는 자세로 등을 돌렸다.

가장 좋은 방법은 칼라일이 위험에 노출이 되지 않는 것이었다.

당연한 말이지만, 애초부터 위험의 싹을 잘라 버리면 문제될 게 없었으니까.

하지만 그게 마음처럼 안된다면 차선책은 하나뿐이다.

바로 이레나가 직접 움직이는 것.

제 손으로 칼라일을 지키지 않는 한, 절대 마음을 놓을 수 없었다.

또각또각—

이레나는 곧은 걸음걸이로 철 갑옷을 숨겨 놓은 장소를 향해 나아갔다.

다시 한 번, 정체를 감춰야 하는 시간이 찾아왔다.

* * *

하늘의 끝자락에 걸려있던 해가 완전히 졌다.

어둠이 짙게 깔린 밤, 이레나는 칼라일을 구하러 몰래 움직이던 그 날처럼 흑색의 철 갑옷으로 전신을 둘렀다.

그 누구도 투구까지 장착한 그녀의 정체를 알아볼 순 없었다.

심지어 갑옷을 입은 겉모습만 봐서는 이레나가 남자인지, 여자인지조차 명확하게 분간하기 어려울 정도였다.

전생에서도 밝은 금발 머리를 휘날리며 싸우다 보면, 원치 않게 적들의 주목을 한 몸에 받았기에 이따금 이렇게 투구로 얼굴을 가리곤 했었다.

그때의 경험으로 인해 지금의 상태가 전혀 불편하지 않은 것은 천만다행이었다.

단단한 철 갑옷을 입고 싸운다는 게, 생각보다 훈련을 받지 않은 자들에게는 꽤나 불편하고 어려운 일이었으니까.

사실 이레나는 이미 한 번 칼라일을 구하러 간 경험이 있었기에, 저택에 도착하고부터 정체를 감추고 나가야 하는 상황에 대해 시뮬레이션을 했었다.

그리고 다행히도 여기는 남부 지방의 블레이즈 성이

아닌, 수도의 자그만 저택이었다.

이 저택 안에 기사들이 없는 건 아니었지만, 성에 비한다면 우스운 수준이었다.

타앗!

이레나는 매일 쿤이 하던 것처럼 창가를 손에 짚고 거침없이 뛰어내렸다.

철 갑옷이 조금 불편하긴 했지만 워낙 유연한 몸을 지녔기 때문에 고양이처럼 날렵한 동작으로 저택을 빠져나왔다.

사람들이 없는 곳으로만 쏙쏙 움직이는 이레나가 향하는 장소가 있었다.

'이럴 때를 대비해, 마구간이 있는 위치까지 미리 동선을 계산해 놨지.'

이레나는 저택과 조금 떨어져 있는 마구간에서 몰래 말 한 마리를 훔쳤다.

그리곤 조심스럽게 말을 끌고 저택 안의 사정권을 완전히 벗어났다.

안전한 장소까지 이동했다고 판단이 되자, 이레나는 곧바로 능숙하게 말 위에 올라타서 힘껏 몸통을 발로 찼다.

"이랴!"

그러자 말이 짧게 울음소리를 토하더니, 쏜살같이 앞으로 달려 나가기 시작했다.

타다다닥, 타다다닥.

빠른 속도만큼 말발굽 소리가 시끄럽게 울렸다.

두터운 철 갑옷 때문에 칼라일과 함께 바람을 만끽했던 것처럼 시원한 기분은 들지 않았지만, 지금은 그런 게 조금도 상관없었다.

플라워 브리지.

꽃이라는 이름이 들어간 것처럼, 강가 위를 연결하는 커다란 이 다리는 장미 넝쿨로 장식이 된 무척이나 아름다운 장소였다.

더구나 축제를 위해 작은 등불까지 사방에 장식을 해 놓아서 한밤중에도 경치가 장관이나 다름없었다.

그렇게 축제를 즐기기 위해 몰려든 수많은 인파가 보이는 언덕 위에, 이레나는 홀로 철 갑옷을 입은 채 서 있었다.

그녀는 다른 사람들처럼 주변의 풍경에 현혹되지 않았다.

그저 조용히 밤하늘을 올려다보면서 시간이 얼마쯤 되었는지를 계산하고 있을 뿐이었다.

그러던 어느 순간이었다.

저 멀리에서 말이 달리면서 일으키는 뿌연 연기가 보였다.

그리고 타다다다다, 수십 개의 말발굽 소리가 동시에 들려왔다.

가장 선두에 서서 검은 머리카락을 휘날리고 있는 남자는 한눈에 알아볼 수 있었다.

바로 칼라일이었다.

차가운 푸른색임에도 불구하고 기이한 열기가 어린 눈동자, 한 치의 흐트러짐도 없이 곧게 뻗은 콧날과 굳게 다문 입술.

그는 어딘지 무시무시한 기운을 내뿜으며 이레나가 있는 곳을 향해 곧장 달려오고 있었다.

여기까지 제시간에 맞춰서 온 것을 보면, 그녀가 보낸 편지를 확인한 모양이었다.

칼라일은 수하들을 조금 떨어진 곳에 대기시키고, 혼자서 이레나를 향해 가까이 다가왔다.

이미 한 번 이레나가 갑옷을 입은 모습을 본 적이 있었기에 바로 알아본 것 같았다.

그는 이레나의 앞에 도착하자마자 다짜고짜 먼저 입을 열었다.

"이건 무슨 뜻이지?"

뭐가 그리도 마음에 안 드는 건지 칼라일의 눈초리가 딱딱하게 굳어 있었다.

이레나는 자신의 앞에 서 있는 칼라일을 똑바로 쳐다보며 말했다.

"뭐가 말입니까?"

투구 속에서 흘러나오는 이레나의 목소리는 평상시와 조금 달랐다. 일부러 자신의 정체를 감추기 위해 목소리 톤을 더 낮게 내뱉은 것이다.

칼라일은 말보단 행동으로 보여 줬다.

그의 기다란 손이 이레나가 적어서 보낸 종이를 허공에 펼쳤다.

[당신을 지키러 가겠습니다. 우리의 계약 사항을 잊어버리진 않으셨겠죠?]

그리고 그 아래엔 만나는 위치와 축제에 참석하기 전까지 와 달란 내용이 간략히 적혀 있었다.

이레나는 동요 없는 눈동자로 자신이 적은 편지의 내용을 한 번 훑고 입을 열었다.

"말 그대로예요."

계약서를 작성할 때 분명히 넣었던 조항이었다.

이레나는 이 조항을 넣기 위해, 칼라일이 차후에 원하는 일을 한 가지 들어준다는 페널티까지 감내해야 했으니까.

"저희의 계약 사항 5번째에 있죠. 제가 밤마다 정체를 감추고 기사로 활동하는 걸 허락한다."

"그건……."

칼라일이 하려는 말을 자르며, 이레나가 먼저 말을 꺼

냈다.

“가능한 전하의 옆에서 떨어지지 않는다는 조건도 지킬 겁니다.”

이레나가 내뱉은 전하, 라는 호칭에 칼라일의 표정이 꿈틀거렸다.

그걸 알아차린 그녀가 설명하듯 다시 말을 이었다.

“어쨌든 투구를 쓴 저는 정체를 감춰야 하는 입장이니 이해해 주세요.”

“……무슨 말인지는 알겠어.”

여전히 탐탁지 않은 표정으로 잠시 고민을 하던 칼라일이 나지막이 말했다.

“하지만 이건 너무 일러. 그대의 생각보다 날 노리는 자들이 많아, 내 옆에 있다간 정말 위험해질지도 몰라.”

칼라일은 볼 수 없었지만, 투구 속에 가려진 이레나의 입꼬리가 희미하게 올라갔다.

“그렇다면 더더욱, 지금이 제가 활약할 시간이군요.”

그 순간이었다.

이레나의 말에 맞춰 축제를 알리는 폭죽이 하늘 위로 터졌다.

펑! 퍼엉!

형형색색의 불빛이 이레나가 입은 흑색의 갑옷을 다채롭게 물들였다.

이레나는 핏빛처럼 붉은 눈동자를 빛내며 나지막이 말을 이었다.

"오늘, 설령 하늘이 무너진다고 해도 제가 지켜 드리겠습니다."

칼라일은 그 말을 듣고도 아무런 대꾸도 하지 않았다. 그저 그 자리에 석상처럼 가만히 서서 그녀를 내려다볼 뿐이었다.

하지만 그의 매서운 눈빛은 지금 상황이 얼마나 마음에 들지 않는지 짐작케 했다.

이레나는 그 날카로운 시선을 피하지 않은 채 똑바로 마주 섰다.

궁극적으로 칼라일과 계약 결혼을 진행하려는 이유는 이런 부분이 다 포함되어 있는 것이었다.

그를 가장 가까이에서 지켜 내는 것. 그리고 그를 황제로 만드는 것 말이다.

칼라일이 느릿하게 입을 열었다.

"……내가 그대가 위험해지는 게 싫다면?"

조금의 장난기도 느껴지지 않는 진지한 말투였다. 하지만 이레나도 여기서 물러설 생각은 눈곱만큼도 없었다.

직감적으로 알 수 있었다.

지금 뒤로 물러난다면 앞으로 기사로서 그를 지킬 수 있는 기회를 얻지 못할지도 모른다.

칼라일도 쉽게 본인의 생각을 굽히지 않는 남자라는 걸 안다. 그래서 이레나는 치사한 방법을 써서라도 자신의 뜻을 관철시켜야만 했다.

그에겐 다소 미안하지만, 이레나는 지금까지 그와 만나면서 한 가지 약점을 알아냈다.

"그 말씀은 저희의 계약을 파기하겠단 뜻인가요?"

"……파기?"

영문을 모르겠다는 그의 물음에, 이레나가 다시 목소리를 낮춘 채 대답했다.

"저희의 계약 결혼 말이에요. 버젓이 계약서에 적혀 있는 내용을 위반하겠다고 하시면 제가 그렇게 받아들일 수밖에요."

이레나의 예상대로 칼라일의 동공이 흔들렸다.

그가 왜 이렇게 자신을 아끼는지 아직 알아내진 못했지만, 분명 이 결혼을 원하는 것은 이레나 혼자만이 아니었다.

이레나는 거기에 승부를 걸었다.

지금 확실히 해 두지 않으면 앞으로도 칼라일은 이런 위험한 상황에서 이레나를 뒤로 빼려고 할 것이다.

그렇게 온실 속의 화초처럼 취급받을 생각은 없었다.

한 번 미래를 경험했을 뿐만 아니라, 저번 생에선 대륙에서 손꼽을 정도로 출중했던 실력으로 할 수 있는 일은 생각보다 많았으니까.

"그 말은 내가 지금 그대의 행동을 묵인하지 않으면, 우리의 결혼을 취소라도 하겠다는 소리인가?"

"네, 맞아요."

짧지만 단호한 이레나의 대답에 칼라일은 한순간 딱딱하게 굳었다.

그가 곧이어 기가 막힌다는 듯이 입꼬리를 올렸는데, 그게 지독히도 서늘해 보였다.

"……그대가 영리하다는 게 이렇게 싫게 느껴질 줄은 몰랐군."

칼라일도 그제야 안 것 같았다. 지금 이레나가 손에 쥐고 협박하는 것이 무언지를.

이레나는 자기 스스로를 볼모로 내세우고 있었다.

칼라일이 꽤나 자신을 아낀다는 사실을 그동안의 경험으로 눈치챘기 때문이다.

두 사람은 말없이 서로를 응시했다.

말 그대로 한 치도 물러서지 않는 팽팽한 기싸움을 하고 있는 중이었다.

하지만 이레나는 조금 전 그가 마지막으로 한 말을 듣는 순간, 이 싸움의 승리자가 자신이라는 것을 확신할 수 있었다.

사실 이레나는 진심으로 그와 계약 결혼을 파기할 생각은 없었다.

지금껏 칼라일의 태도를 보며 느낀 것을 바탕으로 도박을 걸었는데, 아주 보기 좋게 먹혀든 셈이었다.

혹시라도 이 방법이 먹히지 않을까 봐 속으로는 얼마나 가슴 졸였는지 모른다. 그런데 다행히도 그럴 필요는 없었던 모양이다.

칼라일은 못마땅한 표정으로 한동안 침묵을 지키다가 이내 나지막이 입을 열었다.

"……이 같은 협박을 들어주는 건 이번이 마지막이야."

이레나는 대답 대신 고개를 살짝 끄덕였다.

그녀도 계약 결혼을 파기하겠다는 말을 쉽게 내뱉을 생각은 없었다. 그만큼 지금이 위급한 상황이었다.

칼라일은 모르겠지만 플라워 브리지에서 그가 다칠지도, 최악의 경우 목숨을 잃을지도 모르는 일이었으니까.

그는 말을 해 놓고도 마음이 놓이지 않았는지 다시 한 번 말했다.

"방금 그대가 한 말 잊지 마. 내 옆에서 떨어지지 않겠다는 거."

"그럴게요."

칼라일은 자기 자신을 무기로 삼은 이레나를 기가 막힌다는 듯, 또 한편으론 복잡한 눈빛으로 쳐다보며 말을 이었다.

"내게 이걸 허락하게 만든 만큼, 나중에 그대가 들어줘야 할 내 소원도 그리 쉽지 않을 거야. 각오해 두도록 해."

"……네."

안 그래도 계약 사항을 적으면서부터 마음에 걸렸던 부분 중 하나였다.

말이 쉽지, 소원을 한 가지 들어준다는 게 자칫하면 발목을 잡을 수도 있었다.

하지만 당장은 칼라일의 호위로 들어가는 것이 중요했기에 어쩔 수 없었다. 나중에 벌어질 일은 그때 가서 생각하면 된다.

칼라일은 이레나가 백작 영애로 있을 때와는 다르게, 먼저 수하들이 있는 곳으로 발걸음을 옮기며 말을 내뱉었다.

"따라와."

그가 휘적휘적 먼저 걸어가는 뒷모습을 쫓아가며 이레나는 속으로 내심 안도할 수 있었다.

칼라일이 자신의 정체가 탄로 날만큼 티 나게 행동할까 봐 걱정이었는데, 다행히도 그럴 생각은 없는 모양이었다.

이레나는 묵묵히 그의 그림자라도 된 양 발소리를 죽이며 따라갔다.

지금까진 몰랐는데 수하들의 이목이 이레나를 향해 완전히 집중되어 있었다.

아마 전신에 철 갑옷을 두르고, 허리에 검까지 차고 있으니 혹시라도 칼라일을 급습이라도 할까 봐 긴장을 하고 있었던 모양이다.

그래서인지 몇몇은 이레나를 향해 적의를 품은 시선들도 느껴졌다.

칼라일이 이레나를 데리고 돌아오자, 선두에 서서 그를 기다리고 있던 수하 한 명이 의아한 표정으로 물었다.

"전하, 웬 혹을 하나 달고 오시는 겁니까?"

그 말에 칼라일의 푸른 홍채가 슬쩍 이레나를 향했다가 다시 정면으로 돌아갔다.

"……오늘부터 내 호위 기사야."

내키지 않는다는 기운이 뚝뚝 떨어지는 그의 목소리에, 그의 수하는 더욱 의문스러운 표정을 지을 수밖에 없었다.

"저희들이 있는데 갑자기 무슨……."

칼라일은 수하의 말에 일일이 대꾸해 줄 생각이 없는지, 간단히 무시해 버리곤 이레나를 향해서 설명하듯 입을 열었다.

"저 말 많은 놈은 제너드라고 하지."

"저, 전하!"

제너드란 이름의 수하는 단정한 은발머리에 청록색 눈동자를 지닌 꽤나 준수한 미남이었다.

목 끝까지 꽉 채운 셔츠 단추가 그가 얼마나 완벽주의인지 단편적으로 보여 주는 것 같았다.

어쨌든 이제부터 칼라일의 호위 기사로 활동하려면 그의 측근들의 얼굴을 대충이라도 파악해 놓는 게 나쁘지 않았다.

이레나가 목소리를 낮게 변조하며 입을 열었다.

"제 이름은……."

그녀가 대충 자신의 이름을 꾸며서 소개하려 하자, 그것을 눈치챈 칼라일이 먼저 말을 내뱉었다.

"렌이다."

칼라일이 말한 '렌'이라는 단어에 이레나의 붉은 눈동자가 조금 커졌다.

그것은 이레나, 라는 이름을 간략히 줄인 호칭이었기 때문이다.

돌아가신 어머니가 살아 계실 때, 종종 그렇게 부르곤 했었다.

—렌, 그러다 다칠라. 조심해야지.

아직도 다정하게 자신을 부르는 어머니의 목소리가 기억에 남았다.

이처럼 이레나가 허락하지 않았는데 마음대로 그녀의 애칭을 부르는 건 도리에 어긋나는 짓이었다. 칼라일은 본인을 '카릴'이라고 부르는 걸 허락했을지 몰라도, 이레나는 그에게 자신의 애칭을 부르도록 만들 생각이 전혀 없었다.

그런데 칼라일이 먼저 선수를 친 것이다.

당황한 이레나의 붉은 눈동자를 들여다보며, 칼라일의 입가에 맺힌 미소가 짙어졌다.

그런 상황을 전혀 모르는 제너드만이, 칼라일과 이레나를 한 번씩 돌아보며 황당하다는 듯이 입을 열었다.

"설마 이게 끝입니까? 지금부터 저희들과 같이 움직이라는 거예요?"

"방금 말할 때 뭘 들은 거야? 이제부터 렌은 내 호위 기사라고 했잖아."

"지금이 얼마나 중요한 시기인데…… 이런 정체불명의 신입을 받겠다고요?"

제너드가 대놓고 못마땅하다는 표정을 지었다.

가뜩이나 칼라일의 목숨을 노리고 있는 자들이 많은 상황에서 신원이 확실치 않은 신입이 들어오는 건 여러모로 좋지 않았다.

지금껏 손발을 맞춰 온 것도 아니었고, 만에 하나 다른 목적을 가지고 위장한 첩자일 수도 있었으니까.

"더 이상, 내 결정에 토 달지 마."

칼라일은 명령조로 낮게 내뱉으며 제너드의 불만을 한순간에 잠재웠다.

제너드도 그가 내린 결정을 번복할 수 없다는 걸 알기에, 그저 방금 전보다 작아진 목소리로 자신의 의견을 피력할 뿐이었다.

"저는 그저…… 카샤 놈 이외에 또 이런 자가 들어오는 게 걱정이 되어서 그럽니다."

카샤? 설마, 쿤 카샤?

이레나는 귀에 익숙한 이름에 눈을 반짝 빛내며, 제너드를 쳐다봤다.

칼라일의 부대 안에서 쿤이 어떤 취급을 받고 있는지 생각해 보지 않았다. 그런데 예상외로 꽤나 탐탁지 않은 분위기였다.

칼라일은 무표정한 얼굴로 말했다.

"그만하라고 했다."

"……죄송합니다."

제너드가 고개를 수그리고 물러나자, 칼라일은 본인이 타고 온 말 위로 다시 몸을 실었다.

칼라일이 말 위에서 잠시 이레나를 내려다보곤 곧 수하 한 명에게 눈짓을 주며 명령 내렸다.

"렌에게 말을 내줘라."

"네! 전하!"

명령을 받은 수하는 깍듯하게 고개를 숙인 후, 타고 있던 말에서 내려 이레나에게 바로 말고삐를 넘겨주었다.

그리고 말에서 내린 수하는 다른 이의 말에 옮겨 타며 이동 준비를 마쳤다.

이레나도 여기까지 타고 온 말이 있었지만, 다시 이곳으로 끌고 오는 것도 시간 낭비였기에 순순히 다른 사람이 내준 말 위에 올라탔다.

칼라일이 말을 타고 앞으로 나아가며, 마지막으로 그녀를 향해 말했다.

"언제라도 힘이 들면 말해. 그대가 그만두겠다는 소리를 기쁜 마음으로 기다리지."

다른 수하들은 전혀 알아들을 수 없는 대화였기에, 모두 이레나를 힐끔 쳐다볼 뿐이었다.

하지만 정작 이레나는 아무 말도 하지 않은 채 칼라일을 뒤를 따라 말 머리를 움직였다.

앞으로 어떤 일이 벌어지든 간에 그녀가 칼라일의 호위를 그만둘 일은 없었으니까.

그때였다.

퍼엉! 퍼어엉!

다시 한 번 하늘 위로 화려한 폭죽이 터졌다.

제너드가 그 폭죽을 보곤 곧이어 품 안에 가지고 있던 회중시계를 꺼내 시간을 확인했다.

"전하, 슬슬 축제에 참가하실 시간입니다."

"가자."

칼라일이 선두에서 말을 몰자, 그 뒤로 수십 명의 수하들이 따라붙었다.

빠르게 이동하는 그 와중에 놀랍게도 칼라일의 바로 뒤편에 따라붙은 건 다름 아닌 이레나였다.

제너드는 그녀의 뛰어난 승마 솜씨에도 마음에 안 든다는 눈빛을 보내며, 더욱 힘차게 말을 몰기 시작했다.

축제의 장소에 칼라일이 도착하자 사람들이 양옆으로 갈라지며 길을 내줬다.

이 축제를 주관하는 사람들 중 한 명이 뒤에서 큰 소리로 외쳤다.

"칼라일 황태자 전하 행차요!"

그 말에 설마 하는 눈빛으로 칼라일을 쳐다보던 제국민들이 일제히 고개를 숙이며 인사를 건넸다.

마치 약속이라도 한 것처럼 동시에 고개를 수그리는 모습이 흡사 파도가 치는 듯했다. 그리고 그 끝은 보이지 않았다.

그 모습이 장관이나 다름없었다.

칼라일의 뒤를 따라 말을 타고 이동하는 이레나도 새삼스러운 시선으로 그를 다시 쳐다볼 수밖에 없었다.

지금까진 딱히 생각해 본 적이 없었지만, 황제 폐하는 심각한 병환으로 인해 공식 석상에 모습을 드러내지 않은 지 오래다. 아주 오랜만에 황실 행사에 참가한 직계 황태자를 보며 제국민들은 나름 감격스러운 모양이었다.

그리고 그들의 경외에 찬 시선을 한 몸에 받으면서, 칼라일은 마치 제 몸에 딱 맞는 옷을 입은 사람처럼 당당히 걷고 있었다.

누가 말하지 않아도 그 모습을 보며 다들 똑같은 생각을 하고 있을 터였다.

'……황제가 되기 위해 태어난 남자.'

그만큼 황제라는 자리가 잘 어울리는 남자는 없을 것 같았다.

만약 먹이사슬로 비유하자면, 황제는 가장 최상위층에 속한 포식자였다.

모두의 정점에 서 있는 단 한 자리.

그 절대 권력을 가진 자리가 칼라일에겐 너무나도 잘 어울렸다. 마치 남의 위에 서 있기 위해 태어난 사람처럼.

그의 푸른색 홍채를 어쩌다 마주치기만 해도, 질투나 시기란 감정보다 우습게도 동경이란 것이 먼저 자리를 잡았으니까.

이레나가 긴 행렬을 따라 칼라일의 뒤를 쫓고 있을 때였다.

칼라일과 조금 거리가 멀어진 틈을 타, 그의 수하들이 말을 걸었다.

"야, 신입."

"……."

이레나는 자신을 부르는 것임을 알면서도 대꾸조차 하지 않았다.

당연한 말이지만, 용병이든 기사단이든 검을 쓰는 사람들은 거칠었다.

지난 생에 그런 무리들 속에서 지내 온 세월만 자그마치 십수 년이다.

이제는 이런 도발이 어린애 장난처럼 느껴질 수밖에 없었다. 보통 어느 단체든 간에 서열을 매기기 좋아하는 놈들은 꼭 있었으니까.

무엇보다 정체를 감춰야만 하는 상황이라 타인과 개인적인 친분을 만들 생각도, 말을 많이 섞고 싶은 생각도 없었다.

"야, 우리 말 안 들리냐?"

"일부러 무시하는 거 같은데?"

이레나는 그쪽으로 고개조차 돌리지 않은 채, 점점 가까워지는 플라워 브리지를 남몰래 살피고 있었다.

오늘 무너질 다리다.

그렇다면 이상 증후가 있을 게 분명했다.

건물이든 다리든 아무런 증상도 없이 하루아침에 무너질 리는 없었으니까.

분명 이곳을 관리하는 누군가가 그런 사실을 감추고 있을 게 뻔했다.

'……가능한 다리가 무너지기 전에 밝혀내서 대피를 시키는 게 좋겠지.'

이레나의 주목적은 칼라일을 지켜 내는 것이지만, 할 수 있다면 다른 사람들 또한 다치거나 사망하는 이가 없도록 만들 생각이었다.

곰곰이 생각에 잠겨 있는 이레나의 앞길을 누군가가 막았다.

고개를 슬쩍 올려보니 덩치가 산만 한 남자였다.

"렌이라고 했나? 우리가 하는 말이 우습냐?"

전체적으로 살집이 있는 체형인 데다 등치까지 좋아서 체구가 아주 거대했다.

누가 보아도 힘 꽤나 쓸 것 같이 생겼다고나 해야 할까?

"야, 메건 살살해라. 저놈 체구가 작은 걸 보아하니 네가 한 대 치면 쓰러지겠다. 그래도 전하께서 직접 데리고 온 놈인데 첫날부터 묵사발로 만들면 좀 그렇잖냐."

누군가가 비아냥거리는 소리를 듣고 있자니, 눈앞의 이 남자 이름이 메건인 듯했다.

이레나가 막 입을 떼려는 찰나였다.

갑자기 앞쪽에서 소란스러운 목소리가 들려왔다.

플라워 브리지의 정중앙에 위치한 축제 장소로 가는

칼라일의 앞길을 누군가가 가로막아선 것이었다. 그것도 허리춤에 차고 있던 검까지 빼서 말이다.

"멈추시오."

상대는 꽤나 높은 기사 신분인지 단정한 제복 차림이었다. 빼어 든 검도 값비싼 보석이 박혀 있는 게 꽤나 부유한 가문의 사람인 듯했다.

"정체를 증명하지 않으면 더 이상 앞으로 나아갈 수 없소."

지금 칼라일이 이동하려고 하는 장소는 제한된 인원만 입장이 가능한 또 다른 축제 공간이었다.

하지만 입구에서부터 황태자라는 신분을 밝히고 들어왔는데, 이렇게 앞길을 막아선다는 것은 고의라고 밖에 느껴지지 않았다.

공식적인 자리에서 칼라일을 망신을 주려는 심산인 것이다.

칼라일의 바로 옆에 서 있던 제너드가 화가 났는지 얼굴이 붉어졌다.

"뭐? 네 놈이 감히 이분이 누군 줄 알고……!"

제너드의 말이 채 끝나기도 전이었다.

이레나가 날렵한 몸동작으로 앞길을 가로막고 있던 메건의 옆을 지나쳐, 곧장 칼라일의 있는 곳으로 걸어갔다.

그리고는 누가 채 뭐라고 하기도 전에 그녀의 발이 상

대를 향해 날아들었다.

퍽!

배에 정확하게 한 방을 얻어맞은 상대의 한쪽 무릎이 땅에 닿았고, 그가 화가 나는지 고개를 치켜들며 버럭 소리를 쳤다.

"감히……"

하지만 말은 채 이어질 수 없었다.

차앙—

몸을 굽히고 있는 기사의 시야에 이레나의 검이 뽑혀 나오는 게 들어왔다.

놀란 그가 다급히 자세를 추스르고는, 들고 있던 자신의 검을 앞으로 내밀며 소리쳤다.

"내가 어느 소속 기사인 줄 아느냐?"

"몰라. 하지만 분수도 모르고 황태자 전하의 앞에서 검을 빼낸 기사라는 건 알지. 신분 고하를 막론하고 전하를 위협한 죄는 죽음으로 사죄해라."

생각지도 못한 이레나의 행동에 주변은 놀람을 금치 못했다. 하지만 그녀는 그런 시선에 아랑곳하지 않고 싸늘한 목소리를 내뱉었다.

"3초, 셀 동안 비키지 않으면 벤다."

정말 당장이라도 검을 휘두를 것 같은 이레나의 강경한 태도에 남자는 한순간 식은땀을 흘릴 수밖에 없었다.

그도 칼라일이 황태자라는 걸 몰라서 이러는 것이 아니었다. 다만 이 자리에서 그의 위신을 조금 꺾으려는 계획이었을 뿐.

"3…… 2."

나지막이 이어지는 이레나의 말이 뭘 의미하는지 여기에 있는 모두가 알았다.

숫자가 끝나는 순간 이레나의 검이 움직일 것이다.

이 자리에 있는 사람들은 전부 자신도 모르는 사이 숨을 죽인 채 바라볼 수밖에 없었다.

제너드는 옆에서 칼라일의 권위를 톡톡히 세우는 이레나의 행동을 조금 놀란 눈빛으로 쳐다보고 있었다. 이런 과감한 판단과 박력은 아무에게서나 나오는 게 아니었으니까.

이레나의 지금 행동 때문에 여기에 있는 모두는 자연스레 알게 됐다. 칼라일에게 함부로 대들면 어떻게 되는지를 말이다.

"……1."

마지막으로 이레나가 자그맣게 읊조리는 순간이었다.

저벅.

칼라일이 이레나를 향해 겨누어진 기사의 칼날을 향해 한 걸음을 내디뎠다.

그러자 처음엔 이레나를 겨누고 있던 기사의 칼날이 얼결에 칼라일을 찌를 것처럼 가까워졌다.

여기서 가장 당황한 것은 바로 그 기사였다.

이렇게 되면 지금 자신은 황태자에게 직접 검을 겨눈 꼴이 된 셈이었으니까.

당장에라도 검을 회수하고 싶었지만 그 또한 쉽지는 않았다. 이레나가 내뿜는 살기에 온몸이 얼어붙었기 때문이다.

그 순간 칼라일이 겁을 집어먹고 흔들리는 기사의 눈동자를 무심하게 내려다보며 말했다.

"비켜."

칼라일의 짤막한 경고가 내려지는 순간, 기사는 저도 모르게 주춤거리며 뒤로 물러날 수밖에 없었다.

감히 범접할 수 없는 오만함이 느껴졌다.

칼라일은 마치 해볼 테면 해보라는 듯이 그대로 플라워 브리지를 향해 걸어갔다.

잠시나마 그의 앞을 가로막았던 기사는 그 무심한 시선을 보고 깨달았다. 칼라일에겐 자신의 행동이 안중에도 없다는 것을 말이다.

칼라일의 움직임에 따라 한 발자국씩 물러나던 기사는 결국 쿵, 벽에 등을 부딪치고 말았다.

완전히 압도당했다.

칼라일 황태자와…… 철 갑옷을 두르고 있는 정체불명의 호위 기사에게.

이레나는 차가운 눈동자로 검 끝을 후들후들 떨고 있는 기사를 흘겨보고는, 그대로 그의 옆을 지나쳐 칼라일을 따라갔다.

오히려 뒤에 남겨진 사람들에게 침묵이 감돌았다. 그만큼 뇌리에 각인될 정도로 강렬한 장면이었기 때문이다.

앞서 걸어가던 칼라일은 자신의 근처에 이레나밖에 없다는 걸 확인하고, 나지막한 목소리로 입을 열었다.

"……그대는 항상 나를 놀라게 하는군."

많은 의미가 담겨있는 말이었다.

칼라일이 놀라는 건 어쩌면 당연했다. 이레나의 검술 실력이 뛰어나다는 사실은 이미 알고 있었지만, 그녀가 이렇게 기사로서 활동하는 모습을 목격한 건 처음이었으니까.

오늘의 이레나는 드레스를 입고 있을 때와 말투도, 기세도 완전히 달랐다.

이 흑색의 철 갑옷을 입고 있는 순간만큼은 전생에서 활동하던 여검사 시절로 돌아갔으니까.

그녀가 한 걸음 앞에서 걸어가는 칼라일의 뒷모습을 힐끗 쳐다보며 무표정하게 대꾸했다.

"전하야 말로요. 그렇게 칼날이 있는데 목을 들이미는 사람이 어딨어요."

말을 하다 보니, 방금 전 그 장면이 다시 한 번 떠올랐다.

아까 그 기사가 검을 조금만 움직이려 했어도 이레나는 그의 팔을 잘라 버렸을 것이다. 그때 자신이 얼마나 긴장하고 있었는지 그는 모른다.

이레나는 짐짓 못마땅하다는 듯이 재차 말을 이었다.

"……위험하게."

칼라일은 발걸음을 멈추지 않은 채 계속 앞을 향해 나아가며 대답했다.

"안 죽으니까, 걱정 마."

"……확신하지 마세요."

이레나는 차마 하지 못한 뒷말을 삼켜냈다.

'지난 생에서 당신은 죽었어요.'

칼라일의 죽음을 목격하진 못했지만 그가 사라지고 난 뒤의 세상을 체험했다.

이레나의 가문이 멸망했고, 루퍼드 제국의 황권이 바뀌었다.

그것은 모두 이레나가 원치 않는 일들이었다.

이레나의 말에 칼라일이 오른손을 슬쩍 들어 올리고는 중얼거리듯 말했다.

"어렸을 때 동화책 못 봤나? 괴물은…… 쉽게 죽지 않아."

이레나는 그 말뜻이 무엇인지 단번에 알아차렸다.

그를 구해 줬을 때 이후로 한 번도 보지 못했지만, 칼라일의 오른 팔은 괴물처럼 검은색의 비늘이 돋아난다.

사실 괴물이라기보단 마치 파충류…… 혹은 드래곤처럼 말이다.

이레나가 무뚝뚝한 목소리로 대꾸했다.

“쉽진 않을지 몰라도, 그렇다고 목숨이 2개인 건 아니죠.”

“말로는 그대를 못 당하겠군.”

칼라일은 이레나의 강경한 태도에 피식하고 한 번 웃을 뿐이었다.

잠시 생각에 잠기던 칼라일이 재차 입을 열었다.

“그런데 방금 정말로 그 기사를 죽일 셈이었나? 그가 입고 있던 기사복을 보니, 황실의 제 2 기사단 소속인 것 같은데. 황후의 친정인 아니타 가문이 이끌고 있는 유명한 곳이지.”

마치 그자를 죽였으면 큰일이 났을지도 모른다는 말처럼 들렸다.

그 장난스러운 말투에 이레나는 문득 방금 전의 상황을 다시 떠올려보았다. 생각할수록 더욱 화가 치밀었다.

“……다시 가서, 그냥 죽이고 올까요?”

그 말에 처음으로 칼라일이 큭큭, 거리며 큰 소리로 웃음을 토해 냈다.

뭐가 재밌는진 모르겠지만 그는 진심으로 즐거운 모양이었다.

잠시 어깨를 떨며 웃음을 토해 내던 그가, 부드럽게 휘어있는 눈가로 이레나를 돌아보며 한마디를 덧붙였다.

"그대는 하나부터 열까지 못 하는 게 없군."

* * *

현재 플라워 브리지 정중앙에는 거대한 축제 장소가 마련되어 있었다.

칼라일이 처음 이곳에 진입하려고 할 때 아니타 가문의 기사가 막아선 것처럼, 여기는 선별된 자들만 들어올 수 있는 공간이었다.

이곳에 참석한 모두가 귀족은 아니었지만, 일반인들은 추첨을 통해 당첨이 된 소수의 인원만 입장이 허가되었다.

계급 사회에서 귀족과 평민들이 함께 어울려서 축제를 즐길 리는 없었으니까.

덕분에 플라워 브리지는 내부와 외부로 구역이 나뉘어서 축제가 열리고 있었다.

제국민들이 꽉 들어차 있던 바깥쪽과 달리, 아직 개통이 되지 않은 다리 위 축제 장소에는 클래식이 흘러나오는 등 아주 여유로운 풍경이었다.

이레나는 이런 귀족 문화가 못마땅했지만, 어찌 됐든 당장은 다리 위에 올라와 있는 사람들의 숫자가 적을수록 무너지는 시간도 늦춰질 것이다.

"전하, 이쪽으로 오시지요."

이 축제의 관리자로 보이는 한 남자가 칼라일에게 다가와 공손하게 말을 건넸다.

지금은 잠시 뒤처져 있던 제너드도 합류한 상태.

칼라일의 모든 수하들이 입장할 수는 없었기에 현재는 칼라일과 제너드, 그리고 이레나 세 명만 이곳에 들어왔다.

칼라일이 관리자의 안내에 따라 막 걸음을 옮기려 할 때였다.

지금까지 뒤편에서 조용히 서 있던 이레나가 목소리를 낮추며 말했다.

"전하, 죄송하지만 제가 여기에 오면서 물건을 하나 흘린 것 같습니다. 잠시 주변을 둘러보다가 곧 따라갈게요."

당연히 거짓말이었다.

플라워 브리지를 조사하기 위해선 잠시 그의 곁에서 떨어져야 했는데, 그것을 그가 순순히 허락해 줄 것 같지 않았다. 오늘 호위 기사로 활동하겠다고 말했을 때부터 그의 옆에서 떨어지지 말라고 당부를 했었으니까.

그래서 어떤 핑계를 댈까 고민하다가, 가장 위험해 보이지 않는 변명거리로 준비한 것이었다.

"대체 넌 정신을 어디에다 두고 다니는……!"

이레나의 정체를 알 리가 없는 제너드는 마음에 안 든다는 듯 표정을 구기며 소리쳤다.

그러자 그것이 좋은 작용을 한 것인지 칼라일이 낮게 내뱉었다.

"갔다 와."

칼라일의 눈동자가 한순간 제너드를 향해 서늘하게 빛났다. 하지만 이레나가 그것까지 신경을 쓸 이유는 없었다.

이레나는 오히려 속으로 쾌재를 부르며, 곧바로 고개를 끄덕거렸다.

그리곤 칼라일이 더 이상 뭐라고 말을 하기 전에 서둘러 발걸음을 재촉했다.

그녀는 빠른 걸음걸이로 플라워 브리지의 외곽으로 향했다.

아무래도 중앙에 행사장이 마련되어 있다 보니 끝부분으로 갈수록 사람들이 보이지 않았다. 완공은 되었지만 아직 사람들의 통행을 허락한 것은 아니라 더 그런 건지도 모른다.

이레나는 장미 넝쿨로 화려하게 장식이 된 다리를 손으로도 만져 보고, 눈으로도 자세히 확인을 해 보았다.

분명 부실 공사를 했다면 다리에 금이 가 있다던가, 뭔가 이상 증후가 있을 게 분명했다.

그런데…….

희한하게도 너무 멀쩡했다.

'……이상한데?'

이레나는 혹시나 하는 마음에 단단한 다리를 발로도 몇 번 차 봤다.

전문가가 아니었기에 정확히 진단할 순 없었지만, 부실 공사라고 들었던 다리라기엔 지나치게 튼튼하게 보였다.

"빨리 증거를 찾아야 하는데……."

마음 같아선 칼라일을 끌고 이 다리에서 나가고 싶었지만, 아무런 증거도 없이 우겨 봤자 누구도 믿어 줄 리 없었다.

진실은 이미 한 번 미래를 경험한 이레나밖에 알지 못했으니까.

그러니 다른 사람들도 믿을 수 있도록 그것을 증명해 내야만 했다.

가장 좋은 방법은 칼라일이 이 플라워 브리지에 아예 나타나지 않는 것이지만, 그 방법은 이미 실패했다.

그렇다면 두 번째 방법은, 서둘러 증거를 찾아서 칼라일과 다리 위에 있는 사람들을 대피시키는 것이다.

이레나는 잠시 제자리에 서서, 잘 기억이 나지 않는 과거를 떠올리려 애썼다.

"그게 누구였더라…… 아, 맞다!"

케이시 가문.

바로 이 다리를 시공하면서 부당한 이익을 챙긴 귀족 가문이었다.

원래는 황제파 소속의 가문이었는데, 저번 생에서 플라워 브리지 부실 공사의 책임을 떠안고 완전히 망한 곳이었다.

여기서 다치고 사망한 사람들 때문에 그들은 아주 오랫동안 제국민들의 지탄을 받았었다.

이레나는 케이시 가문이란 이름으로 기억에서 모자랐던 퍼즐 조각을 찾아낸 기분이었다.

분명 그쪽에서 증거를 찾아낼 수 있을 것이다.

케이시 가문의 휘하에서 일하던 사람들이 증인이 되어줄 수도 있었고, 혹시라도 부실 공사로 인한 민원이 있었다면 그것을 증거로 삼을 수도 있었다.

"일단 다리 아래로 내려가 볼까?"

아직 철수하지 않은 인부들이 그곳에 있을지도 모른다.

그들을 만난다면 무슨 단서라도 하나 잡을 수 있을 것이다.

시간이 촉박했기에 이레나는 마음을 정하자마자 바람처럼 몸을 움직였다.

타다다다다닥!

인적이 드문 곳을 벗어나 서둘러 축제장을 가로질렀다.

아무것도 모른 채 웃고 떠들며 즐기고 있는 사람들 사이에서 이레나 혼자만 다급하게 뛰어다니고 있는 모습이 무척이나 이질적이었다.

*　　*　　*

어두운 밤.

축제의 화려한 불빛이 쏟아지는 다리 위와는 다르게, 그 다리를 지탱하는 기둥이 있는 아래쪽은 어둡기 그지없었다.

강물만 고요하게 흐르는 풍경을 바라보며 이레나는 망연자실해질 수밖에 없었다.

"……아무도 없어?"

아무리 완공했다지만 벌써 인부들이 다 철수했을 리는 없었다.

무려 황실에서 축하하기 위해 칼라일까지 나온 자리다.

정식으로 개통하기 전까지는 이 근처에서 대기를 하고 있을 터였다.

분명 전생에서도 그런 이야기를 언뜻 들은 기억이 났다. 인부들은 부실 공사를 막아 내기 위해 끝까지 고군분투했다고 말이다.

자꾸만 자신이 아는 기억과 뭔가 조금씩 어긋난다는 느낌이 들었다.

그게 뭔지 딱 꼬집어 말할 순 없었기에 이레나는 잠시 고민에 빠졌다.

그때였다.

무언가가 눈에 걸렸다.

'저게 뭐지?'

다리를 지탱하는 커다란 기둥에 무언가가 장치되어 있었다.

더 가까이 다가가 자세히 들여다보니 그것의 정체를 파악할 수 있었다.

'……폭약!'

한두 개가 아니었다.

거대한 기둥마다 폭약이 설치된 모습이 보였다.

이레나는 순간 혼란스러운 눈빛으로 그것을 쳐다볼 수밖에 없었다.

분명 전생에서는 케이시 가문의 부실 공사로 다리가 무너졌다고 발표됐다.

그리고 그 이유로 인해 황제파 가문이었던 케이시가는 완전히 망했다.

그렇다면…….

'그게 조작된 거였어?'

생각해 보면 황실에서는 플라워 브리지를 만들기 위해 막대한 자금을 투자했다. 그만큼 경사스러운 일이었기에 황태자인 칼라일까지 이곳에 직접 행차한 것이다.

누군가 황실의 권위를 실추시키기 위해, 혹은 황제파 가문인 케이시가를 무너뜨리기 위해 함정을 판 게 틀림없었다.

'……대체 누가!'

하지만 이레나의 생각은 끝까지 이어지지 않았다.

검은색의 복면을 쓴 정체불명의 괴한들이 어두운 다리 아래로 하나둘씩 모습을 드러내고 있었기 때문이다.

이레나는 재빨리 기척을 죽인 채, 그들이 있는 곳을 향해 다가갔다.

그들이 나누는 대화가 귓가에 들려왔다.

"폭약을 몇 개 설치하긴 했지만 아직 모자랍니다. 완전히 다리를 무너뜨리려면 절반 정도 더 설치해야 합니다."

"좋아, 서둘러서 마무리하자고."

그들은 아주 익숙한 몸놀림으로 기둥과 기둥 사이를 연결하는 밧줄을 타고 더 많은 폭약을 설치하기 시작했다.

아래에는 시커먼 강물이 흐르고 있었는데도 조금도 흐트러짐이 없는 움직임이었다.

한눈에 봐도 꽤나 훈련을 잘 받은 놈들이라는 걸 직감할 수 있었다.

이레나는 천천히 등 뒤에 차고 있던 석궁을 집어 들었다.

'……누가 이곳을 무너뜨리게 놔둘 줄 알고?'

이 다리 위에는 칼라일을 포함, 많은 사람들이 존재했다.

이런 일을 벌인 범인이 누구인지 밝혀내야 했지만, 그보다 먼저 다리가 무너지는 일을 막아 내는 것이 순서였다.

이레나는 한 치의 흐트러짐도 없는 자세로 석궁을 쥐고, 밧줄을 탄 채로 폭약을 설치하는 자들을 조준했다.

피슝! 피슈융!

석궁을 통해 쏘아지는 화살에 정확히 한 명씩 명중 당했다.

갑작스러운 공격이 쏟아지자 그들이 위험을 감지하고 크게 외쳤다.

"적이다!"

"모두 조심해!"

어둠속에서 수십 명의 괴한들이 일사불란하게 움직이는 모습이 보였다.

이레나의 화살이 날아오는 방향은 어차피 한 곳이었기에 기둥 뒤로 몸을 숨겨 최대한 몸을 보호하는 것이다.

보통 놈들이 아니었지만, 이레나 또한 평범한 실력이 아니었다.

미세한 틈만 보여도 정확히 이레나의 화살이 날아가 박혔다.

괴한들은 이렇게 숨어 있기만 해선 끝이 없겠다고 판단했는지, 동시에 이레나가 있는 방향으로 몸을 틀었다.

그녀에게 접근하는 과정 동안 몇몇은 희생하겠지만, 결국 이레나를 제거하지 않으면 변하는 게 아무것도 없기 때문이다.

슝! 슝! 슝!

이레나는 그들이 자신을 향해 오는 것을 알면서도, 아직도 폭약을 설치하기 위해 매달려 있는 자들에게 먼저 시위를 당겼다.

지금은 무엇보다 이 다리에 폭약이 설치되는 것을 막아야 했기 때문이다.

순식간에 다리에 폭약을 설치하는 이들을 쏘아 떨어트리고, 이내 다가오는 이들을 향해 석궁을 쏘아댔지만 아무리 빨라도 그 많은 인원들을 전부 다 적중시키진 못했다.

스윽―

끝내 정체불명의 괴한 십여 명이 이레나의 앞에 모습을 드러냈다.

그들이 손에 쥐고 있는 날카로운 칼날이 달빛에 비쳐서 스산한 기운을 내뿜고 있었다.

"누구냐, 넌?"

"그 질문은 내가 해야 하는 건데."

이레나가 짧게 대답했다.

그런 그녀를 향해 괴한 중 하나가 조롱하듯 말했다.

"감히 우리의 일을 방해한 이상, 곱게 죽진 못할 거다."

적들이 이미 바로 앞까지 도착한 이상, 이레나도 더는 석궁이 필요치 않았다.

그녀는 손에 쥐고 있던 석궁을 바닥으로 던지고는 곧

바로 허리춤에 차고 있던 검을 뽑았다.

이런 상황은 정말이지 오랜만에 맞닥뜨리는 것이었다.

"그럼, 나도 오랜만에 몸 좀 풀어 볼까?"

그들은 모르겠지만, 투구 안에서 이레나의 입가가 비스듬히 올라갔다.

* * *

"하아, 하아."

투구 사이로 이레나의 거친 숨이 새어 나왔다.

괴한들의 숫자는 생각보다 많았고, 전부 다 죽이기보단 배후를 밝혀내기 위해 몇 명은 생포를 하느라 더욱 힘들었다.

분명 처음 과거로 돌아왔을 때였다면 못해냈을 것이다. 하지만 그동안의 노력으로 이레나는 전보다 더 실력 발휘를 할 수 있었다.

혼자서 꾸준히 체력 단련을 하던 게 밑거름이 되어 조금씩 예전의 실력으로 가까워지고 있다는 게 느껴졌다.

물론 완전히 회복하기엔 한참이나 멀었지만 말이다.

이레나는 그들이 가지고 있던 밧줄을 이용해 아직 목숨이 붙어있는 괴한들을 꽁꽁 묶었다. 모두 정신을 잃고 쓰러져 있는 상태라 그리 어렵지 않은 과정이었다.

그리곤 재빨리 플라워 브리지 위로 향했다.

붙잡은 놈들도 조사를 해 봐야 했지만, 일단은 다리의 기둥마다 설치된 폭약을 제거하는 게 먼저였다.

혹시라도 누군가가 폭발을 조작하면 위험해질지도 모른다.

뚜벅뚜벅.

그렇게 부지런히 축제 장소로 달려간 이레나의 눈에 칼라일이 단상에서 축하 인사를 마치고 내려오는 모습이 보였다.

다행히 크게 늦지는 않은 모양이었다.

이레나가 서둘러 칼라일을 향해 다가가자, 곧이어 그의 시선도 다가오는 그녀를 향했다.

두 사람의 눈이 허공에서 마주치는 순간이었다.

칼라일이 아까보다 훨씬 빠른 걸음걸이로 이레나를 향해 다가갔다.

"지금까지 뭐 하다가……."

하지만 그의 말은 끝까지 이어지지 않은 채 멈춰졌다.

칼라일의 반듯한 미간이 한순간에 와락 구겨졌다.

"이 피 냄새는 뭐야?"

그의 정확한 지적에 이레나는 머쓱해질 수밖에 없었다.

다른 사람들의 시선 때문에 나름대로 강가에 핏물을 최대한 빼고 온 것인데도 정확히 맞추는 그가 조금 신기했다.

"전하, 그게 말이죠……."

이레나가 막 말을 시작하려는 찰나,

휘익—

칼라일의 커다란 손이 그녀의 팔목을 잡아채고 위아래로 훑어보았다.

맹수가 먹잇감을 살피듯, 전신을 샅샅이 확인하는 그의 눈매가 무서울 정도로 날카로웠다.

처음엔 뭘 하는 건지 몰랐지만 곧 다친 곳이 없나 살피는 것 같아서, 이레나는 서둘러 변명하듯이 입을 열었다.

"제 피가 아니에요."

그 말을 듣고 나서야 칼라일의 무시무시한 기운이 조금은 수그러들었다.

칼라일이 잔뜩 낮아진 목소리로 입을 열었다.

"그럼 누구의 피지? 물건을 잃어버렸다더니 대체 어디서 뭘 하다 돌아온 거야?"

"그게……."

설명을 하려는 이레나의 말을 다시 한 번 자르며, 칼라일이 재차 물었다.

"다친 데가 없는 거, 확실해?"

분명 짜증을 꾹 눌러 담은 것처럼 낮아진 목소리였음에도, 거기에 담겨있는 감정이 무척이나 따스하게 느껴졌다.

아마 이레나를 걱정하는 마음이 보여서인지도 모르겠다.

그녀가 왜 피를 묻혔는지, 어떤 일에 연루되었는지, 그 무엇도 중요하지 않은 것 같았다.

지금 그가 신경 쓰고 있는 건 오직 이레나의 안전, 그 하나뿐이었다.

칼라일은 아마 이레나의 정체를 감춰야 하는 장소가 아니었다면, 당장이라도 투구를 벗겨서 직접 확인이라도 할 기세였다.

그의 태도에 순간 말문이 막힌 이레나는 재빨리 정신을 차리곤 말을 이어 나갔다.

"전 아무 데도 다치지 않았으니 염려하지 마세요. 그보다 먼저 중요한 말씀을 드릴 게 있어요."

"……뭔데?"

탐탁지 않은 그의 눈빛을 받으면서도 이레나는 서둘러 그의 귓가에 대고 조그맣게 속삭였다.

"플라워 브리지를 무너뜨리려고 한 괴한들이 있었어요. 지금 다리 아래에 폭약이 설치되어 있으니 서둘러 제거해야 해요. 그리고 제가 그들 중 몇 명을 생포해서 다리 아래에 묶어 놓았으니 취조를 해 보시면……."

거기까지 들은 칼라일은 가깝게 다가온 이레나에게서 얼굴을 떼어냈다.

그리곤 때마침 이쪽을 향해 다가오는 제너드를 향해 명령을 내렸다.

"다리 아래에 가 보면 잡혀 있는 놈들이 있을 거다. 거기에 설치되어 있는 장치 전부 제거하고, 누가 시킨 짓인지 심문해서 알아봐."

"네? 네, 전하!"

갑작스러운 명령에 제너드는 순간 당황했지만, 곧 충성스러운 부하답게 눈을 번뜩이며 그가 시킨 임무를 수행했다.

제너드가 그 즉시 축제의 장소를 벗어나 바깥으로 향하는 모습을 이레나가 물끄러미 바라보고 있을 때였다.

휘익—

칼라일이 이레나의 팔목을 붙잡은 채로 어딘가를 향해 무작정 걷기 시작했다.

철 갑옷을 입고 있었기에 그의 손아귀 힘이 느껴지진 않았지만, 주먹이 새하얗게 변한 걸 보니 그녀를 잡고 있는 힘이 상당한 듯했다.

점점 사람들이 없는 곳으로 걸어가는 칼라일에게 어떤 귀족 남성이 다가와 말을 걸었다.

"전하! 어디 가십니까? 이 축제의 밤을 즐기셔야죠. 안 그래도 제가 소개시켜 드리고 싶은 분들이……."

"귀찮으니까 꺼져."

"……네?"

생각지도 못한 그의 답변에 남성의 얼굴이 새하얗게 질려 버렸다.

그럴 수밖에 없었다. 지금 칼라일에게선 소름 끼칠 만큼 흉흉한 기운이 뿜어져 나오고 있었으니까.

칼라일은 굳어 있는 귀족 남성을 그대로 남겨 둔 채, 축제의 불빛이 보이지 않는 한적한 곳을 향해 계속 나아갔다.

이 상황에 놀란 건, 비단 그 남성뿐만이 아니었다.

철 투구를 쓰고 있던 이레나조차 깜짝 놀라긴 매한가지였다.

어쩔 수 없이 칼라일에게 끌려가면서 이레나가 작은 목소리로 말했다.

“전하, 뭐 하시는 겁니까? 다른 귀족에게 그렇게 대하시면…….”

“그러면 왜 안 되는데?”

“전하에 대한 악소문이 퍼질 거예요.”

“내가 그런 것까지 신경 써야 하나?”

“하지만…….”

앞장서서 걸어가던 칼라일이 힐끗 시선만 돌려서 이레나를 돌아봤다.

그 가늘어진 푸른색 홍채가 오늘따라 유난히 서늘하게 느껴졌다.

“그대는 내가 누군지 잊어버린 모양이군.”

칼라일의 말에 이레나는 그 뜻을 이해할 수 없어서 고개를 갸웃거렸다.

그가 다시 정면으로 얼굴을 돌리며 허스키해진 목소리로 말을 이었다.

"내가 이 제국에서 하면 안 되는 행동 따윈 없어."

해석하기에 따라서 무척이나 거만한 말이었다.

하지만 이레나는 새삼 자신을 끌고 가는 남자가 누구인지 다시 한 번 깨달았다.

틀린 소리가 아니었다.

칼라일은 다음 대에 황제가 되기로 예정된 황태자였으니까.

그런 그가 일개 귀족들의 눈치를 본다는 게 사실 말이 되질 않았다.

하지만 이레나는 외척 세력이 없는 칼라일이 보다 많은 귀족들의 지지를 받았으면 해서 꺼낸 말이었다.

그가 싫다면 어쩔 수 없는 부분이었지만…….

그렇게 이레나가 칼라일에게 이끌려 도착한 곳은 사람들이 전혀 보이지 않는 플라워 브리지의 외곽이었다.

이미 한 번 다리가 무너질지도 모른다고 생각해서 조사를 하러 왔었기에 익숙한 장소였다.

발길을 완전히 멈춰선 칼라일이 천천히 이레나를 향해 고개를 돌렸다.

그의 이글거리는 눈동자를 보고 있자니, 굳이 말하지 않아도 그가 얼마나 화가 났는지 짐작할 수 있었다.

'……하지만 왜?'

이레나는 그가 왜 이렇게 화가 났는지 이해할 수가 없었다.

칼라일이 꽉 잠긴 목소리로 입을 열었다.

"가능한 내 곁에서 떨어지지 않겠다고 말하지 않았었나?"

"네. 말씀처럼 가능한, 이라는 단서 조항이 붙었죠."

"그 말을 지킬 생각이 있었으면, 위험을 감지하는 순간 나한테 달려왔어야지."

"그럴 수가 없는 상황이었어요. 폭약이 다 설치되면 금방이라도 터질 예정이었다고요. 그렇게 되면 다리 위에 있는 사람들과 전하가……!"

억울하다는 듯이 내뱉는 이레나의 말을 자르며, 칼라일이 한마디를 꺼냈다.

"그러다 그대가 다쳤으면?"

이레나는 그대로 굳어 버릴 수밖에 없었다.

말대로 위험천만한 상황이긴 했다. 하지만 이레나는 해냈고, 그들을 막아 낼 자신이 있었다.

지난 생에서는 늘 그렇게 목숨을 걸고 살았다. 그를 지키겠다는 다짐을 한 순간부터는 이번 생에서도 별반 다르지 않았다.

그런데 칼라일은 그것에 대한 위험성을 지적하고 있었다.

"나한테 계약 결혼에 대한 파기를 운운하면서 협박을 할 정도로 똑똑한 그대가 왜 이건 모르지?"

"……?"

"그대가 다치면, 내가 얼마나 화가 날지."

이레나는 그 말에 순간 멈칫할 수밖에 없었다. 미처 거기까지는 생각하지 못했다.

정확히는 그럴 생각할 겨를이 없었다는 게 맞았다. 이레나도 나름대로 칼라일을 구하기 위해 고군분투를 하고 있는 중이었으니까.

그가 무슨 말을 하는지 이제야 알아들었다.

칼라일은 화가 날 정도로 자신을 걱정하고 있는 것이다.

"……무슨 말씀을 하시는 건지 알겠어요. 하지만 제가 막지 않았다면 전하는 목숨이 위험했을지도 몰라요. 이럴 때 보통은 고맙다는 말이 먼저 나와야 하는 거 아닌가요?"

"죽을 가능성이 있다는 거지, 다리가 무너진다고 해서 무조건 사망하는 건 아니야."

그 말에 이레나는 울컥, 하고 무언가가 가슴속에서 치밀었다.

최소한 고맙다는 말은 못 들어도 그가 이렇게 화를 낼 줄은 상상조차 하지 못했다.

아무리 이레나가 걱정이 되었다곤 해도, 애써 구해 준 사람한테 적반하장도 이런 적반하장이 없었다.

"그래요. 설령 전하는 살아남았다고 해도 다리 위에 있는 수많은 사람들은……."

"그대는 다리 위의 수많은 사람들을 신경 쓰기 전에 내 생각부터 했어야 해."

"……?"

"내가 말했잖아, 그대가 다치면 진짜 미쳐 버릴지도 모른다고……."

칼라일의 푸른색 눈동자가 짙게 변했다.

이글이글거리는 그의 눈동자가 마치 어둠 속에서 시퍼렇게 선 날처럼 빛났다.

그 강렬한 시선은 정확히 이레나를 향해 쏘아지고 있었다.

"만약 그대가 다쳤다면 내가 그자들을 어떻게 처리할지 생각해 봤나? 모두 사지를 자르고 살아도 죽은 것도 아닌 것처럼 만들어 버릴 수도 있어."

이레나는 순간 할 말을 잃었다.

칼라일은 진심이었다. 그의 착 가라앉은 목소리가 거침없이 잔혹한 말을 내뱉었다.

"그대가 죽기라도 하면…… 그땐 내가 어떻게 할 것 같아?"

고작 다친 것만으로도 이런 무시무시한 이야기를 꺼내는데, 그다음은 어떨지 생각이 날 리 없었다.

굳어 있는 이레나를 향해 칼라일이 더욱 낮아진 목소리로 말을 이었다.

"……루퍼드 제국은 내가 황제가 되는 것을 막아야 할지도 몰라."

왜? 도대체 무슨 짓을 얼마나 하려고?

이레나는 이런 섬뜩한 이야기를 아무렇지 않게 꺼내는 칼라일의 감정선을 좇아갈 수가 없었다.

그가 자신을 너무 걱정해서 이러는 건 알겠지만, 이건 지나치게 과했다.

물론 그의 곁에서 제대로 된 설명도 없이 떨어진 건 이레나의 잘못이었을지 몰라도, 이미 계약서상으로 밤마다 기사가 되어 활동하는 것을 허락한 상태였다.

지금 이레나에겐 어떻게든 끔찍한 미래를 바꿔야 한다는 사명이 있었다.

자신의 어깨 위에 가족들의 생명이 걸려 있다.

설령 칼라일이 아무리 싫다고 해도 이레나는 그를 지켜야 했고, 또한 황제로 만들어야 했다.

이레나가 차분한 목소리로 말했다.

"카릴……. 저는 황후가 되고 싶고, 그러기 위해 계약결혼을 진행했어요. 하지만 그게 화려한 황실 안에서 당신만을 기다리는 인형으로 살아간단 뜻은 아니에요."

이레나는 일부러 '카릴'이라고 애칭을 불렀다.

이 딱딱한 분위기를 조금이나마 상쇄시키고 싶은 마음도 있었고, 지킬 수 있는 선에서만큼은 계약 사항을 지켜주고 싶었기 때문이다.

그 마음이 조금은 전달된 것인지 칼라일의 날이 선 눈동자가 아주 미세하게 누그러졌다.

"제가 카릴에 대해 이해를 하는 것도 있고, 그렇지 못한 것도 분명히 있겠죠."

하지만 중요한 것은…….

"……이게 나예요."

드레스를 입은 예쁘장한 귀족 영애만이 이레나의 모습은 아니었다.

이렇게 철 갑옷을 전신에 두르고 검을 휘두르는 모습도 바로 이레나였다.

"카릴이 원하든 원하지 않든, 이 철 갑옷 속의 모습도 저라고요."

그 순간이었다.

저 멀리에 있는 축제의 장소에서 무언가 팟, 하고 터지는 소리가 났다.

아마도 축제의 마지막이 다가오니 준비한 이벤트를 연 모양이었다.

그 때문인지 곧이어 바람결을 타고 붉은색 꽃잎들이 날아왔다.

어두운 밤, 그것과 꼭 같은 흑색의 철 갑옷을 입고 서 있는 이레나의 주변으로 꽃잎들이 눈송이처럼 휘날리기 시작했다.

시커먼 철 투구 안에서 보이는 선명한 진홍색의 눈동자와 바람에 흩날리는 붉은 꽃잎들은 한 쌍이라도 된 것처럼 잘 어울렸다.

그 반면 딱딱한 철 갑옷과 붉은 꽃잎은 지나치게 이질적이면서도 미묘하게 조화로운 분위기를 자아냈다.

마치 낮에는 아름다운 레이디가 되고, 밤에는 냉혹한 기사로서 살아가려는 이레나처럼.

"……저를 바꾸려 하지 마세요."

마지막으로 내뱉은 그녀의 말에 칼라일은 그 어떤 대답도 하지 않았다.

그는 그저 복잡한 눈빛으로 이레나를 바라보고만 있을 뿐이었다. 하지만 더 이상 그의 시선에 분노처럼 격한 감정은 느껴지지 않았다.

둘은 그저 잠시 서로를 응시했다.

강물이 흐르는 소리가 저 멀리 들려오는 이 침묵이 이상하게도 불편하지 않았다.

지금까지 두 사람이 서로에게 무언가 감추는 것이 있었다면, 이 순간에야말로 그 껍질이 조금 벗겨진 것 같은 기분이었다.

그때였다.

칼라일이 계속해서 잡고 있던 이레나의 팔을 쥐고 본인 쪽으로 끌어당겼다.

그 힘이 강해서 이레나가 중심을 잃는 찰나.

칼라일이 다른 한 손으로 이레나의 머리를 끌어안았다.

갑작스러운 상황에 철 투구 속의 이레나가 눈을 동그랗게 뜰 때였다.

칼라일의 허스키한 목소리가 귓가에 들려왔다.

"다치지 마."

"……안 다쳤어요."

칼라일은 자꾸 까먹나 본데 이레나는 이번 전투에서 다친 곳이 없었다.

두 사람은 포옹이라기보단 이레나의 머리가 그의 가슴팍에 기대고 있는 자세였다.

더구나 철 투구를 쓰고 있는 상태라서 아무런 느낌도 나지 않았지만, 이런 상황이 어색하고 불편해서 벗어나고 싶었다.

이레나가 다시 원래의 자세로 돌아가려고 하자, 칼라일이 말없이 그녀의 머리를 세게 쥐었다.

"카릴……."

"그대는 너무 위험한 여자야. 자꾸만 나를 욕심쟁이로 만들어."

그게 무슨 뜻이냐고 물어보려던 순간이었다.

왜인지 애달프게 들리는 칼라일의 목소리가 다시금 나직하게 이어졌다.

"……그대를 바꾸려 하지 않을 테니, 잠시만 이대로 있어 줘."

*　　*　　*

"어후— 날씨가 왜 이따위야?"

휘황찬란한 마차에서 내린 엘렌이 어깨 위에 걸친 숄을 더 여미며 불만을 토해 냈다.

그러자 마부석에 앉아 있던 나이 든 마부가 서둘러 그녀의 앞에 나타나 허리가 꺾일 만큼 굽실거리며 말했다.

"아가씨, 수도의 날씨가 원래 이렇습니다요."

"쳇, 이렇게 서늘해서야 황실 무도회 참석하기 전에 감기부터 얻겠어."

그렇게 투덜거리는 엘렌의 뒤로 소피가 부리나케 다가왔다.

소피는 그날 이후 셀비 후작 가문의 하녀로 다시 취직이 된 상태였다.

거기다 이제부턴 엘렌이 시키는 대로만 하면 그에 따른 보상은 충분히 해 주겠다고 했으니, 오히려 전보다 상황이 더 좋아진 것 같았다.

소피는 엘렌에게 누구보다 잘 보이고 싶은 생각에 서둘러 호들갑을 떨면서 비위를 맞췄다.

"엘렌 아가씨, 바람도 차가운데 얼른 들어가세요. 그러다 감기 걸리시면 정말 큰일 나요!"

"그래. 너희들은 어서 내 짐부터 옮기도록 해라. 쯧, 찬바람을 맞아서 내 귀한 드레스가 상하진 않을까 모르겠네."

엘렌의 지시에 뒤에서 또 다른 하녀가 모습을 드러냈다.

그녀는 바로 이레나의 드레스를 찢고 도망쳤던 틸다였다.

"네, 네! 아가씨."

틸다는 겁에 질린 표정으로 서둘러 엘렌이 가지고 온 짐을 옮기기 시작했다.

엘렌은 바쁘게 움직이는 고용인들 사이에서 혼자 고고한 걸음으로 저택을 향했다.

마차가 멈춰선 정원을 가로질러, 현관으로 걸어가는 길을 둘러보며 엘렌이 못마땅하다는 듯이 중얼거렸다.

"아버지도 참……. 좀 좋은 저택으로 구하시지."

이곳은 소박한 블레이즈가의 저택과 달리 커다란 정원이 딸려 있는 호화로운 저택이었다. 하지만 그조차도 엘렌의 성에 찰 리 없었다.

저 멀리에서 그녀가 수도에 도착했다는 소식을 뒤늦게

전해 들은 집사가 헐레벌떡 달려오는 모습이 보였다.

워낙 늦장을 부리며 이동했더니 엘렌은 예정된 시간보다 한참이나 늦게 도착을 한 상태였다. 그 때문에 집사도 제대로 된 통보를 받지 못한 듯했다.

"어이쿠, 아가씨 오셨습니까?"

"그래. 인사가 참 빠르기도 하구나."

"죄, 죄송합니다."

송구스럽다는 듯이 고개를 숙이는 집사를 향해, 엘렌이 못마땅하다는 눈빛을 보내며 말을 이었다.

"내가 사람 하나를 고용해서 미행을 좀 시켜 놨는데, 일을 어떻게 처리하는 건지 도통 연락이 되질 않아. 집사가 어찌 된 영문인지 좀 알아봐 줘."

"아, 네! 아가씨!"

"그리고 황후 폐하를 알현할 수 있는지 사람을 보내서 확인해 보고."

"네, 바로 보내겠습니다."

엘렌은 그대로 집사를 지나쳐 걸어가며 재차 입을 열었다.

"말만 하지 말고, 빨리 서둘러."

"네, 네!"

집사가 서둘러 엘렌의 뒤로 부리나케 뛰어갔다. 그녀가 시키는 일들을 수행하기 위해서였다.

그 다급한 발걸음 소리를 들으며 엘렌은 유유자적하게 저택 안으로 들어갔다.

이제 무도회가 얼마 남지 않았으니 해야 할 일들이 산더미였다.

다행히도 틸다를 시켜 이레나의 무도회 드레스를 찢어 놓았으니, 그녀가 무도회에 참석할 확률은 매우 낮았다.

황실 무도회에서까지 이레나와 비교당하고 싶은 생각은 없었기에, 미리 눈에 보이지 않도록 치워 버린 것이다.

하지만 고작 이걸로 그동안의 울분을 갚았다고 할 순 없었다.

'블레이즈 영애, 곧 아주 재밌는 일이 벌어질 거야.'

엘렌은 남부 지방의 티 파티에서 보았던 이레나를 떠올리며 진득한 미소를 지었다.

11
대신 조건이 있어

플라워 브리지가 무너지는 것을 막아 내고 난 뒤에 이레나는 저택으로 돌아왔다. 그리고 한동안은 또다시 평범한 백작 영애의 삶을 살았다.

남부 지방에 있는 블레이즈 성처럼 이레나가 처리해야 할 일들이 많지는 않았지만, 이왕 여기까지 올라온 김에 이것저것 집안일도 손봤다.

아버지가 평상시에 오랫동안 머무르시는 저택인데 수도와 블레이즈 성의 거리가 너무 멀어 제대로 신경 써 드리지 못한 것이 전부터 마음에 걸렸다.

해서 지금처럼 시간이 날 때 조금이라도 챙겨드리자는 생각이 들었다.

그리고 또…….

쓸데없는 생각을 줄이기 위해선 바쁜 것이 좋았다.

이레나의 머릿속엔 수시로 플라워 브리지 축제에서 본 칼라일의 잔상이 떠돌아다녔다.

귓가엔 아직까지도 그때 그가 내뱉었던 목소리가 생생하게 남아 있었다.

—……잠시만 이대로 있어 줘.

다시금 떠오른 기억에 이레나는 저도 모르게 눈을 꽉 감았다.

'그대로 있긴 뭘 있어. 내가 미쳤지…….'

왜인지 쉽게 거부할 수가 없는 분위기라서 정말로 그가 시키는 대로 하고 말았다.

그 순간으로 다시 돌아간대도 차갑게 거절할 수 있을 거라 장담할 순 없었지만, 그래도 스스로에 대한 자책이 남았다.

이레나와 칼라일은 비즈니스 관계, 그 이상도 이하도 아니었다.

계약 결혼이라는 틀에 묶이긴 해도 그건 서로의 필요에 의해 맺어진 것이다.

가족들을 지키기 위해서 악바리처럼 달려들어도 모자랄

판국에 그런 감상적인 시간은 이레나에게 필요치 않았다.

'정신 똑바로 차려. 이레나.'

두 번 다시 가족들을 잃지 않겠다고 다짐했다. 그 굳은 마음가짐에 다른 감정이 들어올 틈은 존재하지 않았다.

그가 자신을 위해 그토록 화를 내는 모습이 인상 깊게 남았지만, 그게 끝이었다.

더는…… 없다.

이레나는 기분 전환을 위해 서류를 보던 책상에서 일어났다. 그리곤 방의 끄트머리에 놓인 작은 테이블 하나를 한 손으로 들어 올렸다.

적당한 크기에 적당한 무게감이라 아무도 없을 때 지금처럼 종종 들었다 놓았다를 반복하며 팔의 힘을 기르는 용도로 사용하곤 했다.

그렇게 위아래로 반복 운동을 하고 있을 때였다.

똑똑, 노크 소리가 들려왔다.

이레나는 작은 테이블을 다시 제자리에 돌려놓고는 침착한 목소리로 말했다.

"들어와."

방문을 열고 모습을 드러낸 이는 바로 이 저택의 집사 마이클이었다.

"아가씨, 드릴 말씀이 있어서 찾아왔습니다."

"네. 무슨 일이죠?"

"저번에 조사해 보라고 하셨던 소피라는 하녀 말입니다."

이레나는 소피라는 이름에 눈을 빛내며 마이클을 쳐다보았다.

자신의 드레스를 고의로 찢어 놓은 범인을 찾는 건 중요한 일이었다.

하지만 기대와 달리 마이클은 난처하단 표정으로 입을 열었다.

"그게…… 행방이 묘연합니다."

"묘연하다고요?"

이레나는 쉽게 납득이 가질 않았다. 블레이즈가의 정보력으로 하녀 한 명을 찾아내는 건 무척이나 쉬운 일이었다.

현재 이레나가 있는 장소가 수도라서 정보가 전달되는데 시간이 조금 걸리는 게 문제였지, 설마 이런 대답이 나오리라고는 생각해 본 적 없었다.

"마지막으로 조사된 곳이 어디죠?"

"블레이즈가에서 쫓겨난 뒤에 나름대로 고생을 했던 모양입니다. 조사해 보니까 도박에 손을 대서 그나마 가지고 있던 돈까지 몽땅 날렸더라고요."

그때 소피에게 준 금화는 빼앗지 않았기에 막연히 그걸로 어딘가에 정착을 했을 거라고 생각했는데, 그건 아니었던 모양이다.

마이클의 말이 계속 이어졌다.

"갈 곳이 없어 빈민촌에 잠시 머물렀던 모양인데, 어느 날 험상궂게 생긴 남자들이 와서 소피를 데리고 갔다고 합니다. 그 후의 행적은 전혀 확인되는 바가 없고요."

"전혀 없다라……."

이레나는 잠시 생각에 잠겼다.

마이클의 보고를 제대로 해석하자면, 누군가가 블레이즈가의 눈이 미치지 않는 곳으로 소피를 데려갔단 결론이 나온다. 그게 아니라면 지금처럼 완전히 종적을 감출 수는 없었다.

설령 죽었다 해도 소피의 시체라도 찾아냈어야 옳았다.

'하지만 대체 누가?'

그게 누구든 아무런 이유도 없이 소피를 데리고 가진 않았을 거다.

그렇다면 그 누군가가 이번 일을 꾸민 범인일지도 모른다.

확실한 건 더 조사를 해 봐야 알겠지만, 어찌 됐든 중요한 가능성 하나는 깨달을 수 있었다.

'……범인은 내 생각보다 지위가 높은 귀족일지도 모르겠어.'

이레나는 자신이 과거로 돌아온 후 딱히 다른 사람에게 원한을 살만한 행동을 하진 않았다고 생각한다.

물론 그것도 섣불리 판단할 수는 없었다.

손뼉도 마주쳐야 소리가 난다는 말이 있지만, 이레나가 살아온 바에 의하면 가끔은 아무런 잘못이 없는데도 사건에 휘말리곤 했으니까.

"일단은 알겠어요."

"시키신 일을 제대로 완수하지 못해서 송구스러울 뿐입니다. 계속해서 소피라는 하녀에 대해 추적은 해 보겠습니다."

"그래 주세요. 혹시라도 무슨 정보가 나오면 또 전달해 주시고요."

"네. 아가씨."

그렇게 두 사람의 대화가 끝나갈 무렵이었다.

벌컥!

열려 있는 방문을 통해 미라벨이 다급한 표정으로 들어왔다.

"언니!"

"무슨 일이야?"

갑작스러운 미라벨의 등장에 이레나가 의아하게 쳐다보았다.

그러자 미라벨은 어떻게 설명해야 할지 모르겠다는 듯, 손가락을 아래쪽으로 가리키며 당황한 목소리로 말을 이었다.

"그게…… 일단 나와 봐야 할 것 같아!"

"대체 무슨 일인데 그래?"

이레나는 재차 질문을 던지면서도, 우선 미라벨의 뒤를 따라 서둘러 걸음을 옮겼다.

그렇게 이레나, 미라벨, 집사 마이클까지 세 사람이 저택의 현관 앞으로 도착했을 때였다.

그곳엔 커다란 짐마차가 싣고 온 많은 물건들 때문에 입구가 꽉 막히다시피 한 광경이 보였다.

인부들은 가지고 온 물건들을 조심스럽게 저택 안으로 옮기고 있는 상황이었다.

"이게 무슨……?"

생각지도 못한 광경에 이레나가 잠깐 당황한 순간이었다.

미라벨이 갑자기 들이닥친 물건들이 궁금해서 먼저 뜯어 본 상자가 하나 있었다. 말로 설명하는 대신에 그것을 재빨리 이레나에게 건넸다.

미라벨이 뜯어 놓은 바깥의 포장 상자는 꼼꼼히 밀봉되어 있었는데, 그 안에는 목재로 만들어진 아기자기한 보석함이 들어 있었다.

이레나가 의아한 시선으로 그 보석함을 열어 볼 때였다.

"아……."

저도 모르게 입이 벌어질 수밖에 없었다.

보석함 안에는 형형색색의 보석들이 가득 차 있었다.

이 작은 상자 안에 담긴 물건이 이 정도라면, 지금 눈앞에 있는 저 많은 상자 안에는 대체 어떤 물건이 담겨 있을지 짐작조차 가지 않았다.

이상한 낌새를 느낀 집사 마이클이 재빨리 인부들에게 다가가 물었다.

"이게 다 뭡니까? 누가 보낸 거죠?"

"저희는 그저 시키는 대로 옮기는 거라 잘 모릅니다. 배송을 맡기신 분이 물건들을 배달하면서 이 편지를 블레이즈가의 큰 아가씨께 전해 달라고 하셨습니다."

마이클은 인부가 건네주는 편지를 석연치 않은 표정으로 받았다. 그리곤 그대로 이레나에게 돌아와 그 편지를 건네주었다.

이레나는 이런 물건들이 자신의 앞으로 왔다는 사실에 다시 한 번 놀랐다.

아버지와 연관이 돼 있으면 모를까, 그녀에게 이런 물건을 보낼 사람은 아무도 없었다.

일단은 편지를 열어 보면 궁금증이 풀릴 수도 있었기에 이레나는 재빨리 손을 움직였다.

찌이익—

단단히 밀봉되어진 편지 봉투를 뜯자, 그 안에 담긴 편지가 눈에 들어왔다.

거기엔 깔끔한 글씨로 이렇게 적혀 있었다.

[그대의 마음에 드는 드레스가 있었으면 좋겠군. 우리가 한 약속을 잊지 말길.]

누가 보냈는지 마지막까지 이름은 적혀 있지 않았지만, 이레나는 이것을 보낸 사람의 정체를 단번에 파악할 수 있었다.

바로 칼라일이었다.

그가 약속대로 이레나가 무도회에서 입을 드레스를 보내 준 것이다.

그것도…… 이렇게나 많이.

이레나는 놀란 눈빛으로 인부들이 옮기는 짐들을 다시 한 번 쳐다봤다.

이 모든 게 드레스라니 믿겨지지가 않았다.

옆에서 계속 지켜보고 있던 미라벨이 궁금증을 참지 못하고 물었다.

"언니, 누구야? 누가 이런 걸 보낸 거야?"

"아…… 그게, 저번에 드레스를 보내 주겠다던 사람이 좀 많이 보냈나 봐."

"뭐어어어?"

놀란 미라벨의 목소리를 들으며 이레나는 등 뒤로 식

은땀이 흐르는 걸 느낄 수 있었다.

오죽하면 집사 마이클조차도 경악스러운 눈동자로 이레나를 쳐다보고 있었다.

이레나는 그저 어색한 미소만 지을 뿐이었다.

* * *

일단 저택에 도착한 물건들을 정리해 보니, 총 드레스가 스무 벌에 보석 상자만 다섯 개였다.

의상들은 잘못 보관하면 구겨졌기에 어쩔 수 없이 드레스 룸 안에 넣어 놨지만, 보석 상자는 세 개째 열어 보다가 잠시 멈춘 상태였다.

이레나가 잠시 골치가 아프다는 표정으로 이마를 짚고 서 있었다.

'……이 남자가 정말.'

칼라일은 정말이지 스케일이 너무 컸다.

이레나가 감당을 할 수 있는 수준으로 보내 줘야지 이건 많아도 너무 많았다.

하지만 두통이 찾아온 이레나와 달리, 미라벨은 정리가 된 드레스들을 보면서 연신 감탄사를 연발하고 있었다.

"언니, 이것 봐. 너무 예뻐."

드레스의 선명한 색감, 그리고 달려 있는 장식들.

아주 미세한 부분까지 디테일이 하나하나 살아 있는 게 정말 예사롭지가 않은 디자인들이었다.

앤코 의상실에서 제작한 드레스도 정말 마음에 들었지만, 그걸 지금 저택에 도착한 드레스들과 비교할 수는 없었다.

의상실에서 제작한 드레스는 누가 봐도 귀족 영애가 입을 법한 뻔한 드레스라면, 이건 어느 나라 황실에서나 나올 것 같은 품격 있는 의상이었다.

거기다 신기하게도 드레스의 화려함이 모자라거나 넘치지 않게 딱 알맞은 느낌이다.

화려함이 너무 과하면 촌스러워 보인다거나, 또 너무 모자라면 초라해 보일 수가 있었는데 이 드레스들은 그 적정선을 완벽하게 맞추고 있었다. 그래서인지 하나같이 우아하고 고급스러웠다.

어떤 드레스는 가슴 부분에 포인트가 되어 있었고, 또 어떤 건 풍성한 치맛자락이 독특해서 눈길이 가는 디자인이었다.

그 다양함에 미라벨이 넋을 잃고 쳐다보다가 중얼거리듯 말했다.

"……너무 예뻐. 패션의 성지라 불리는 프리그랑 왕국에서 온 드레스 같아."

이레나는 차마 그 말에 대답을 해 줄 순 없었지만, 정말로 프리그랑 왕국에서 제작된 드레스들인지도 몰랐다.

만약 칼라일이 변방에서 프리그랑 왕국과 전투를 벌였다면, 분명 그쪽에서도 챙긴 전리품들이 있을 테니까.

전장에서 이렇게나 고급스러운 물건들을 많이 얻었으니, 그가 그토록 부유할 수 있었던 모양이다.

'……돌려줘야 하나?'

하지만 아무런 대책도 없이 되돌려주기엔 이레나와 미라벨이 황실 무도회에 입고 갈 드레스가 마땅치 않았다.

더군다나 칼라일에게 드레스를 도움을 받기로 하면서 한 약속이 있었다.

—대신 조건이 있어. 내가 뭘 보내든 군말 없이 받아들이는 것으로 하지.

그때 칼라일은 분명 이런 상황까지 염두에 둔 게 틀림없었다. 그렇지 않았다면 그런 조건을 제시하진 않았을 테니까.

"……후우."

고민스러운 마음에 이레나가 저도 모르게 나지막이 한숨을 내뱉을 때였다.

계속해서 드레스를 구경하고 있던 미라벨이 쪼르르 이레나에게 다가와 물었다.

"언니, 누가 이 많은 드레스를 보내 준 거야?"

"아, 그게 내가 아는 사람인데…… 워낙 소심한 성격이라 자기 정체를 밝히는 걸 별로 좋아하지 않을 거야."

이레나는 어렵게 대답을 회피하고 어색하고 웃었다.

미라벨은 그런 이레나의 마음도 모른 채 환한 표정으로 말했다.

"그 사람이 언니를 좋아하나 봐!"

"……뭐? 그럴 리 없어."

"응? 그걸 언니가 어떻게 알아? 좋아하지도 않는데 이렇게 많은 드레스들을 보내 줄 리가 없잖아."

미라벨은 별 뜻 없이 한 말인 것 같았지만, 이레나는 그 말을 듣고 새삼 새로운 가능성을 한 가지 깨달았다.

칼라일이 자신에게 잘해 주는 건 맞았지만, 한 번도 그런 쪽으로는 생각해 본 적이 없었다.

'……설마.'

인간관계라는 게 뭐든 과정이 있기 마련이다. 그런데 둘 사이엔 그런 것이 없었다.

아무리 생각해도 그가 자신을 좋아할 확률보단 여자들을 능수능란하게 다루는 바람둥이일 가능성이 더 커 보였다.

아마 자신에겐 과거에 갚아야 할 빚이 있는 게 아닐까?

이레나는 그런 쪽으로 생각이 기울고 있었다.

잠시 혼자만의 생각에 빠진 이레나가 무심코 고개를

돌려보니, 초롱초롱한 눈빛으로 자신을 쳐다보고 있는 미라벨의 모습이 눈에 들어왔다.

이레나는 가까이 다가온 미라벨의 보드라운 뺨을 어루만지며 말했다.

"언니는 너만 있으면 돼."

"에, 정말?"

"응. 미라벨이 지금처럼만 내 곁에 있어 주면 다른 건 아무것도 필요 없어."

"헤에—"

순식간에 붉어진 얼굴로 쑥스럽게 웃는 미라벨이 너무 귀여워서 이레나는 저도 모르게 그녀를 따라 미소 지었다.

이 작은 행복이면 됐다.

다시 주어진 이 삶을 방심해서 잃어버리는 일은 절대로 없을 것이다.

이레나가 다시 한 번 굳게 다짐을 하고 있을 때였다.

미라벨이 아직 열어 보지 않은 보석 상자를 가리키며 말했다.

"일단은 저것도 치워 놓을까?"

"그래."

아직 어떻게 해야 할지 결정을 내리지 못했지만, 저렇게나 비싼 보석들을 아무렇게나 방치를 해 둘 수는 없는 노릇이었다.

그렇게 열어 보지 않은 보석함을 개봉할 때였다.

"어, 언니!"

깜짝 놀란 미라벨의 목소리를 따라 이레나의 시선이 움직였다.

두 사람의 눈길을 끈 보석함에는 붉은색 보석으로 만들어진 목걸이가 한 개가 놓여 있었다.

다른 보석함에는 여러 가지 액세서리들이 함께 들어 있었는데, 이것만 특이하게 다른 액세서리들 없이 오직 목걸이 하나만 고고하게 진열되어 있었다.

'……어디서 본 것 같은데?'

어딘가 익숙한 목걸이를 보며 이레나가 고개를 기울일 때였다.

미라벨이 떨리는 목소리로 말을 이었다.

"이거, 그때 우리가 수도로 떠나기 전에 보석상에서 본 붉은색 다이아몬드 목걸이 아니야?"

"……뭐?"

어지간한 일로는 크게 놀라지도 않는 이레나가 오늘만 몇 번째 놀라는지 모른다.

이레나는 그때 남부 지방 보석상에서 본 붉은색 다이아몬드의 가격을 떠올리며 입을 벌렸다.

더군다나 그때 본 다이아몬드보다 보석의 크기도 훨씬 더 컸다.

이렇게나 비싼 목걸이를 목에 걸고 다닌다고 상상하자, 눈앞이 캄캄해졌다.

근검절약했던 저번 생과 달리 사치도 할 수 있을 때 하자라는 마음가짐을 가지고 있었지만, 그래도 이건 아니었다.

'다른 건 몰라도 이건 정말 받을 수 없어.'

잠시 후, 이레나는 미라벨이 자리를 비우자마자 곧장 창문에 쿤을 부르기 위해 붉은색 손수건을 걸어 두었다.

칼라일을 구하러 갈 때처럼 여러 장을 묶어 놓은 건 아니었지만…….

당황한 이레나의 심정을 표현하듯, 평상시와 달리 두 장의 손수건이 창문에 묶인 채 휘날리고 있었다.

* * *

쿤이 이레나를 찾아온 건 늦은 밤이었다.

사실 한밤중에 귀족 영애의 방에 몰래 잠입한다는 게 다른 사람의 눈에 띄기라도 하면 안 좋은 소문에 휘말릴 수도 있었기 때문에 쿤은 평상시보다 더욱 조심스럽게 들어오고 있었다.

이렇게 늦은 시각에 방문하는 게 예의는 아니었으나 사전에 동의를 구한 적도 있었고, 붉은색 손수건이 두 장이나 묶여 있어서 서두른 것이었다.

방에 완전히 들어온 쿤이 소리 없이 창문을 닫고 몸을 돌릴 때였다.

막 침대에 누워 잠을 청하려던 이레나가 미세한 기척 소리에 눈을 떴다.

혹시나 하는 마음에 그녀의 손이 슬그머니 머리맡에 둔 단검으로 향할 때였다.

“쿤 입니다. 무슨 일로 부르셨습니까?”

익숙한 목소리에 이레나는 단검으로 향하던 손을 떼고 침대에서 일어났다.

지금처럼 누운 상태로 손님을 맞이할 수는 없어서였다.

하지만 잠옷 차림의 이레나를 똑바로 볼 수 없었던 쿤은 칼같이 고개를 옆으로 돌렸다.

그것을 눈치챈 이레나가 곧장 옆에 놓인 가운을 걸치고는 서둘러 본론부터 꺼냈다.

“오늘 전하가 보내 주신 드레스와 보석들을 받았어요. 알고 있죠?”

“네, 저도 알고 있습니다.”

“무도회에 참석하기 위해 드레스는 어쩔 수 없이 받겠지만, 보석들은…….”

이레나가 하려는 말을 쿤이 잘랐다.

“그건 안 됩니다.”

쿤은 마치 이레나가 무슨 말을 하려는지 알고 있는 사람 같았다.

이레나가 재차 입을 열려고 하자, 그보다 쿤이 먼저 단호한 목소리로 말했다.

"장군께서 그 물건들을 다시 받아 오면 제 목을 치시겠다고 하셨습니다."

"뭐, 뭐라고요?"

이레나는 생각지 못한 대답에 잠시 당황할 수밖에 없었다.

그녀가 설마 하는 표정으로 다시 입을 열었다.

"농담이죠?"

"아마 아닐 겁니다."

고작 이런 일로 쿤을 죽이기야 하겠냐는 생각이 들었지만, 그런 것치고 그의 대답은 굉장히 진지했다.

어찌 됐든 칼라일은 자신이 이렇게 행동할 거라고 이미 짐작을 한 듯했다. 사전에 쿤에게 이런 말까지 한 걸 보면 말이다.

하긴 그러니까 처음부터 그가 보내 주는 물건들을 순순히 받겠다는 약속을 하게 만든 것이다.

'……나보고 저걸 어떻게 받으라고.'

드레스와 보석들의 가격만 해도 만만치 않을 것이다. 하물며 붉은색 다이아몬드 목걸이 같은 경우엔 정말 상상을 초월하는 금액이었다.

그런 고가의 물건을 아무런 이유도 없이 받을 순 없었다.

“그렇다면 제 말을 전하께 전해 주세요. 너무 귀한 물건이라 도저히 받을 수가 없겠다고요. 마음 같아선 드레스도 무도회에서만 사용하고 돌려 드리고 싶지만 사전에 약속한 게 있어서 저도 이 정도로 양보하는 거예요. 보석들은 꼭 회수해 가셨으면 좋겠네요.”

강경한 이레나의 말에도 쿤은 동요 없는 표정으로 대답했다.

“그리 전하겠습니다. 다만 장군께서도 아가씨가 이런 요청을 하실 경우에 전하라고 한 말씀이 있으셨습니다.”

“……뭐죠?”

“보내 드린 드레스와 장신구를 착용하고 무도회에 나온 아가씨의 모습을 보고 싶다고 하셨습니다.”

이레나는 굳이 이렇게까지 해서 자신에게 귀한 물건을 안기려는 칼라일의 의도를 도무지 알 수가 없었다.

그때 불현듯 저번에 칼라일이 했던 말이 머릿속에 떠올랐다.

—다른 이들이 예쁜 그대를 쳐다보는 건 못마땅하지만, 그렇다고 내 여자를 초라하게 내보일 생각은 없으니 걱정하지 마.

설마 자신에게 무도회의 마돈나라도 되란 소리인가?

모든 무도회마다 열리는 이벤트는 아니었지만, 황실에서 개최하는 성대한 자리 같은 경우엔 종종 그날 최고로 아름다운 여성을 뽑는 행사가 진행되곤 했다.

마돈나로 뽑힌 여성에겐 티아라나 혹은 화관 같은 장신구를 주었는데 상징적인 이벤트라 상품이 그리 값진 것은 아니었다. 하지만 그럼에도 모든 귀족 영애들이 꿈꾸는 자리였다.

바로 그날, 가장 아름다운 여성에게 주어지는 '무도회의 마돈나'라는 칭호 때문이었다.

루퍼드 제국의 각 곳에서 모인 수많은 영애들 중에 가장 아름다운 레이디로 뽑혔다는 건, 상상 이상으로 큰 명예였다.

오죽하면 가문이 미천한 여성이라도 무도회의 마돈나로 뽑히는 순간 좋은 혼처를 얻어서 신분 상승을 할 수 있다는 소문이 공공연히 나돌 정도였다.

그렇기에 무도회 시즌이 되면 의상실이 더욱 마비가 되는 것이다.

'……그런 자리에 내가 뽑힐 리가 없잖아.'

애초에 기대조차 하지 않은 부분이었다. 더군다나 이레나는 저번 생에서 누가 무도회의 마돈나로 뽑혔는지 알고 있었다.

"혹시 저한테 괜한 기대를 품고 계신 건 아닌지 모르겠네요."

"장군께서 무슨 생각을 하시는지는 저도 짐작하지 못합니다."

쿤의 말에 잠시 고민하던 이레나가 다시금 강경한 표정으로 말을 이었다.

"어쨌든 제가 받기엔 너무 과한 물건인 것 같네요. 다시 회수해 가시라고 말씀해 주세요."

"그대로 전달은 드리겠지만, 사실 장군께선 급한 볼일 때문에 현재 수도에 계시지 않은 상태입니다. 무도회 전까지 답변을 받아 오지 못할 수도 있습니다."

"……그렇군요."

이레나의 얼굴에 한순간 걱정이 내비쳤다. 칼라일이 먼 곳에 있다고 생각하자 괜스레 마음이 쓰였다.

플라워 브리지에서도 위험할 뻔했는데, 혹시 또 무슨 일이 벌어지는 건 아닐지 불안했다.

쿤이 계속해서 말을 이어 나갔다.

"그래서 혹시라도 아가씨께서 끝까지 받지 않겠다고 하시면, 저한테 마지막으로 전하라고 한 말씀이 있었습니다."

"뭐라고 하시던가요?"

"약속 지켜, 라고 하셨습니다. 아가씨께서 어기시면 장군도 지키지 않겠다고……."

쿤의 말이 채 끝나기도 전에 이레나가 기가 막힌다는 표정으로 입을 열었다.

"말도 안 돼요."

"제가 전해 드릴 말씀은 여기까지입니다."

사무적인 쿤의 태도에 이레나는 혼자서 울분을 삭일 수밖에 없었다.

중간에서 말을 전해 주는 역할인 그에게 따져 봤자 아무런 소용도 없었으니까.

'……치사해.'

가장 먼저 드는 생각은 바로 이것이었다.

칼라일은 억지로라도 고가의 물품들을 이레나에게 떠안기려는 속셈인 것이다.

하지만 이레나의 입장에서는 이런 값비싼 선물을 마음 편히 받을 수 없었다. 마치 칼라일에게 빚을 지는 것 같이 느껴졌기 때문이다.

분명히 나중에는 받은 만큼 돌려줘야 하는 순간이 올 것이다.

그리고 이러다 언젠가 그가 주는 도움을 당연하게 받아들이게 될까 봐도 두려웠다.

저번 생에서 이레나는 혼자 살아가고, 혼자 복수를 위해 치열하게 싸웠다. 타인에게 기대고 또 의지하다 보면 약해질지도 모른다.

처음엔 칼라일이 잘해 주기에 그 이유가 궁금하기보단 그저 자신에게 유리한 방향으로 흘러가는 상황이 마음에 들었었다.

하지만 이제는 일종의 덫 같았다.

끊임없이 받다 보면 결국엔 그 값을 치르게 되어 있었으니까.

이레나는 못마땅한 목소리로 나직하게 대꾸했다.

"일단은, 알겠어요."

다시 돌려주고 싶어도 당장엔 방법이 없었다.

쿤에게 주자니 목을 친다는 협박이 마음에 걸렸고, 직접 대화를 하자니 무도회 전에는 만나기가 힘들 것 같았다. 그렇다면 어쩔 수 없이 드레스와 보석들을 가지고 있어야 했다.

그리고 황실 무도회에 참석하기 위해선 칼라일이 보내준 드레스를 입고 나가야만 하는 상황이었다.

결국 이레나가 선택할 수 있는 거라곤 무도회장에서 칼라일을 직접 만나 해결하는 수밖에 없었다.

썩 마음에 들지는 않았지만 하는 수 없다.

"더 분부하실 일이 없으시면 이만 가 보겠습니다."

"네. 밤늦게 고생했어요."

쿤은 평상시처럼 절도 있는 동작으로 깍듯이 인사하고는 창문을 통해 조용히 빠져나갔다.

이레나는 그 모습을 지켜보다가 쿤이 시야에서 완전히 사라지자 천천히 침대로 걸어가 조용히 걸터앉았다.

다시 자리에 눕기엔 왠지 쉽사리 잠이 오지 않을 것 같았다.

이제 무도회가 얼마 남지 않았다.

그곳에 참석하는 순간 이레나는 본격적으로 해야 할 일들이 많아졌다.

우선 칼라일과 공식적인 사이가 될 것이며, 최대한 빨리 결혼식을 올려 황태자비가 되야 했다.

애초부터 계획을 하고 움직였던 일들이지만, 막상 들이닥치면 생각보다 주변의 많은 것들이 변하게 될 것이다.

이레나는 무심코 창밖으로 보이는 밤하늘의 별들을 올려다보았다.

"……잘하자, 이레나 블레이즈."

이번 생은 후회 없도록.

* * *

다음 날부터 블레이즈 저택은 아주 바쁘게 돌아갔다.

무도회가 열리기 전에 드레스를 두 벌이나 수선해야 했기 때문이다.

그중에서 가장 열정적인 것은 바로 미라벨이었다.

"언니, 잠깐 여기 좀 서 있어 봐."

미라벨은 손수 이레나의 치수를 재며 드레스의 사이즈를 조절해 나가기 시작했다.

칼라일이 보내 준 드레스가 너무 마음에 들어서 미라벨의 창작 욕구를 불태운 모양이었다.

지금까지 이렇게 열정적인 미라벨의 모습은 본 적이 없었기에 이레나는 신기한 눈동자로 쳐다볼 수밖에 없었다.

그렇게 오랫동안 미라벨을 옆에서 구경하던 이레나가 말했다.

"혹시 프리그랑으로 유학 가고 싶은 생각 없어?"

"뭐? 유학?"

프리그랑은 대륙에서 패션으로 가장 유명한 왕국이었다.

더구나 아직까지 여성들의 경제적인 진출을 못마땅하게 바라보는 루퍼드 제국과 달리, 프리그랑은 그런 부분에서 전혀 차별이 없는 자유분방한 왕국이었다. 그래서 진취적인 여성들이 많이 모이는 곳이기도 했다.

미라벨은 한 번도 생각해 본 적이 없었던지 깜짝 놀란 표정을 지어 보였다. 하지만 이내 살포시 웃으며 고개를 좌우로 저었다.

"거기 학비가 얼마나 비싼데. 더구나 아버지가 허락하실 리 없어."

"만약 학비도 걱정 없고, 아버지도 허락하신다면 갈 생각은 있어?"

미라벨에게 모든 걸 솔직하게 털어놓을 순 없었지만, 이레나가 황태자비가 되면 학비쯤이야 어렵지 않게 지원해 줄 수 있었다.

사랑스런 미라벨이 어떤 삶을 살아도 지지하겠지만, 가능한 본인이 좋아하는 일을 하면서 자유롭게 살면 좋을 것 같았다.

"음…… 생각해 본 적이 없어서 아직 잘 모르겠어."

"한 번 고민해 봐. 네가 원한다면 언니가 어떻게든 해줄 테니까."

"응, 알겠어."

미라벨이 고맙다는 듯 손에 바늘꽂이를 든 상태로 배시시 웃어 보였다.

그 모습에 이레나의 기분도 덩달아 좋아져서 따뜻한 표정을 지을 때였다.

그들의 뒤편에서 조용히 재봉틀을 돌리고 있던 하녀 메리가 미라벨을 향해 다급히 물었다.

"아가씨, 이 부분은 어떻게 처리할까요?"

그 부름에 미라벨은 곧장 다가가서 막힌 부분을 눈으로 확인하곤 말했다.

"아, 이건 말이지……."

직접 드레스 수선을 진두지휘하는 미라벨을 보고 있자니, 이레나는 왠지 뿌듯해서 엄마 같은 마음으로 쳐다보게 되었다.

.

그렇게 무도회까지 남은 기간은 빛처럼 빠르게 지나갔다.

이레나와 미라벨, 그리고 저택에 있는 하녀들까지 합심해서 드레스를 손보니 기한 안에 완벽히 수선을 끝낼 수 있었다.

"언니, 다 완성됐어! 이리 와서 한 번 봐 봐."

"그래?"

이레나도 기쁜 마음에 미라벨을 따라 드레스 룸으로 들어가는 순간이었다.

"아……."

이레나는 저도 모르게 살짝 입을 벌린 채로 쳐다볼 수밖에 없었다.

중간중간 제작되는 과정을 보긴 했지만 드레스가 완성이 된 모습을 직접 눈으로 확인하는 건 처음이었다.

"이게 그동안 우리가 만든 드레스라고?"

이레나의 떨리는 목소리에 미라벨은 자신 있게 고개를 끄덕거렸다.

"응! 예쁘게 잘 나왔지? 전체적인 디자인은 크게 손보지 않고, 우리의 체형에 맞게 디테일만 추가했어. 사실 원래대로도 완벽했지만 아무래도 입는 사람과 어울리게 하는 게 더 좋을 것 같아서."

"미라벨, 이건 너무 완벽한 것 같아."

이레나의 감탄사의 미라벨은 일순 부끄러운 듯 얼굴을 붉혔다.

"뭐, 다 같이 고생했으니까. 생각보다 좋은 결과물이 나온 거지."

미라벨은 겸손을 떨었지만, 사실 드레스를 완전히 재해석한 것이나 다름없었다.

무도회에서 미라벨이 입을 드레스는 특이하게 검정색이었는데, 목 부근에 커다란 리본이 귀여운 이미지를 풍겼으며 치맛자락과 곳곳에 장식된 황금색의 문양이 무척이나 고급스럽게 보였다.

이레나의 드레스는 아주 연한 핑크색으로 된 러블리한 드레스였다. 어깨 부근이 드러나서 여성스러운 느낌을 물씬 풍겼으며, 풍성한 치맛자락에 몇 겹이나 망사가 첨가되어 더욱 하늘하늘하고 화려한 느낌이 풍겼다.

이 드레스들의 원래 모습도 기억하고 있었지만, 확실한 건 이만큼이나 완벽하진 않았다는 것이다.

이레나의 늘씬한 몸매와 키가 작은 미라벨의 체형에 맞춰 생각보다 많은 부분이 새롭게 탄생되었다.

"……정말 예쁘다."

"언니가 입을 드레스는 특별히 붉은색 다이아몬드 목걸이에 맞춰서 만든 거야. 값진 거니까 눈에 확 띄면 좋잖아."

미라벨의 말에 지금까지 잠시 기억에서 지우고 있었던 목걸이 떠올랐다.

이레나가 화들짝 놀란 얼굴로 입을 열었다.

"그 목걸이?"

"응. 무도회까지는 언니가 가지고 있을 거라며. 그렇다면 지금이 아니고 언제 그런 걸 착용해 보겠어! 빌려주신 분을 위해서라도 예쁘게 사용해야지."

미라벨의 말이 틀린 것도 아니었기에 이레나는 어색한 얼굴로 고개를 끄덕거렸다.

사실 꼭 그 목걸이까지 착용하고 무도회에 참석할 필요는 없었지만, 칼라일이 뭘 보내든 군말 없이 받겠다고 약속을 하긴 했었다.

그러니 값비싼 목걸이라서 착용할 수 없었다는 핑계를 댈 수는 없었다.

어차피 한 번만 착용하고 돌려줄 생각이었기에 이레나는 이왕 이렇게 된 거 더 이상 고민하지 않고 칼라일의 성의를 받아들이기로 결정했다.

둘은 무도회에서 첫눈에 반했다는 설정을 가지기로 했으니, 가능한 눈에 띌 정도로 예뻐야 신빙성이 있을 것이다.

"어쨌든 정말 잘 만들었다. 우리 미라벨 수고 많았어."

이레나의 칭찬에 미라벨은 행복한 웃음을 지으며 다시금 그녀의 손을 잡고 어딘가로 끌고 갔다.

"자, 이제 드레스를 확인했으니까. 그다음은 피부 관리 받으러 가자."

"피부 관리까지?"

"그럼! 세상에서 제일 예쁘게 꾸미고 가서 우리 언니가 무도회의 마돈나로 뽑혔으면 좋겠다."

"그건 안 될 것 같은데……."

이레나의 부정적인 말에도 미라벨은 서둘러 그녀를 이끌며 재촉할 뿐이었다.

"빨리, 빨리!"

"알겠어."

그렇게 두 사람은 웃으면서 걸어갔다.

* * *

무도회의 당일.

황실의 거대한 성문 앞으로 수많은 마차들의 줄을 지어 들어왔다.

그리고 그 마차들 중엔 블레이즈가의 문양이 새겨진 것도 있었다.

달그락, 달그락.

마차는 순서대로 황궁 안으로 입장하기 시작했고, 끝내 블레이즈가의 차례가 왔을 때였다.

옆에서 초대장 명단을 관리하던 남성이 지금까지 그랬던 것처럼 커다란 목소리로 호명했다.

“블레이즈 백작가의 영애들이십니다.”

그 말이 끝나자 무도회장 앞에서 대기하고 있던 시종이 마차의 문을 열어 주었다.

그리곤 바닥에 깔려 있는 붉은 카펫 위로 이레나의 발이 살포시 내려앉을 때였다.

툭.

명단을 관리하던 남성이 무심코 이레나를 쳐다보곤 손에 들고 있던 서류를 놓치고 말았다.

그 남성뿐만이 아니었다. 무도회로 인한 설렘으로 들떠 있던 군중들은 모든 행동을 멈추고 이레나를 바라보았다.

이레나의 모습은 눈이 부셨다.

순금을 녹여 만든 것 같은 금발 머리에 눈처럼 새하얀 피부. 보석처럼 빛나는 붉은색 눈동자와 그와 꼭 닮은 붉은색의 다이아몬드 목걸이가 모두의 시선을 잡아끌 만큼 강렬했다.

누가 봐도 입이 떡 벌어질 만큼 아름다운 드레스를 입고 마차에서 내리는 이레나의 모습은, 작은 동작 하나하나까지 우아하기 짝이 없었다.

마치 이 세상에 존재하지 않는 아름다움을 보는 것 같았다.

먼저 마차에서 내린 이레나가 뒤이어 나오는 미라벨의 손을 잡아 주며 말했다.

"조심해서 내려, 미라벨."

새로운 미소녀의 등장에 사람들은 또다시 숨을 삼켰다.

이레나가 넋을 잃고 쳐다보는 관리인을 향해 말했다.

"입장해도 되나요?"

"아, 네네! 들어가시죠."

간신히 정신을 차린 그가 안내할 시종을 붙여 주자, 이레나와 미라벨이 다정하게 손을 잡고 황궁 안으로 입성했다.

그 두 사람의 시야에서 사라지자마자 거짓말처럼 출입구가 한순간에 왁자지껄하게 변했다. 거기에 있던 사람들 모두가 이레나에 관해 한마디씩을 내뱉은 것이다.

그만큼 이레나의 등장은 파격적이었다.

12

무도회의 마돈나

이번 황실 무도회는 황궁에서 가장 대형 홀을 보유하고 있는 프리지아 궁에서 열렸다. 이레나와 미라벨은 시종의 길 안내를 받으며, 화려한 황궁의 미로 같은 길을 따라 무도회장의 입구로 향했다.

벌써 무도회장 안에는 많은 귀족들이 모여 있는 건지 웅성거리는 소리가 바깥에까지 희미하게 새어 나오고 있었다.

무도회장 입구를 지키고 있던 문지기가 새롭게 등장한 이레나를 발견하곤 눈이 크게 떠졌다.

먼저 앞장서 가던 시종이 말했다.

"블레이즈 백작가의 두 아가씨들이십니다."

시종의 안내에 문지기는 익숙하게 무도회장의 문을 열

어 주었다. 하지만 그 와중에도 이레나에게서 시선을 떼지 못한 상태였다.

끼이이익—

성문만큼이나 웅장한 무도회장의 문이 열리며, 휘황찬란한 내부가 서서히 드러났다.

그렇게 이레나와 미라벨이 무도회장 안으로 들어설 때였다.

제각각 시끌벅적하게 떠들던 귀족들이 이레나를 발견하고 저마다 수군거리기 시작했다. 그것은 남성이든 여성이든 모두 마찬가지였다.

처음엔 이레나의 등장을 알아차리지 못했던 사람들도 점점 그녀가 이동하는 경로에 따라 시선을 빼앗겼고, 웅성거림은 더욱 커져만 갔다.

어느 순간 이레나와 미라벨에게로 모든 시선이 집중되었다.

수많은 눈동자가 그 두 사람을 향했고, 입가를 가린 채 이레나에 관한 이야기를 내뱉었다.

"저 영애는 누구지?"

"어머, 저기 목걸이 좀 봐. 붉은색 다이아몬드야!"

"저런 드레스는 어디서 제작한 걸까?"

한마디로 엄청난 주목이었다.

바깥에서와 마찬가지로 무도회장 안에서도 이레나의

아름다운 외모가 크게 빛을 발한 것이었다.

어쩌면 당연한 결과였다. 수수하게 꾸며도 눈길이 가던 이레나를 지금처럼 머리서부터 발끝까지 최고급으로 꾸며 놓으니 한눈에 시선을 사로잡을 수밖에 없었다.

이레나의 외모면 외모, 몸매면 몸매.

지금 그녀가 입고 있는 드레스부터 착용하고 있는 액세서리까지, 모든 것이 완벽했다.

다른 여성들 또한 무도회장에 참석하기 위해 본인이 할 수 있는 최선을 다해 아름답고 화려하게 꾸민 상태였다. 그런 제각각의 매력을 지닌 귀족 영애들 속에서도, 이레나와 미라벨은 단연 돋보이고 있었다.

삽시간에 시끌벅적하게 변한 무도회장 안을 거닐며, 이레나는 저도 모르게 가장 구석진 자리를 향했다. 사방에서 주목을 받으니 자연스레 발걸음이 그쪽으로 향한 것이었다.

갑작스럽게 꽂히는 수많은 시선에 이레나는 내심 당황스러운 마음이 들었다.

'……신경 써서 꾸민 건데, 뭐가 잘못된 건 아니겠지?'

혹시 자신도 모르는 사이 얼굴에 뭐가 묻은 건 아닌지 의심이 될 지경이었다.

물론 문제가 있다면 옆에서 걷고 있는 미라벨이 가장 먼저 알려 줬을 것이다. 그런데 아무 말도 없다는 건 아무런 문제도 없다는 뜻이었다.

그 사실을 뻔히 알면서도 괜히 쓸데없는 걱정이 들었다.

저번 생에서는 이렇게나 많은 사람들의 이목이 집중되지 않았다. 그렇기에 더욱 의아한 마음이 들 수밖에 없었다.

이레나는 자신을 뚫어져라 쳐다보는 수많은 시선들을 애써 무시하며 무도회장의 끄트머리에 자리를 잡았다. 그리곤 자연스레 테이블 위에 준비되어 있는 와인 한 잔을 집었다.

도수가 낮은 와인이었지만, 조심해서 나쁠 건 없었기에 이레나가 몇 모금만 마시고 입을 뗄 때였다.

문득 자신의 옆에서 싱글벙글한 표정으로 웃고 있는 미라벨의 얼굴이 눈에 들었다.

생각해 보면 미라벨은 유독 이번에 황실에서 열리는 무도회를 기대했었다. 거기다 소문만 무성했던 칼라일에 대해서도 궁금해했었고.

"무도회에 오니까 어때, 기대한 만큼 좋아?"

"뭐, 아직은 잘 모르겠지만, 사람들이 다 언니를 정신 못 차리고 쳐다보는 건 기분 좋아. 왠지 내가 다 뿌듯해!"

장난기 어린 목소리로 말하는 미라벨이 귀여워서, 이레나는 저도 모르게 옅게 웃고 말았다.

이레나를 화려한 장미꽃으로 비유하자면, 미라벨은 수수한 안개꽃이었다.

무척이나 닮은 외형의 두 사람이었지만, 한눈에 시선을 확 잡아끄는 이레나와 은연중에 아름다움을 풍기는 미라벨은 완전히 다른 타입이었다.

하지만 무조건 화려한 장미만 아름다운 것은 아니다. 미라벨이 나이가 어려서 그렇지, 그녀가 성장한다면 무척이나 아름다운 숙녀로 자랄 게 뻔했다.

이레나가 부드러운 눈빛으로 미라벨을 쳐다보며 말했다.

"다 네 덕분이야. 예쁘게 꾸며 줘서 고마워."

"헤헤, 진짜로 언니가 무도회의 마돈나가 될지도 모르겠어."

"그럴 리 없으니까, 쓸데없는 기대하지 마."

"치, 모르는 일이라니까?"

두 사람이 즐겁게 대화를 나누고 있을 때였다.

그들의 곁으로 익숙한 얼굴의 여성이 다가와서 말을 건넸다.

"어머, 블레이즈 영애. 오늘따라 너무 아름다워서 못 알아볼 뻔했어요."

이레나의 시선이 다가온 여성에게로 향했다. 그녀는 바로 남부 지방 사교계의 실세, 마리사 홀렌드 후작 부인이었다.

얼마 전 마리사가 초대한 티 파티 이후로 오랜만에 다시 본 것이었다.

이레나도 반가운 표정으로 마리사를 맞이했다.

"부인, 여기서 또 뵙네요."

"저도 황실 무도회에 참석하려고 서둘러 올라왔죠. 남부 지방에서도 많은 분들이 왔어요."

마리사의 말에 주위를 둘러보니, 그제야 낯이 익은 얼굴들이 눈에 들어왔다.

마침 시선이 마주치자 먼저 고개를 숙이면서 아는 체를 하는 영애들을 향해 이레나도 가벼운 묵례를 건넸다.

마리사는 이미 한 차례 티 파티에서 만난 미라벨을 향해서도 말을 건넸다.

"레이디도 지난번에 봤을 때보다 더 아름다워진 것 같아요. 그때도 느꼈지만 어쩜 블레이즈가의 영애들은 이렇게 하나같이 아름다운지 모르겠네요. 비법이 있으면 좀 알려 줘요."

마리사의 칭찬에 이레나가 겸손하게 대답했다.

"과찬이세요."

"후작 부인도 여전히 아름다우신걸요."

뒤따른 미라벨의 대답에 마리사는 입가를 가린 채 호호호, 웃음 지을 뿐이었다.

그리곤 마리사가 호기심 어린 표정으로 입을 열었다.

"그런데 영애가 차고 있는 그 목걸이…… 붉은색 다이아몬드 맞죠?"

이런 자리에서 여성들에게 빠질 수 없는 관심사가 바로 드레스와 액세서리였다.

이레나는 어차피 누군가가 할 질문이라는 걸 알았기에 순순히 고개를 끄덕였다.

일부러 거짓말을 할 이유는 없었다. 더구나 마리사도 아마 몰라서 묻는 게 아닐 것이다.

이 목걸이의 정체를 짐작하고 있으면서도 다시 한 번 확인을 하는 것이다. 이런 대화법이 사교계의 정석이었다.

"어머, 역시 맞았네요. 그렇게 귀한 보석을 여기서 구경하네요. 블레이즈 영애와 너무 잘 어울려요."

다른 사람이라면 목걸이를 어디서 구입했는지, 혹은 남성에게 선물을 받은 건 아닌지 궁금해했을 텐데 마리사는 더 이상 캐묻지 않았다.

너무 꼬치꼬치 캐묻는 건 상대방에게 실례가 될 수 있다는 걸 알기 때문이다.

그리고 마리사의 이런 현명한 성격이 그녀를 남부 지방 사교계의 실세로 만든 것이었다.

이레나가 겸연쩍은 표정으로 대답했다.

"잘 어울린다고 칭찬해 주시니 다행이네요. 생각보다 무게가 꽤 무거워서 사실은 조금 힘들거든요."

겸손하면서도 재치 있게 느껴지는 이레나의 대답에 마리사도 기분 좋게 웃음 지었다.

"호호호, 영애도 참."

그렇게 서로 이런저런 대화를 나누고 있을 때였다.

척척척척.

훈련받은 이들의 일정한 발자국 소리가 들리며, 곧 황실 근위병들이 단상 위로 모습을 드러냈다.

그들의 등장에 무도회장 안에서 흐르던 연주도 잠시 멈춘 상태였다.

그렇게 무도회장에 모인 모든 귀족들의 시선이 집중되었을 때였다.

가장 선두에 나온 남성이 큰 목소리로 외쳤다.

"황제 폐하와 황후 폐하 나오십니다!"

그 말과 함께 가장 먼저 루퍼드 제국의 12대 황제인 설리반이 모습을 나타냈다. 정중하게 걸어오는 모습이 겉보기엔 그렇게 큰 병을 앓고 있는 사람처럼 보이지는 않았다.

약간 핼쑥한 얼굴이 건강 상태가 그리 좋아 보이진 않았지만, 그게 다였다.

저번 생에서도 지금처럼 크게 티가 나지 않았기에 그가 사망하기 전까지 많은 사람들이 그의 병환을 모르고 있었다.

설리반은 지금껏 루퍼드 제국을 통치한 황제들과 정반대로, 부드럽고 온화한 분위기를 풍기며 무도회장 안으로 들어섰다.

설리반을 본 수많은 귀족들이 입을 모아 말했다.

"제국의 황제 폐하와 황후 폐하를 뵙습니다! 루퍼드 제국에 무한한 영광을!"

설리반은 자리에 앉기 전에 이곳에 모인 귀족들을 향해 입을 열었다.

"많이 참석한 것을 보니 내 기쁜 마음이오. 오늘은 우리 황태자를 공식적으로 소개하는 자리이니 많이들 눈도장 찍어 두시오."

유쾌한 설리반의 말투 때문인지 황제의 등장으로 인해 자칫 딱딱해지려던 무도회장 분위기가 다시 밝아진 느낌이었다.

그런 설리반의 바로 옆에는 고상한 자태로 서 있는 중년의 여인이 한 명 있었다.

나이가 꽤 들었지만, 그럼에도 변함없이 아름다운 미모를 칭송받고 있는 황후 오펠리아였다.

"폐하, 황태자가 돌아오니 기분이 좋으신가 봅니다."

오펠리아의 말에 설리반이 기꺼운 표정으로 대꾸했다.

"아무렴요. 이제 이 제국의 기둥이 될 황태자가 돌아왔으니 한시름 놓았습니다."

"폐하의 마음이 편해지셨다니, 저도 덩달아 기분이 좋습니다."

겉으로 보기에는 무척이나 화목해 보이는 황제 부부였다.

설리반이 다시 귀족들을 향해 말했다.

"그럼 이제 오늘 이 무도회의 주인공인 황태자를 소개

하겠소. 어서 나오거라!"

그 말이 끝나는 순간이었다.

뚜벅뚜벅.

일정한 구두 소리와 함께 칼라일이 무도회장 단상 위로 모습을 드러냈다.

새하얀 연미복을 차려입은 그가 황제인 설리반의 옆으로 걸어가는 그 짧은 순간, 모두가 숨을 멈출 수밖에 없었다.

이레나 또한 마찬가지였다. 원래부터 칼라일이 잘생긴 얼굴이라는 건 알고 있었지만, 오늘은 정말이지 감탄을 자아내게 할 만큼 압도적이었다.

칼라일은 특유의 무표정한 얼굴을 짓고 있었는데, 그에서 은연중에 풍겨 나오는 위압감이 묘하게 여심을 자극하고 있었다.

무엇보다 이 많은 사람들의 주목을 받고 있음에도 전혀 동요를 보이지 않는 푸른색 눈동자가 지나치게 매력적이었다.

곧 수많은 귀족들이 일제히 입을 열었다.

"제국의 황태자 전하를 뵙습니다."

설리반은 자신의 옆에 선 칼라일을 대견스러운 표정으로 쳐다보다가 말했다.

"그럼 다들 무도회를 즐겨 주시오!"

그 말을 끝으로 잠시 멈췄던 연주가 다시 흐르기 시작

했다.

이레나의 눈에 설리반이 고위 귀족들에게 칼라일을 소개시키는 장면이 언뜻 보였다.

언제나 손을 뻗으면 닿을 만큼 가까이에 있던 칼라일이었는데, 이렇게 멀리 떨어진 곳에서 바라보고 있자니 조금 색다르게 느껴졌다.

그때 귓가에 다른 영애들의 대화 내용이 들려왔다.

"황태자 전하가 저렇게 잘생길 줄은 몰랐는데, 어떻게 해!"

"그러게 말이야, 너무 멋있어."

"정신 차려. 황태자 전하한테 내려온 신탁 몰라? 전하랑 처음 결혼하는 여잔 평생 불행하게 살 거라고."

"그럼 두 번째 부인으로 들어가면 되지."

삼삼오오 모여 있는 모든 영애들이 전부 칼라일에 대해 떠들고 있었다.

새삼 느껴지는 그의 인기에 이레나도 조금 당황스러울 수밖에 없었다.

그뿐만이 아니었다. 이레나의 옆에 서 있던 미라벨도 멍한 표정으로 중얼거렸다.

"우와, 황태자 전하가 동화책 속의 왕자님 같으면 좋겠다고 기대하긴 했지만…… 진짜 잘생겼다."

미라벨의 감탄 어린 말에 이레나는 어색하게 고개를 끄덕이며 동조할 수밖에 없었다. 생각보다 칼라일의 인기가 더 어마어마한 것 같았다.

하지만 그런 것과는 별개로 이레나의 기분은 꽤나 유쾌해졌다.

'……다행이야.'

저번 생에서 칼라일은 이 무도회에 참석하지 못했었다.

그땐 침통한 표정을 지은 설리반이 지금과 전혀 다른 딱딱한 모습으로 칼라일이 이 자리에 참석하지 못한다는 소식을 전했었다.

그래서 미라벨도 적잖이 실망한 표정을 지었던 게 생각난다.

하지만 지금은 과거와 달리 칼라일이 무도회장에 참석했고, 많은 귀족들이 그에게 호감을 표현하고 있었다.

이렇게 자신이 직접 바꾼 미래를 경험하고 있자니 왠지 희망찬 기분이 들었다.

그때 근처에 있던 마리사가 다시 이레나에게 다가와 말을 걸었다.

"오늘 영애를 소개받고 싶어 하는 신사분들이 많은데, 제가 중간에서 다리를 좀 놔 드려도 될까요? 다들 알고 지내면 좋은 가문의 자제들이세요."

귀족 사회에서 인맥이란 꽤나 중요한 부분이었다. 마리사가 좋은 의도로 제안한 걸 알기에, 이레나도 굳이 거부를 할 이유는 없었다. 하지만 미라벨을 이 자리에 혼자 남겨 두고 가는 게 마음에 걸려서 잠시 머뭇거릴 때였다.

그걸 수줍어서 그런 거라 여겼는지 마리사가 재차 미소를 띤 얼굴로 말을 이었다.

"어차피 곧 춤을 추는 순서가 다가올 텐데, 그 전에 미리 파트너를 선점해 두면 좋잖아요."

실제로 무도회의 파트너가 나중에 연인으로 발전하는 경우가 많았다. 거기다 귀족 영애는 여러 남성들에게 춤 신청을 받을수록 인기가 높다는 평가를 얻었기에 내심 신경을 쓰는 경우가 많았다.

이레나도 전생에서 한두 명의 남성에게 춤 신청을 받았지만, 결국 미라벨의 곁에서 떨어지기 싫어서 거절을 했었던 기억이 났다.

지금도 그때와 마찬가지로 미라벨을 혼자 두는 게 내키지 않아서 고민이 될 때였다.

그런 이레나의 마음을 알아차린 미라벨이 먼저 선수를 쳤다.

"언니, 얼른 갔다 와! 난 여기서 구경하고 있을게."

"하지만……."

이레나가 막 입을 떼려고 하는 찰나였다.

갑자기 이레나를 쳐다보고 있던 마리사와 미라벨의 눈이 크게 뜨여졌다.

그 둘뿐만이 아니었다.

근처에 있던 모든 사람들이 이레나를 깜짝 놀란 표정으로 쳐다보고 있었다.

"……?"

의아한 마음이 든 이레나가 이유를 물어보려는 찰나였다.

그런데 그보다 먼저 근처에 있던 사람들 모두가 약속이라도 한 것처럼 고개를 숙이며 정중히 인사를 건넸다.

"화, 황태자 전하를 뵙습니다!"

그 말에 이레나는 뒤늦게 자신의 뒤편으로 고개를 돌렸다.

거기엔 거짓말처럼 칼라일이 강렬한 존재감을 내뿜으며 서 있었다.

"아……."

그의 갑작스러운 등장에 이레나가 잠시 굳어 있을 때였다.

칼라일은 눈에 띄게 아름다워진 이레나를 뚫어지게 쳐다보다가, 곧이어 그녀를 향해 불쑥 손을 내밀며 말했다.

"나와 춤추겠소?"

"……네?"

생각지도 못한 칼라일의 제안에 이레나는 깜짝 놀랄 수밖에 없었다.

하지만 그보다 더 놀란 건 바로 옆에 있던 미라벨과 마리사였다.

그 둘은 이 장면을 눈이 튀어나올 것처럼 쳐다보고 있었다.

재빠르게 정신을 차린 이레나가 내밀어진 칼라일의 손을 잡으며 나지막이 대답했다.

"네, 전하. 영광입니다."

그렇게 칼라일은 이레나의 손을 잡은 채 무도회장의 정중앙으로 갔다.

아직 춤을 추기엔 조금 이른 시간이었지만, 칼라일과 이레나가 서로 우아하게 인사를 주고받는 순간 음악이 바뀌었다. 눈치 빠른 연주자가 재빨리 곡을 변경한 것이었다.

그렇게 모두가 지켜보는 가운데 칼라일과 이레나의 춤이 시작되었다.

이레나는 귀족 영애로서 어렸을 때부터 익힌 춤이었지만, 칼라일은 유년 시절부터 전장에서 보낸 사람치고 꽤나 훌륭했다.

칼라일이 이레나의 허리를 끌어안고 서로 밀착되는 순간이었다.

가까워진 이레나를 향해 칼라일이 나지막이 속삭였다.

"내가 조금이라도 늦었으면 그대를 빼앗길 뻔했군."

"그럴 리가요……."

만약 다른 남성과 춤을 한 번 췄다고 해도 그걸 빼앗겼다고 표현하기엔 무리가 있었다.

젊은 귀족 남녀가 무도회에서 함께 춤을 추고 그것을 계기로 서로 호감을 갖기도 했지만, 모두가 그러한 것은 아니었다.

일반적으로 춤 신청은 결혼을 한 사람도 충분히 즐길 수 있는 건전한 문화였다.

"미리 말해 두는데, 그대와 춤을 춘 상대는 앞으로의 인생이 순탄치 않을 거야."

"……어째서요?"

이레나의 질문에 칼라일은 의뭉스러운 미소를 지으며 대꾸했다.

"글쎄, 그러니 그 점을 염두에 두도록 해."

커다란 샹들리에가 장식된 화려한 성 안에서 우아하게 춤을 추는 이레나와 칼라일의 모습은 마치 그림을 그린 것처럼 잘 어울렸다.

그 모습에 홀린 듯 다른 귀족들도 서둘러 파트너와 함께 나와서 춤을 추기 시작했다.

그렇게 무도회장의 중앙은 곧 춤을 추는 남녀로 가득 찼지만…….

그 수많은 사람들 중에 가장 눈에 띄는 것은 당연코 이레나와 칼라일이었다.

모두가 그 두 사람에게 시선을 빼앗기고 있었다.

* * *

꽈악!

엘렌은 오랜 시간 동안 공을 들여 준비한 드레스가 구겨지는 줄도 모른 채, 치맛자락을 잡은 손으로 주먹을 세게 쥐었다.

그녀의 표독스러운 눈동자에는 무도회의 중앙에서 춤을 추고 있는 이레나와 칼라일의 모습이 비쳐지고 있었다.

'저 자리는 내 것이었어야 해.'

오늘 무도회의 마돈나로 뽑히기 위해 얼마나 노력했는지 모른다.

그런데 자신이 준비한 드레스와 액세서리보다 더 훌륭한 것을 이레나가 착용하고 이곳에 참석했다.

'도대체 어떻게……?'

분명 틸다를 통해 이레나가 무도회에 입을 의상을 갈가리 찢어 버렸다.

짧은 기한 안에 드레스를 구하는 것도 쉽지 않을 텐데, 저렇게나 훌륭한 것을 구했다는 건 더욱 말이 되질 않았다.

하물며 저 붉은색 다이아몬드 목걸이는 대체 어디서 난 거지?

"아아, 전하……."

엘렌은 칼라일을 애달픈 눈동자로 쳐다보며 간절한 목소리로 중얼거렸다.

무도회장에 칼라일이 등장하는 순간, 엘렌은 마음을 빼앗겼다.

그는 자신에게 딱 걸맞은 남자였다.

그런데 칼라일마저 이레나가 가로채 가 버렸다.

"……용서 못 해."

이미 이레나를 지옥으로 떨어트리기 위해 계획을 짜고 있는 중이었다.

하지만 한시라도 빨리 그것을 실행으로 옮겨야 할 이유가 생겼다.

으드득, 엘렌은 분한 마음에 이를 악물었다.

* * *

이레나와 칼라일은 겉보기엔 매우 화려한 춤사위를 선보이고 있었지만, 실상은 서로가 가까워지는 찰나를 이용해 긴밀한 대화를 나누고 있는 중이었다.

"그때 플라워 브리지를 무너뜨리려고 한 범인이 누군지 밝혀냈나요?"

사실 이레나는 그날 이후로 어떻게 처리가 됐는지 계속 신경이 쓰였다.

하지만 블레이즈 백작가의 이레나와 칼라일의 호위 기사 렌은 엄연히 다른 사람이어야 했기에, 정체를 감추고 있는 입장에서 그녀로선 전혀 알 수 없는 내용을 쿤에게 직접 물어보긴 어려워서 참고 있었다.

그런데 이처럼 칼라일을 만나니 자연스레 그동안 눌러 왔던 궁금증이 터져 나왔다.

칼라일은 다시 그녀가 가깝게 다가오는 타이밍을 이용해 나지막이 대답했다.

"그 이야긴 나중에 따로 하지."

"알겠어요."

왠지 심상치 않은 대답에 이레나는 순순히 고개를 끄덕거렸다.

그렇게 연주가 끝나고 춤이 멈췄다. 이레나와 칼라일은 처음 춤을 추러 나왔을 때처럼 서로를 향해 정중하게 인사를 나눴다.

막 자리에서 벗어나려는 이레나를 향해 칼라일이 다시 다가오며 말했다.

"아까 어느 부인이 그대에게 신사들을 소개시켜 주겠다고 하던데, 혹시 그들을 만나러 갈 생각인가?"

왠지 불쾌감이 느껴지는 말투에 이레나는 의아한 표정으로 쳐다볼 수밖에 없었다.

"혹시 마음에 안 드세요?"

"그렇다면 어떻게 할 거지?"

"그럼 안 가야죠. 저는 전하가 마음에 안 드시는 일을 할 생각이 없어요."

칼라일은 이런 시원스러운 대답을 예상하지 못한 듯했다.

그는 순간 의외라는 표정을 짓더니, 곧이어 입가에 진득한 미소를 띄었다.

"……꽤나 흡족한 대답을 하는군."

"제 약혼자가 눈앞에 있는데 당연하죠."

"그거, 상당히 듣기 좋은 말이야."

그 말에 정말로 칼라일의 기분이 한층 좋아진 것처럼 보였다.

이레나는 너무나 당연한 일을 가지고 만족해하는 그를 이해할 수 없다는 듯 쳐다보다가, 이내 한 테이블 앞에 자리를 잡고 서 있었다.

주변의 사람들이 자신과 칼라일을 주시해서 쳐다보고 있다는 게 느껴졌다.

이레나가 칼라일을 향해 작은 목소리로 물었다.

"아무래도 조금 더 함께 있다가 떨어지는 게 낫겠죠?"

"그대의 계획대로 첫눈에 반했다는 말이 나오게 하려면 서로에게 호감을 갖는 모습을 보여 주는 게 좋긴 하겠지."

이레나도 그 말에 동의했다. 그게 딱 자신이 원하던 것이었으니까.

대내외적으로 봤을 때, 두 사람은 서로에게 첫눈에 반해서 하루라도 빨리 결혼식을 치르는 것처럼 보여야 했다.

칼라일이 말했다.

“그런데 방금 전에 같이 있던 건, 그대의 동생인가?”

“네, 맞아요. 보셨어요?”

“그대와 닮았더군.”

“저보다 훨씬 예쁘죠. 애교도 많고 손재주도 아주 뛰어나요.”

이레나는 마치 기다렸다는 듯이 미라벨의 자랑을 늘어놓았다.

그 모습에 칼라일은 작게 실소를 머금었다.

“그래. 그대를 닮아서…… 조금 귀엽긴 하더군.”

“조금이라뇨. 미라벨이 얼마나 사랑스러운 아이인데요.”

“짐작은 하고 있었지만, 그대는 동생을 꽤나 아끼나 보군.”

“네. 눈에 넣어도 아프지 않을 제 동생이에요.”

이레나는 미라벨에 관한 이야기를 하는 동안 자신도 모르게 내내 행복한 표정을 짓고 있었다.

그녀가 이런 따스한 표정을 짓는 건 흔치 않은 일이었기에, 칼라일은 약간 놀라운 표정으로 바라보고 있었다. 그리곤 이내 나지막이 중얼거렸다.

“난 질투가 심한 편인데…….”

"네?"

때마침 주변 사람들의 왁자지껄한 소리 때문에 제대로 듣지 못한 이레나가 재차 물었다.

"뭐라고 말씀하셨어요?"

"……아무것도 아니야."

이레나는 약간 궁금하긴 했지만, 곧이어 별거 아닐 거란 생각에 관심을 끊었다.

사교계에 익숙하지 않은 미라벨을 혼자 두었더니 자꾸만 신경이 쓰여서 이레나가 칼라일을 향해 다시 입을 열었다.

"동생이 혼자 있어서 곧 돌아가 봐야 할 것 같아요."

"그러도록 해."

그렇게 둘이서 소곤소곤 대화를 나누고 있을 때였다.

그런 두 사람의 모습이 겉보기엔 마치 사랑을 속삭이는 것만 같아서, 호기심을 느낀 귀족들이 은근슬쩍 근처로 모여들기 시작했다. 두 사람이 무슨 대화를 나누고 있는 건지 궁금했기 때문이다.

이레나는 눈치 빠르게 가깝게 다가온 다른 귀족들을 의식하며, 칼라일에게 일부러 목소리 톤을 높여서 말을 건넸다.

"아까 전하를 뵙자마자 깜짝 놀랐답니다. 전 지금까지 전하만큼이나 멋있는 남성을 본 적이 없어요."

"……뭐?"

갑작스러운 이레나의 칭찬에 칼라일의 당혹스러운 표정을 지었다. 그러자 이레나는 얼른 근처에 있는 다른 사람들을 눈짓으로 가리켰다.

그제야 칼라일도 가까이 다가온 다른 귀족들을 의식해서 그녀가 이런 연기를 하고 있다는 사실을 알아차렸다.

이레나는 거기서 그치지 않은 채 계속 말을 이어 나갔다.

"전장에서만 계셨다고 들었는데 크게 다치신 곳은 없나요?"

"……어."

"언제 한 번 검술 연습을 하실 때 불러 주세요. 전하께서 훈련하시는 모습을 본다면 너무나도 영광일 것 같아요."

칼라일의 딱딱한 말투에 이레나는 눈을 크게 치켜뜨면서 제대로 좀 하라는 신호를 계속 보냈다.

지금 두 사람의 대화를 옆에서 몰래 엿듣고 있는 귀족들이 나중에 엄청나게 부풀려서 소문을 낼 것이 분명했다.

사교계란 원래 없는 말도 지어낼 만큼 소문이 무성한 곳이었다. 그런데 공식적인 자리에 처음으로 모습을 드러낸 황태자와 귀족 영애의 스캔들은 그들에게 탐나는 먹잇감이 분명했다.

그리고 이레나는 그들이 망설이지 않고 덥석 물어 버릴 만큼 먹음직스러운 소재거리를 던져 주고 싶은 마음이었다.

가능하면 그 스캔들이 널리 퍼지면 퍼질수록 좋았으니까.

하지만 생각보다 잘 따라와 주지 않는 칼라일의 연기력에 이레나가 남몰래 속을 썩이고 있을 때였다.

저벅저벅, 이레나의 앞으로 젊은 귀족 남성 한 명이 다가왔다.

얼굴을 붉게 물든 것을 보아하니, 나름대로 용기를 내서 접근한 모양이었다.

그가 수줍은 표정으로 이레나에게 정중하게 손을 내밀며 말했다.

"실례가 안 된다면, 춤을 신청해도 될까요?"

사실 이레나와 춤을 추고 싶은 남성들은 많았다. 칼라일이 버젓이 옆자리를 지키고 있는 바람에 기회를 잡지 못하고 있는 것뿐이었다.

원래 인기가 많은 여성일수록 여러 남성들에게 춤 신청을 받는 것이 당연했기에 이상한 일도 아니었다.

거기다 보통 무도회장에서 두세 명 정도와는 춤을 췄기 때문에 지극히 평범하게 일어날 수 있는 일이었다.

"그게……."

이레나가 막 대답을 하려는 찰나였다.

옆자리에 서 있던 칼라일이 그보다 먼저 입을 열었다.

"안 돼."

딱 한 마디를 내뱉었을 뿐이지만…….

그 말이 가지고 온 파급력은 엄청났다.

춤을 신청한 당사자도, 그리고 몰래 주시하고 있던 수많은 귀족들도 모두 깜짝 놀란 표정으로 칼라일을 쳐다보았다.

하지만 정작 칼라일은 아무렇지 않은 얼굴로 이레나의 손을 맞잡으며, 위압적인 톤으로 말을 이어 나갔다.

"영애는 나하고만 춤출 거거든."

그 말이 끝나자마자, 거짓말처럼 주변이 한층 더 시끌벅적하게 변했다.

무안해진 귀족 남성은 어찌할 바를 모른 채 서둘러 그 자리를 떠나 버리고 말았다.

그렇지만 그중에 가장 놀라고 당황스러운 사람은 바로 이레나였다.

'……뭐야, 엄청 잘하잖아.'

방금 전까지만 해도 목석처럼 딱딱하게 굴더니, 막상 적절한 타이밍이 찾아오자 칼라일은 그럴듯한 연기력을 펼치고 있었다.

굳이 칼라일이 나서지 않아도 거절하려고는 했지만, 덕분에 더 이상 신경 쓰지 않아도 소문은 잘 퍼져 나갈 것만 같았다.

'만약 이런 대화를 진짜로 한 거라면…….'

이레나는 괜히 얼굴이 뜨거워질 것 같았다.

쓸데없는 상상을 멈추고, 그녀는 곧 주변에서 들으라

는 듯 크게 말했다.

"전하, 목이 마른 데 와인이나 한잔하실래요?"

"그러지."

그렇게 이레나와 칼라일은 원래 있던 테이블에서 자연스럽게 벗어나 사람들이 비교적 없는 곳으로 향했다.

이레나가 걸어가면서 그동안 참아 왔던 칭찬을 내뱉었다.

"방금 진짜 잘하시던데요? 사람들이 다 믿는 분위기였어요. 지금처럼만 하면 앞으로도 딱히 걱정할 일이 없을 것 같아요."

"……그래."

"네, 정말로 질투를 하는 것 같았다니까요."

이레나가 밝은 표정으로 말을 하는 걸 칼라일이 알 수 없는 눈빛으로 쳐다볼 뿐이었다.

이레나는 칼라일과 함께 일부러 이곳저곳 자리를 이동하며 둘이 함께 있는 모습을 보였다. 아마 소문은 더더욱 날개를 달고 퍼져나갈 것이다.

이 정도면 됐겠다는 생각에 이레나가 입을 열었다.

"그럼, 저는 이제 동생이 있는 곳으로……."

하지만 그녀는 끝까지 말을 내뱉지 못한 채, 우뚝 자리에 멈춰 서고 말았다.

바로 앞에 아주 익숙한 뒷모습이 있었다.

커다란 키에 넓은 어깨. 한눈에 봐도 강인한 분위기가 풍기는 중년의 남성이었다.

저번 생에서 마지막으로 봤을 때는 나이가 들어 하얗게 새어 버린 머리카락이었는데, 지금은 나이가 젊어져서인지 까만 머리를 지니고 있었다.

호탕하게 웃는 그의 웃음소리가 들리자, 이레나는 전신에서 소름이 끼쳤다.

정면에서 얼굴을 보지 않아도 그의 덥수룩한 수염과 얼굴 생김새…… 그가 어떻게 생겼는지 이목구비 하나하나가 전부 머릿속에 그림처럼 떠올랐다.

그는 바로 가족의 복수를 위해 이레나가 십수 년을 쫓아다닌 파벨루크였으니까.

덜덜덜, 이성보다 몸이 먼저 반응했다.

전신이 사시나무처럼 떨리는 것은 두려운 감정이 들어서가 아니었다. 그것은 오랫동안 묵혀 온 분노 때문이었다.

'내가 그때 분명 왼팔을 잘라 버렸는데…….'

저번 생에서 이레나는 목숨을 걸고 그의 팔 하나를 잘랐다. 그런데 지금은 다시 멀쩡하게 두 팔을 움직이고 있는 모습이 보였다.

두근두근두근두근두근.

파벨루크의 모습을 확인하자 심장이 엄청나게 빠른 속도로 뛰기 시작했다.

한평생을 복수를 위해 살았다. 자신의 목숨을 맞바꿔서라도 죽이고 싶었던 상대가 보란 듯이 눈앞에 서 있었다.

'……파벨…… 루크.'

순간 이레나의 흰 눈동자가 금방이라도 피가 터져 나올 것처럼 붉게 변했다.

당장이라도 그의 숨통을 끊어 놓고 싶었다.

파벨루크만 사라진다면 다시는 소중한 가족들을 잃을 위험은 없을 것이다.

이레나의 시선이 저도 모르게 빠르게 주변을 훑었다. 무기가 될 만한 물건을 찾기 위해서였다.

어느 순간, 머릿속에는 온통 한 가지 생각으로 가득 찼다.

'……죽여 버리자.'

기회가 찾아왔을 때 놓쳐선 안 된다. 당장이라도 없애 버리는 게 미래를 위해 더 나을지도 몰랐다.

그렇게 이레나의 안색이 새하얗게 질리며, 조금씩 이성을 잃어 갈 때였다.

"……애, 영애."

누군가 자신을 애타게 부르는 목소리가 들렸다.

흐릿하게 변한 이레나의 시선이 목소리가 들리는 방향으로 차츰 움직일 때였다.

"이레나!"

정확히 자신의 이름을 부르는 목소리에 이레나는 정신이 번쩍 들었다.

그러자 칼라일이 걱정스러운 표정으로 자신을 바라보고 있는 모습이 보였다.

"무슨 일이야?"

"……아, 아무것도 아니에요."

이레나는 습관처럼 고개를 저으며, 식은땀이 흐른 이마를 손등으로 닦아 냈다.

"괜찮은 거야?"

"……네."

이레나는 괜찮았다. 그리고 괜찮아야만 했다.

아직까지도 빠르게 뛰고 있는 심장을 억지로 진정시키기 위해 노력했다.

아주 잠깐이지만 파벨루크를 죽이고 싶다는 충동에 휩싸였다.

하지만 이성적으로 생각해 봤을 때, 암살에 실패하든 성공하든 그 뒤에 따르는 위험 부담이 너무 컸다.

자칫 잘못하면 블레이즈 백작가는 황실의 주요 인물을 암살하려 한 죄로 대역 죄인이 될지도 몰랐다.

처음부터 생각했지만, 가족들의 목숨을 걸고 그런 위험한 도박을 할 수는 없었다.

파벨루크의 목은 가장 확실한 순간에 기필코 제 손으

로 해치울 것이다. 다만 그게 지금 이 자리는 아니었다.

이레나는 남몰래 주먹을 꽉 쥐었다 폈다를 반복하며 들끓어 오르는 감정을 가라앉혔다.

그때였다.

스윽, 이레나의 뺨 위로 무언가가 닿았다.

고개를 들어 보니 칼라일이 커다란 손으로 그녀의 얼굴을 매만지고 있었다.

"……전하?"

"안색이 안 좋아."

그가 고개를 슬쩍 숙여서 눈을 맞추자, 얼굴이 꽤 가깝게 다가왔다.

칼라일은 그 자세로 가만히 이레나의 혼란스러운 눈동자를 바라보다가 이내 나지막이 말을 이었다.

"아무래도 조금 쉬는 게 좋겠어."

그 말을 끝으로 칼라일이 이레나의 얇은 손목을 잡고 어딘가로 끌고 가기 시작했다.

웅성웅성—

이레나와 칼라일이 이동하는 것에 따라 뒤늦게 주변에서 소란이 일자, 다른 귀족들과 대화를 나누고 있던 파벨루크도 고개를 돌려서 두 사람을 발견했다.

그들을 바라보는 파벨루크의 새까만 눈동자는 마치 밤

바다처럼 고요하고, 심연처럼 깊었다.

지금껏 파벨루크와 대화를 나누고 있던 귀족이 먼저 입을 열었다.

"젊음이 좋긴 좋은가 보오. 전장에서 돌아오시자마자 저렇게 여성과 함께 다니는 걸 보면."

은근슬쩍 비꼬는 말투였다.

파벨루크는 말없이 칼라일의 뒷모습을 쳐다보다가 이내 나지막이 물었다.

"저 영애는 어느 가문의 사람이오?"

"글쎄요, 각하. 아까부터 사람들이 쑥덕대는 걸 들어보니, 블레이즈 백작가라 했던 것 같은데……."

블레이즈라는 말에 파벨루크의 깊은 눈동자가 순간 번쩍 빛을 발했다.

이미 바토리의 보고를 통해서 들어 본 이름이었기 때문이다.

"……블레이즈 가문이라."

그는 의미를 알 수 없는 표정으로 나지막이 중얼거렸다.

* * *

"황자, 어디를 보는 겝니까?"

황후 오펠리아의 근엄한 목소리에 제 2황자 레드필드

가 다른 곳을 향했던 시선을 다시 정면으로 돌렸다.

레드필드 제르 칸 루퍼드.

현 12대 황후인 오펠리아가 직접 낳은 황제의 두 번째 아들이었다.

“아무것도 아닙니다. 조금 흥미를 끄는 게 있어서요.”

그는 노을처럼 붉은 머리카락을 지닌 빼어난 미남이었다.

무도회에 참석하기 위해 입은 연미복은 매우 고급스러웠고, 그의 탄탄한 몸매를 숨김없이 드러내 주었기에 주변의 수많은 여성들이 그를 향해 관심 어린 시선을 보내고 있었다.

레드필드는 수도권의 가장 큰 가문 중에 하나인 아니타가에서 전폭적인 지지를 보내고 있는 제 2황자였다.

그런 배경 때문에라도 태어날 때부터 수많은 귀족 영애들에게 선망의 대상일 수밖에 없는 남자였다.

“쓸데없는데 신경 쓰지 말고, 이번 기회에 다른 귀족들에게 더 확실히 자리매김을 하세요.”

“……네, 어머니.”

하지만 레드필드는 대답과 달리, 쉽사리 칼라일과 함께 사라지는 이레나의 뒷모습에서 시선을 떼지 못했다.

이레나의 휘날리는 금발 머리를 곁눈질로 쳐다보며 그는 섬뜩한 웃음을 지었다.

*　　*　　*

이레나는 얼떨결에 칼라일의 손에 이끌려 시끌벅적한 무도회장에서 나왔다. 정신없이 그를 따라 움직이다 보니 어느새 아름답게 꾸며진 야외 정원이 눈앞에 펼쳐졌다.

의도한 건 아니지만 이렇게 바깥에 나와 차가운 밤공기를 쐬니, 아득해졌던 이성이 서서히 돌아오는 느낌이었다.

하마터면 경솔한 짓을 저지를 뻔했다.

살아 있는 파벨루크를 눈앞에서 보니 순식간에 전생에서 느꼈던 감정이 되살아났다.

과거로 돌아온 지금까지도 이레나는 아버지와 데릭 오라버니의 시체가 성벽에 걸려 있던 장면을 잊을 수 없었다. 한순간이지만 분노라는 감정에 온몸이 잠식당했다.

칼라일은 여전히 미약하게 떨리고 있는 이레나의 손끝을 바라보며 나지막이 물었다.

"괜찮아?"

"……네."

"전혀 안 괜찮아 보이는데."

"괜찮습니다."

강경한 이레나의 대답에 칼라일은 더 이상 아무런 말도 하지 않았다. 그저 묵묵히 그녀의 옆을 지켜 줄 뿐이었다.

잠시 생각을 정리하며 감정을 가라앉힌 이레나가 뒤늦

게 칼라일을 향해 말을 건넸다.

"데리고 나와 줘서 고마워요."

재빨리 이성을 되찾지 못했다면, 최악의 경우 거기서 파벨루크를 공격하는 일이 벌어졌을지도 모르는 일이었다.

"내게 고마우면 갑자기 왜 그렇게 창백해진 건지 말해 봐."

이레나는 칼라일의 질문에 대한 답을 하는 대신, 앞에 있는 그를 빤히 쳐다봤다.

무도회장 바깥에 있는 야외 정원은 조명이 밝지 않아서 밤하늘에 떠 있는 은은한 달빛이 거의 유일한 빛이나 다름없었다.

이 어스름한 공간에서도 칼라일의 푸른 눈동자는 맹수처럼 빛이 났고, 그의 조각 같은 얼굴 역시 강인한 존재감을 내뿜고 있었다.

그는 자신이 선택한 최고의 카드였다.

물론 아직까지 이 선택이 어떤 결과를 가져다줄지 알 수 없었지만, 이미 주사위는 던져졌고 이레나는 무슨 수를 써서라도 그를 황제로 만들 것이다.

하지만 그게 칼라일을 믿는다는 말은 아니었다.

자신이 겪은 허무맹랑한 이야기를 어디까지 믿어 줄지도 의문이었고, 듣고 난 뒤에 정신 나간 여자 취급을 할지도 몰랐다.

그런 위험 부담을 감수하고 싶지는 않았다.

더구나 아직까지 가족들에게도 전하지 못한 이야기를 만난 지 얼마 되지 않은 칼라일에게 털어놓는다는 건 말이 되질 않았다.

"그냥…… 갑자기 어지러워서 그랬어요."

이레나의 말이 끝나자마자 갑자기 칼라일이 손을 뻗었다.

그 손이 빠르게 다가온다고 느끼는 순간, 눈 깜짝할 새에 이미 이레나의 이마를 짚고 있었다.

그가 중얼거리는 듯 말했다.

"……열은 없는데."

순간 당황스러워진 이레나가 재빨리 고개를 뒤로 빼내서 그의 손길을 피했다.

무도회장에선 정신이 없어서 당했지만 그때 그가 한 행동을 똑똑히 기억하고 있었다. 지금처럼 자신의 뺨을 어루만지며 고개를 수그려 눈을 맞췄었다.

"이런 스킨십 곤란해요."

"금방이라도 그대가 쓰러질 것처럼 보이는데 나더러 가만히 있으란 소리인가?"

굳이 그의 미간이 구겨지는 걸 보지 않아도, 이미 목소리만으로도 충분히 날이 섰다는 걸 알아차릴 수 있었다.

하지만 이레나도 할 말은 해야 했기에 차분한 목소리로 대꾸했다.

"그리고 제 이름을 부르는 것도 아직 허락하지 않았어요."

무도회장에서 정신이 아득해지는 순간 그가 '이레나'라고 부르는 소리를 정확히 들었다.

사실 호위 기사로 활동할 때 자신의 이름을 '렌'이라고 지은 것에도 불만이 컸다.

그는 자신이 정해 놓은 선을 마음대로 넘나들고 있었다.

"……."

칼라일은 잠시 아무 말이 없었다. 하지만 그의 눈빛만 봐도 이 상황이 썩 유쾌하지 않다는 사실을 알 수 있었다.

어쩌면 당연한 결과다. 지금 이레나가 하는 말 중에 칼라일이 들어서 기분 좋을 만한 이야기는 하나도 없었으니까.

그렇지만 이레나는 이 기회에 확실하게 짚고 넘어갈 생각이었다. 지금 자신이 하는 판단은 하나도 틀리지 않았다.

둘은 진짜 연인이 아닌……

계약으로 이루어진 관계니까.

칼라일의 푸른 눈동자가 어둡게 그늘졌다. 그가 한층 가라앉은 목소리로 대꾸했다.

"……명심하도록 하지."

이레나는 이왕 단둘만 있는 자리가 마련되었기에, 방금 전 무도회장에서 나누지 못한 이야기들을 전부 끝낼 생각이었다.

이레나가 손가락으로 자신이 차고 있는 붉은색의 다이

아몬드 목걸이를 가리키며 말했다.

“이것도 너무 과해요. 다른 건 몰라도 액세서리는 다시 가지고 가 주셨으면…….”

“그대는 나와 한 약속을 잊은 건가?”

칼라일은 드레스를 주는 조건으로 그녀가 무엇이든 군말 없이 받아들일 것을 요구했다. 그리고 당시에 이레나는 그 조건을 수락했었다.

“하지만 이 목걸이의 가격이 너무…….”

“그래도 약속이야. 쿤이 말하지 않았나? 그대가 약속을 지키지 않으면, 나 또한 지킬 생각이 없어진다고 전하라 했는데.”

“…….”

조금 전까진 이레나가 따지는 입장이었다면, 지금은 상황이 완전히 뒤바뀌었다.

칼라일의 말에 이레나는 어떠한 반박도 할 수가 없었다.

하지만 그렇다고 이 목걸이를 덥석 받기에는 마음에 걸리는 게 많았다.

저번에도 느꼈지만 자꾸만 칼라일에게 빚을 지는 기분이 들었다. 무엇보다 지금처럼 타인이 주는 도움에 익숙해지고 싶지 않았다.

이번 생에야말로 제 손으로 파벨루크를 물리치려면 이전보다 훨씬 강해져야 했다.

"전 자꾸만 빚을 지는 것 같아서…… 마음이 무거워요."

고민하던 이레나는 지금 자신이 느끼고 있는 감정을 솔직하게 표현했다.

그런데 칼라일은 그 말을 듣고도 너무나도 당연하다는 듯이 대꾸했다.

"그럼 갚아."

"……?"

"내가 백 개를 주면 그대가 하나라도 되돌려 주면 되잖아. 내가 준 만큼 달라고 안 해. 그저 한 번쯤은…… 그대가 먼저 내게 다가와 주면 돼."

이레나는 전혀 생각지 못한 답변에 얼어 버릴 수밖에 없었다.

아마 평범한 사람이라면 조금 전 이레나의 말을 듣고, 어쩔 수 없이 다시 목걸이를 회수해 갔을 확률이 컸다. 그런데 칼라일은 오히려 자신에게 갚으면 되지 않겠냐고 뻔뻔하게 되묻고 있었다.

그것도 무척이나 애틋한 눈동자를 하고 말이다.

이런 전개는 생각하지 못했던 거라 잠시 말문이 막혔다.

'……이건 무슨 뜻이지?'

그에게 하나라도 다시 돌려 달라. 아니면 한 걸음이라도 먼저 다가와 달라는 게 뭘 의미하는 건지 알 수가 없었다.

생각할수록 두루뭉술한 표현이었다.

정확한 지칭 없이 은유적으로 표현한 것이기에 그게 뭔지 도통 짐작이 가질 않았다.

이레나의 머리가 빠르게 회전했지만, 어찌 됐든 답은 하나였다.

'결국엔 갚으란 거잖아.'

이레나는 역시나 자신의 짐작이 맞았다는 생각이 들었다. 저번 생에서도 절실히 느꼈지만 세상에 공짜는 없는 법이었다.

이레나가 말했다.

"저도 뭐라도 하나 갚아 드리고 싶지만, 그러기엔 이 목걸이의 가격은 너무 부담스러워요."

그 말에 칼라일의 푸른 홍채에 어려 있던 미묘한 열기가 흔들렸다. 마치 예상과 전혀 다른 반응에 실망한 것처럼 말이다.

그가 의미심장한 표정으로 뭔가를 말하려고 하다가, 곧이어 다시 입을 닫더니 체념한 듯한 목소리로 말을 이었다.

"그대가 뭐라고 하든, 난 한 번 준 물건을 돌려받을 생각은 없어."

"하지만……."

"그게 거래였잖아. 그러니 내 선물을 군말 없이 받아들여."

칼라일은 한 치도 양보할 생각이 없는 듯했다.

이레나도 그가 이렇게까지 강하게 나오는 이상, 별다른 수가 없었다.

말대로 그렇게 약속을 한 것이었으니까.

내키지 않아도 어쩔 수 없이 그가 준 드레스들과 액세서리를 받아야 했다.

"……알겠어요. 이왕 주신 거니 앞으로 황태자비가 되는데 사용할게요. 하지만 고맙다는 말은 안 할 겁니다."

앙칼진 이레나의 말에 칼라일은 픽하고 작게 웃음을 터뜨렸다.

비싼 선물을 주고도 감사의 인사조차 받지 못하는 상황이다.

이레나 나름대로 뒤끝 있게 불만을 표현한 것인데, 그가 이렇게 기꺼운 반응을 보일 줄은 생각하지 못했었다.

"그런 인사치레는 필요 없어. 그대를 위해 준비한 물건들이니 제 주인을 찾아간 것뿐이지."

이렇게나 귀한 선물을 하고도 칼라일은 별로 대수롭지 않게 생각하는 것 같았다. 오히려 이레나만 이 물건들을 너무 귀하게 여겨서 쩔쩔맸던 느낌이랄까.

왠지 억울한 심정이 들었지만, 이왕 받은 거 전부 칼라일을 위해 사용할 생각이니 상관없다.

'모두 당신을 황제로 만드는 데에 사용하겠어요.'

칼라일에게 굳이 되돌려 주려고 했던 이유는 부담스러운 마음도 있었지만, 어차피 자신이 입어 봤자 사치품밖에 되지 않기 때문이다.

그럴 바엔 이것도 다른 전리품들처럼 그가 황제가 되는데 필요한 자금으로 사용하는 게 나았다.

하지만 그가 기어코 선물로 주겠다고 하니, 하는 수 없이 이제부터는 이레나가 황궁 생활에 필요한 자금으로 이용할 것이다.

황제란 자리.

오늘 파벨루크와 마주치고 나니 더욱 절실히 느꼈다. 다신 그가 그 자리에 앉도록 가만히 내버려 두지 않을 것이다.

전생에서 파벨루크가 자신의 가족들을 빼앗았듯, 이번엔 이레나가 파벨루크의 가장 소중한 것을 빼앗아 올 차례였다.

이레나는 칼라일을 향해 지금까지보다 더욱 낮아진 목소리로 물었다.

"그건 그렇고, 그날 플라워 브리지를 무너뜨리려고 한 게 누구죠? 혹시 루넨 대공인가요?"

파벨루크는 현재 루넨 공국을 다스리는 대공작의 신분이었다.

하지만 이레나의 짐작과 달리 칼라일을 고개를 양옆으로 저었다.

"아니야. 그대는 내 백부를 별로 좋지 않게 생각하는 모양이군. 저번에도 내게 그를 조심하라고 한 걸 보면."

칼라일을 처음 구해 준 날, 이레나가 파벨루크를 조심하라고 귀띔을 해 준 적이 있었다.

이레나는 부정하지 않았다. 가볍게 고개를 끄덕이며 대답했다.

"루넨 대공이 결국엔 황위를 노리고 이빨을 드러낼 거라고 여기니까요."

앞으로 벌어질 미래를 알고 있다는 말은 쏙 뺐지만, 그렇다고 해서 이레나의 생각을 전혀 전하지 못하는 것은 아니었다.

은근슬쩍 말을 돌리는 방법으로 파벨루크를 의심하고 있다는 마음을 비쳤다.

"뭐, 그럴지도 모르지. 하지만 내가 황제가 되는데 가장 걸림돌이 되는 건 그가 아니야."

"그렇다면…… 황후 측인가요?"

이레나는 미래에 반왕이 될 사람은 파벨루크였기 때문에 그에게 더 무게를 두었던 것뿐이다.

현재 가장 큰 세력을 가지고 있는 게 황후라는 사실을 잊어버린 건 아니었다.

칼라일이 말했다.

"그래, 현재 황위를 위협하는 건 이 제국의 2황자이자

내 동생 레드필드지. 황후와 아니타 가문이 그의 든든한 배경이 되어서 호시탐탐 내 자리를 노리고 있으니까."

"그렇다면 다리를 무너뜨리려고 한 것도 그쪽일까요?"

"그렇게 생각하고 있어. 황실의 눈을 피해 이 같은 짓을 벌일 수 있는 건 아니타 가문밖에 없으니까. 범인은 아는데 그들이 했다는 증거를 확보하는 게 어려운 거지. 그대가 붙잡은 놈들을 계속 조사하고 있는 중이니 곧 뭐라도 나올 거야."

"훈련을 잘 받은 자들 같던데⋯⋯ 걱정이네요."

"증거가 없으면, 적당히 만들면 돼."

생각보다 더 거대한 황후의 세력 때문에 이레나는 잠시 혼자만의 생각에 빠졌다.

이미 쿤을 통해 얻은 정보로 알고 있었지만, 새삼 앞으로 황후가 커다란 걸림돌이 될 것 같은 예감이 들었다.

전생에선 파벨루크가 황후 오펠리아를 죽였다.

하지만 그때 오펠리아가 죽지 않았더라면 또 다른 미래가 펼쳐졌을까?

곰곰이 고민하는 그녀에게 칼라일이 나지막한 목소리로 말했다.

"오늘부터 그대는 여러모로 주목을 받게 될 거야. 나중에 나와 결혼 발표를 하고 난 뒤에는 더욱 심해지겠지. 예전에 그대가 했던 경고처럼 나도 한마디만 당부하지."

그 말에 이레나가 미약하게 고개를 끄덕이며 수긍했다. 그러자 칼라일이 한층 가라앉은 목소리로 말을 이었다.

"……황후를 조심해."

한순간 칼라일의 눈빛이 예리하게 변했다. 마치 폭발하기 직전의 화산처럼 그에게 잠들어 있는 분노가 언뜻 엿보인 것 같았다.

어쩌면 황후 오펠리아는 이레나가 황태자비가 되고 난 뒤에 가장 많이 부딪히게 될 사람인지도 몰랐다.

황궁을 다스리는 건 바로 황후였으니까.

황제는 제국을 다스린다고 하면, 황후는 황실을 주관할 권리가 있었다. 그건 대대로 황후에게만 내려져 오는 고유의 권력이었다.

'단단히 준비해야겠네.'

아직 사교계에서 뚜렷한 두각을 드러내지 못한 이레나가 상대하기엔 분명히 쉽지 않은 적이었다.

하지만 이레나는 걱정하지 말라는 듯 당당한 목소리로 말했다.

"잘할게요. 절대로 쉽게 당하지 않을 거예요."

말과 동시에 이레나는 스스로에게도 다시 한 번 다짐했다.

곧이어 불빛이 환하게 비추는 무도회장을 바라보며 이레나가 재차 입을 열었다.

"그럼 다시 전쟁터로 가 볼까요?"

아직 무도회가 끝나려면 꽤 남은 상태였다. 그리고 시간이 갈수록 혼자 남겨 둔 미라벨의 상태도 걱정이 되었다.

갑자기 파벨루크를 만나는 바람에 얼떨결에 야외 정원에 나오긴 했지만 이곳에서 오래 지체할 순 없었다.

물론 이 상태로라면 칼라일과의 스캔들에는 더욱 쐐기를 박는 것일 테지만, 그것도 이 정도면 충분했다.

"그래, 돌아가지."

칼라일이 에스코트를 하기 위해 손을 내밀었다. 그러자 이레나가 그 위에 사뿐히 자신의 손을 얹으며 말했다.

"그런데 이곳, 왠지 낯설지가 않네요."

황실 무도회가 열린 장소는 프리지아 궁이었다.

딱히 황실에서 주최하는 파티에 참석한 적이 많지 않아, 이런 곳이 익숙할 리가 없는데 묘하게 어디선가 봤던 느낌이었다.

그 말에 칼라일이 알 수 없는 눈빛으로 이레나를 쳐다보았다. 하지만 이레나는 그가 자신을 쳐다보는지도 모른 채 프리지아 궁을 구경하고 있는 중이었다.

그런 그녀의 옆모습을 한참이나 조용히 지켜보던 칼라일이 나지막이 입을 열었다.

"처음 봤을 때부터 잘 어울릴 거라고 생각은 했지만……."

"……?"

"그 목걸이, 내가 상상했던 것보다 더 그대와 잘 어울리는 것 같군."

생각지도 못한 칭찬에 다른 데를 바라보고 있던 이레나의 뺨이 순식간에 붉어졌다.

방금 전까지만 해도 프리지아 궁에 대한 의아함이 가득했지만, 지금은 그런 궁금증이 순식간에 날아가 버린 상태였다.

"이, 이런 목걸이라면 누가 착용한다 해도……."

"붉은색의 다이아몬드가 그대의 눈동자와 닮았다는 생각을 했어. 다른 사람은 안 되지. 그대라서 이렇게 잘 어울리는 거야."

지나칠 정도로 솔직한 그의 표현에 이레나는 할 말을 잃었다. 자신에게 예쁘다고 칭찬을 해 주는 사람한테 뭐라고 할 수는 없는 노릇이었다.

이레나는 애꿎은 입술만 몇 번 달싹거리다가, 이내 아무런 말 없이 정면만을 바라보며 나아갔다.

지금 칼라일을 마주 보기엔 얼굴이 지나치게 화끈거리는 것 같았다.

다시 돌아온 무도회장 안은 변한 게 없었다. 중앙에선 여전히 남녀노소 가리지 않고 춤을 추고 있었으며, 적당히 와인에 취한 사람들 때문인지 시끌벅적했다.

칼라일의 에스코트를 받으며 이레나가 다시 무도회장 안으로 들어서자, 주변의 많은 시선이 그녀에게 쏠리는 것이 느껴졌다.

하지만 이레나는 동요하지 않았다. 무도회장을 나갈 때와 달리, 완전히 평정심을 되찾은 상태였다.

그녀가 우아한 동작으로 칼라일과 함께 걸으면서 말했다.

"전 이만 동생에게 가 볼게요."

"무슨 일 있으면 불러."

"네, 고마워요."

그렇게 이레나는 칼라일과 떨어져서 처음 미라벨과 헤어졌던 장소로 돌아갔다. 그러자 거기엔 전혀 생각지도 못한 얼굴이 보이고 있었다.

"……로렌스 영애?"

마가렛 로렌스.

그녀는 바로 남부 지방의 티 파티에서 엘렌과 함께 이레나의 찻잔에 소금물을 넣었던 무리 중 한 명이었다. 나중에는 오히려 엘렌이 그녀에게 죄를 뒤집어씌웠지만 말이다.

그래도 알 만한 사람은 그게 누명이라는 사실을 다 알았다. 마가렛의 성격이 워낙 소심해서 그런 일을 벌일 만한 타입이 아니었으니까.

"아, 언니!"

미라벨이 환한 얼굴로 다시 돌아온 이레나를 맞이해 주었다. 다행히 그동안 심심하진 않았는지 여전히 신이 난 표정이었다.

"오, 오, 오랜만이에요. 블레이즈 영애."

마가렛은 이레나의 등장에 긴장한 모양인지 말을 더듬었다.

이레나가 의아한 표정으로 마가렛과 미라벨을 번갈아서 쳐다보며 물었다.

"둘이 어떻게 같이 있어?"

원래대로라면 사이가 좋지 않았어야 마땅했다.

미라벨도 그 말의 의미를 알아차리곤 그것에 대해 설명하듯이 입을 열었다.

"그게 내가 여기 있는 것을 보고 로렌스 영애가 먼저 다가와서 사과하시더라고. 그래서 나도 그 마음을 받아 주기로 했어."

"너, 너무 늦었지만, 그때는 정말 미안했어요."

풀이 죽은 마가렛의 표정에 이레나도 결국 미미하게 고개를 끄덕였다.

이제 와서 사과를 한다 해도 달라질 일은 없었다. 어차피 그 사건은 남부 지방 사교계에 파다하게 퍼졌고 마가렛은 매장당하다시피 묻힌 상태라고 들었다.

몇몇은 진범이 엘렌이란 것은 알았지만 대놓고 말을

못 하니, 애꿎은 마가렛이 전부 피해를 떠안은 것이다.

다시 돌이킬 수 있는 행동은 아니었지만, 그래도 이렇게라도 먼저 다가와 사과하는 것을 보니 진심인 듯싶었다.

"저도 더 이상 그때의 일은 마음 쓰지 않을 테니, 로렌스 영애도 잊어버리세요."

"브, 블레이즈 영애."

마가렛이 감동한 표정으로 이레나를 쳐다보았다.

그 둘의 모습을 미라벨이 옆에서 흐뭇하게 바라보는 순간이었다.

땡, 땡, 땡!

듣기 좋은 종소리가 단상 위에서 울려 퍼졌다.

그 소리에 귀족들의 시선이 집중되니, 단상 위에 서 있던 남자가 입을 열었다.

"자, 많은 분들이 기다리셨던 시간입니다. 이번 무도회에선 누가 마돈나로 뽑혔는지 발표해 볼까요?"

그 말에 이레나는 지금껏 까맣게 잊고 있었던 이벤트를 떠올렸다.

무도회에서 가장 아름다웠던 여성, 그게 누구인지를 가리는 시간이었다.

단상 위에 서 있는 남자는 이런 자리가 매우 익숙한 듯 자연스레 '무도회의 마돈나'를 뽑는 순서를 진행하고 있었다.

그가 커다란 투표함에 든 종이들을 가리키며 입을 열었다.

"많은 분들이 참여해 주신 덕분에 이번 마돈나의 투표도 순조롭게 진행할 수 있었습니다."

이레나는 투표함 안을 가득 채우고 있는 종이들을 보며, '저건 뭐지?'라는 의문을 가질 때였다.

그 궁금증을 알아차린 미라벨이 옆에서 조용히 설명해 주었다.

"언니가 없을 때 사람들이 투표 용지를 한 장씩 나눠 줬어. 저기에 가장 많이 적힌 가문의 영애가 오늘 마돈나의 후보로 뽑힌다고 하더라고."

"아, 그렇구나."

그제야 이레나도 저번 생에서 겪은 무도회장의 기억이 떠올랐다.

이레나에겐 십수 년 전의 일이나 다름없었기에 기억이 희미했지만, 과거에도 저런 종이에다 투표를 했었던 것 같다.

이레나가 이해했다는 듯 고개를 끄덕이자, 이번에는 마가렛이 추가로 정보를 전달해 주었다.

"황실 행사라 나름대로 공정성을 기하기 위해 매번 마돈나를 뽑는 방식이 바뀐대요. 저번에는 자발적으로 신청자를 받아서 그 뒤로 사람들이 줄을 서는 방식으로 마돈나 후보를 뽑았다고 들었어요."

"……신기하군요."

이렇게 매번 마돈나의 간택 방식이 바뀌는지는 몰랐었다. 이레나도 저번 생에 딱 한 번 참석해 본 게 다였으니까.

하지만 어떤 추첨이든 간에 이레나는 이번 마돈나로 뽑히는 영애가 누구인지 이미 알고 있었다.

이레나가 힐끔 오늘 마돈나의 영광을 차지할 영애를 쳐다보았다.

율리아 네크렌시.

네크렌시 후작 가문은 수도권의 귀족으로 명망이 높았다. 거기다 특히 율리아는 수도권 사교계의 꽃이라고 불리는 아름다운 영애였다.

율리아가 입은 드레스나 장신구가 루퍼드 전역으로 퍼져 귀족들의 패션을 주도한다고 봐도 과언이 아니었다.

그녀는 같은 여성이 봐도 호감이 생길 정도로 매력적인 미모를 지니고 있었고, 굉장히 도도한 성격이라 '웃지 않는 미녀'라는 호칭이 따라다닌다고 들었다.

남부 지방의 많은 영애들이 율리아의 패션에 대해 관심을 가지고 있었기에 이레나도 오래전부터 그녀에 관한 이야기를 들은 게 많았다.

단상 위에서 무도회의 마돈나 이벤트를 진행하고 있던 남자가 다시 입을 열었다.

"우선 많은 분들이 뽑아 주신 영광의 영애, 세 분을 먼저 호명하겠습니다!"

"우오오—"

누군가는 휘파람을 불고, 또 누군가는 환호를 하며 많은 사람들이 오늘의 이벤트를 즐겼다.

"첫 번째 후보는 바로 네크렌시가의 보물이자, 사교계의 꽃인 레이디 율리아입니다!"

율리아가 마돈나의 후보로 뽑혔다는 것에 크게 놀라는 사람은 없었다. 마치 다들 그럴 줄 알았다는 듯 박수를 치며 축하를 해 주었다.

당사자인 율리아조차도 별 감흥 없는 표정으로 무대를 바라보고 있을 뿐이었다.

"두 번째 후보는 남부 지방 사교계의 자랑이라 들었습니다. 바로 셀비 후작가의 무남독녀 외동딸, 레이디 엘렌입니다!"

"꺄악!"

발표가 되자마자 엘렌의 옆에 서 있던 사라가 소리를 질렀다.

사라는 제너 자작가의 영애로, 저번 남부 지방의 티 파티에서 이레나에게 소금물을 건넨 주범 중의 한 명이었다.

그때부터 엘렌과 친하게 지내는 것 같더니 여전히 붙어 다니는 듯싶었다.

사라의 비명 덕분에 더 많은 사람들의 시선이 엘렌이 있는 자리로 향했다.

무언가 못마땅한 표정을 짓고 있던 엘렌이 그제야 진득한 미소를 지으며 당당하게 고개를 치켜들었다.

"마지막 세 번째 후보는……."

이어지는 사회자의 목소리를 들으며 이레나는 순간 의아한 표정을 지었다.

저번 생에선 마돈나의 후보로 율리아와 엘렌, 단둘뿐이었던 것 같은데 왜 세 번째 후보가 남아 있는 건지 이해할 수 없었다.

어딘가 이상하다는 생각을 할 때였다.

마침 사회자의 목소리가 들려왔다.

"지금까지 이런 보석이 숨어 있었을 거라곤 아무도 예상하지 못했었죠! 바로 블레이즈 백작가의 레이디 이레나입니다!"

가만히 발표를 듣고 있던 미라벨이 기쁜 듯이 탄성을 질렀다.

"와아! 역시 이럴 줄 알았어! 언니 축하해!"

"어머, 블레이즈 영애 너무 축하해요."

미라벨과 마가렛의 축하를 들으며 이레나는 얼떨떨한 표정을 지을 수밖에 없었다.

모든 사건이 저번 생과 똑같이 흘러가지 않는다는 건

알고 있었지만, 설마 무도회의 마돈나 후보로 뽑힐 줄은 예상하지 못했었다.

당황한 이레나에게로 많은 사람들의 시선이 꽂혔다.

웬만한 귀족들은 엄두도 내지 못할 보석과 의상에, 칼라일 황태자가 처음으로 춤을 신청한 상대, 거기다 무도회 마돈나의 후보까지. 오늘따라 여러모로 귀족들에게 주목을 받고 있는 이레나였다.

아마 오늘이 지나면 가장 많은 사람들의 입에 오르내릴 여성은 이레나임이 틀림없었다.

"사, 세 분은 단상 위로 올라와 주시죠!"

이벤트에 따라 율리아, 엘렌, 그리고 이레나가 단상 위로 올라왔다.

높은 곳에 올라서니 방금 전까지 서 있던 자리에서 이레나를 응원하고 있는 미라벨과 마가렛의 얼굴이 보였다. 그리고 그들과 떨어진 곳에 있는 칼라일의 모습도 눈에 들어왔다.

칼라일은 황제인 설리반과 함께 있었는데, 고위 귀족들과 함께 무언가 긴밀한 대화를 주고받는 것 같았다.

아마도 설리반은 이 기회를 통해 황제파 귀족들에게 칼라일을 더욱 부각시키려는 게 아닌가 하는 생각이 들었다. 하지만 칼라일은 다른 사람들과 대화를 나누면서도 이레나가 있는 단상 위를 향해 시선을 주고 있었다.

멀리서도 느껴지는 그의 강렬한 시선에 이레나는 저도 모르게 마른침을 꿀꺽 삼켰다.

그는 마치 사냥감을 포획하려는 사냥꾼 같은 눈빛을 하고 있었다.

그 눈빛 때문일까. 이레나는 항상 칼라일의 앞에 서면 왠지 모르게 긴장이 되는 것 같았다.

"아아, 전하가 나를 바라보고 계시다니……."

옆에서 들리는 희미한 중얼거림에 고개를 돌려 보니, 이레나와 나란히 서 있던 엘렌이 칼라일을 쳐다보며 황홀한 표정을 짓고 있었다.

뭔가 심상치 않은 분위기라 문득 의문이 들었다.

'뭐지, 둘이 알고 있는 사이였나?'

그런 이레나의 의아한 시선을 눈치챈 모양인지 엘렌이 표독스럽게 그녀를 돌아보았다. 그리곤 작은 목소리로 속삭였다.

"이제부턴 아무것도 안 뺏겨요."

의미심장하게 들리는 그 말이 이상하게 느껴질 수밖에 없었다. 이레나는 엘렌에게서 아무것도 빼앗은 게 없었으니까.

하지만 뭐라고 입을 열기도 전에 단상 위에 있는 사회자가 진행을 하기 시작했다.

"이렇게 세 분의 아름다운 영애를 한자리에 모시니 눈

이 부실 것 같군요. 다들 그렇지 않습니까?"

사회자의 너스레에 지켜보고 있던 귀족들이 웃음을 터뜨렸다.

하지만 크게 틀린 말은 아니었다. 세 명의 각기 다른 미녀들이 한자리에 모이니 정말로 꽃이 만개를 한 것처럼 환하게 느껴졌기 때문이다.

"현재 가장 많은 득표를 받은 세 분의 영애를 한자리에 모셨고요. 이제부턴 이 세 분 중에 오늘 무도회를 가장 아름답게 빛내 준 영광의 마돈나 한 분을 뽑도록 하겠습니다."

사회자가 왕관 모양의 작은 티아라를 가리키며 말했다.

"그리고 오늘 뽑힌 마돈나에게는 이 티아라를 증정해 드릴 예정입니다."

황실 무도회장에서 받는 티아라는 그 가격보다 마돈나라는 명예 때문에 많은 영애들이 갖고 싶어 하는 물건이었다.

이레나가 물끄러미 티아라를 바라보고 있을 때였다.

어디선가 굵직한 목소리가 들려왔다.

"오늘 뽑힌 마돈나에겐 내가 티아라를 직접 씌워 주고 싶은데 그래도 되겠지?"

소리가 들린 방향에는 태양처럼 붉은 머리카락을 한 뛰어난 미남이 서 있었다.

먼발치에서 몇 번밖에 본 적이 없었지만, 이레나도 어렵지 않게 그의 정체를 기억해 낼 수 있었다.

루퍼드 제국의 제 2황자 레드필드.

조금 전 야외 정원에서 칼라일과 대화를 나누면서 나온 인물이기도 했고, 현재로선 가장 큰 적인 황후와 아니타 가문이 밀고 있는 황위 계승자였다.

'그가 왜 갑자기……?'

지금까지 수많은 마돈나의 탄생 역사상 이렇게 황자가 직접 나선 것은 처음이었다.

사회자도 처음엔 당황하더니, 곧이어 고개를 수그리며 정중하게 말했다.

"그럼요. 황자님이 그리해 주신다면 이번에 뽑힌 마돈나에게는 더욱 영광스러운 자리가 될 겁니다."

사실 레드필드가 직접 나선 이상 그것을 거부할 수 있을 리 없다.

레드필드는 그저 그런 황자들과는 차원이 달랐다. 그의 뒤에 있는 황후와 아니타 가문의 존재를 아는데 그에게 맞설 자는 많지 않았다.

"다행이군. 그럼 오늘 이 아름다운 영애들 세 분 중에 내가 티아라를 씌워 줄 분이 나오는 건가?"

그는 능글맞은 웃음을 지으면서 이레나를 빤히 쳐다봤다.

이레나는 그런 시선을 눈치채고 뭔가 이상하다는 생각을 할 수밖에 없었다.

과거에 자신은 마돈나의 후보에 오르지도, 더군다나 지금처럼 레드필드가 티아라를 씌워 주겠다고 나서는 일도 일어나지 않았었다.

설마 이 모든 게 자신으로 인해 바뀐 것일까?

문득 그런 생각이 들어서 조금 걱정이 되었다. 칼라일을 살려 내고 난 후에 많은 일들이 변화하고 있었다.

"자! 그럼 세 분의 영애는 모두 뒤를 돌아주세요. 다른 분들께서는 본인이 가장 아름답다고 생각한 영애의 뒤에 장미꽃을 놓아 주시면 됩니다. 장미를 가장 많이 받은 영애가 바로 오늘의 마돈나로 뽑히게 될 것입니다!"

"와아아—"

몇몇의 귀족들의 밝게 호응을 해 주며 분위기를 띄워 주었다.

사회자는 감사하단 표시로 고개를 살짝 수그리더니, 어느새 시종들이 한편에 준비해 놓은 수많은 장미꽃을 가리켰다.

"꽃은 저쪽에 있으니 참고 부탁드립니다!"

사람들이 웅성거리며 그쪽으로 몰려가는 모습이 보였다. 아무래도 황실 이벤트라 참여하는 재미가 쏠쏠한 모양이었다.

이레나도 저번 생에선 똑같이 참여했기 때문에 누구보다 그 마음을 잘 알 수 있었다.

"이제 시작하겠습니다!"

사회자의 외침과 함께 이레나, 엘렌, 율리아가 모두 뒤를 돌았다.

그 세 사람의 귓가에는 수없이 많은 발자국 소리가 들렸다.

하지만 순서대로 지나가면서 꽃으로 투표를 하는 거니, 발소리를 듣는다고 해도 어느 쪽에 가장 많은 꽃이 놓여 있는지 알 수는 없었다.

'……설마 내가 되겠어?'

이레나가 굳이 마돈나의 자리를 거부할 이유는 없었지만, 그래도 자신이 알고 있는 미래가 너무 많이 변하는 것은 원치 않았다.

그때 사회자의 목소리가 들렸다.

"오! 전혀 예상 밖의 인물이 뽑히셨군요."

사회자의 말에 뒤편으로 몸을 돌리고 서 있던 세 명의 표정이 각기 달랐다.

율리아는 무관심했고, 엘렌은 기대에 차 있었으며, 이레나는 불안한 표정을 짓고 있었다.

머릿속에 계속 설마 하는 생각이 들 때였다.

"자, 세 분의 영애는 뒤를 돌아주세요!"

이레나가 천천히 몸을 돌려서 자신의 앞에 놓인 장미꽃을 볼 때였다.

"정말 축하드립니다! 블레이즈가의 이레나 영애가 오늘의 주인공이십니다!"

짝짝짝짝짝, 사방에서 박수가 터져 나왔다.

"아……."

이레나는 저도 모르게 입을 벌렸다.

한눈에 봐도 옆자리에 있는 율리아와 엘렌보다, 이레나의 앞에 놓인 장미꽃의 개수가 훨씬 많았다.

이레나를 축하해 주는 사람들의 얼굴 또한 각양각색이었다.

마돈나가 된 그녀를 질투하는 사람도 있었고, 별로 대수롭지 않게 여기는 사람, 또 이런 이벤트를 마냥 즐기며 축하해 주는 사람도 있었다.

하지만 이레나의 눈에 가장 먼저 들어온 것은 뛸 듯이 기뻐하는 미라벨의 표정이었다.

미라벨이 서둘러 양손의 엄지를 앞으로 내밀면서 말했다.

"우리 언니 최고!"

이레나는 이 마돈나라는 자리를 떠나서, 미라벨의 그 말을 듣고 기뻐하지 않을 수 없었다.

서둘러 이레나도 입 모양으로 '고마워'라고 미라벨에게 전할 때였다.

방금 전에 예고한 것처럼 레드필드가 작은 티아라를 들고 저벅저벅, 이레나를 향해 가까이 다가왔다.

황자인 그가 굳이 이런 일까지 하는 이유를 알 수 없었지만, 잠자코 머리 위로 씌워 주는 티아라를 받고 있는 순간이었다.

"내 눈에도 오늘 블레이즈 영애가 가장 아름다워 보이더군."

"……?"

전혀 생각지도 못한 속삭임에 이레나의 눈이 크게 떠졌다.

설마 레드필드가 직접 이런 말을 할 줄은 몰랐다.

순진한 영애였다면 그가 자신에게 관심이 있어서 이렇게 말한 거라 생각할지 모르겠지만, 이레나는 아니었다.

만약 호감이 생긴 거라면 충분히 다른 방법으로 표현할 수도 있었다. 그는 다름 아닌 제 2황자 레드필드였으니까.

그런데 그가 이 같은 자리에서 말을 걸었다는 건 다분히 수상한 행동이었다.

'도대체 왜?'

그가 자신에게 관심을 가질 이유는 없었다.

이레나는 복잡한 표정으로 티아라를 쓰고서 레드필드를 쳐다봤다.

그러자 그가 입꼬리를 씩 올리면서, 이레나의 귓가에 나지막이 속삭였다.

“다음번엔 나와 춤을 추지. 형님보다 춤은 내가 더 잘 추거든.”

그 말을 듣는 순간, 이레나의 머릿속에 한 가지 가설이 떠올랐다.

레드필드가 자신에게 관심을 가질만한 이유…….

‘설마 카릴 때문에?’

아직 결혼 발표를 하진 않았지만, 그래도 오늘 하루 두 사람은 무도회장을 돌아다니면서 심상치 않은 관계라는 걸 보여 줬다.

혹시라도 그것 때문에 레드필드가 자신에게 관심을 갖게 된 걸까?

이레나의 진홍색 눈동자가 다채롭게 빛나며 의문스러운 표정을 지을 때였다.

레드필드가 말했다.

“다음번에 내가 주최하는 파티에 정식으로 초대하지.”

그는 아무도 모르게 이레나를 향해 눈을 찡긋거렸다. 그리곤 딱딱하게 얼어붙은 그녀를 두고 태연하게 단상 위를 내려갔다.

도통 알 수가 없었다.

이레나는 생각지도 못한 이 사태를 어떻게 받아들여야 하나, 고민하면서 멀어지는 레드필드의 뒷모습을 물끄러미 쳐다볼 때였다.

마돈나에서 탈락된 엘렌도 원래의 자리로 돌아가며 이레나에게 섬뜩한 경고를 남겼다.

"블레이즈 영애, 지금 많이 웃어 두는 게 좋을 거예요."

서로에게 한 번도 좋은 말이라곤 나눈 적이 없는 사이인데, 갑자기 의미심장한 말을 내뱉으니 그것이 불길하게 들릴 수밖에 없었다.

이레나가 미미하게 얼굴을 찡그리고 있자, 그 모습을 뒤편에 있던 율리아가 바라보며 묘하게 눈을 빛냈다.

그렇게 결국 단상 위엔 사회자와 이레나만 남게 되었다.

갑자기 벌어진 일들에 정신이 없어서 미처 신경을 못 썼는데, 저 멀리에선 칼라일이 험악한 표정으로 이레나가 있는 곳을 바라보고 있었다.

아마도 레드필드 때문에 그런 것 같다는 생각이 들었지만, 이레나라고 좋아서 이런 자리에 서 있는 것은 아니었다.

'……저도 어쩔 수 없었다고요.'

이레나가 눈빛으로 억울함을 호소하고 있을 때였다.

옆자리에 서 있던 사회자가 밝은 목소리로 그녀를 향해 말했다.

"자, 소감을 한 말씀 들려주시죠."

"아 음……."

이레나는 잠시 고민했지만, 이내 차분한 목소리로 말

을 이어나갔다.

"저를 마돈나라는 자리에 뽑아 주셔서 감사합니다. 모두 즐거운 무도회가 되시기를 바랄게요."

흠잡을 데 없는 소감이었지만, 그만큼 지나칠 정도로 짧았다.

보통 다른 영애들 같은 경우엔 감격에 겨워 눈물을 보이기도 하는 자리였기에 너무나도 짧은 이레나의 소감에 도리어 옆에 있던 사회자가 당황했다.

"아, 네! 그럼 이벤트는 이로써 마치도록 하겠습니다. 모두 블레이즈 영애의 말처럼 남은 무도회도 즐겁게 보내 주세요."

그렇게 마돈나 이벤트는 성황리에 끝이 났다.

이레나는 어딘가 지친 표정으로 다시 미라벨이 있는 자리로 돌아갔다.

"와아아! 언니! 너무 좋았어."

아무것도 모른 채 마냥 좋아하는 미라벨을 보며 이레나도 저도 모르게 흐릿한 웃음을 지었다.

지금 그나마 위로가 되어 주는 건 이렇게 기뻐하는 미라벨의 모습뿐이었다.

"고마워, 다 네 덕분이야."

"나중에 집에 가면 다른 드레스들도 전부 언니한테 어울리도록 수선해야겠다."

잔뜩 신이 나서 원대한 포부를 밝히는 미라벨만은 여전히 귀여웠다.

*　　*　　*

무도회가 끝이 나고 귀족들이 제각각 빠져나가기 시작했다.

모두 썰물처럼 한꺼번에 나가다 보니 마차 행렬이 길어져서 이레나와 미라벨, 마가렛은 셋이서 함께 기다리고 있는 상태였다.

저 멀리서 로렌스가의 문양이 새겨진 마차가 먼저 다가오는 것을 본 이레나가 입을 열었다.

"조심해서 들어가세요. 로렌스 영애."

이레나의 작별 인사에 마가렛은 잠시 우물쭈물한 표정을 짓다가, 마침내 결심을 한 듯 목소리를 낮춰 말했다.

"저기, 블레이즈 영애."

"네."

"셀비 영애를 조심하시는 게 좋을 것 같아요."

갑작스러운 마가렛의 경고에 이레나가 영문을 모르겠다는 표정을 지었다.

제대로 된 설명도 없이 나온 그녀의 말이 조금은 뜬금없었기 때문이다.

그 마음을 알아차렸는지 마가렛이 떨리는 목소리로 재차 말을 이었다.

"오, 오래 전부터 느꼈던 건데 셀비 영애는 블레이즈 영애를 시기하고 있어요."

미라벨이 그 말에 동조한다는 듯 맞장구를 쳤다.

"맞아요, 나도 매번 이레나 언니한테 하는 행동을 보고 그렇게 느꼈어요."

그때 티 파티에서 분위기가 좋지 않았던 건 사실이지만, 그동안 엘렌과의 기억이 명확하지 않은 이레나는 의문을 품을 수밖에 없었다.

"그런가요?"

이레나의 질문에 미라벨이 먼저 입을 열었다.

"그동안 언니가 가는 파티마다 셀비 영애가 얼마나 시비를 걸었는데, 그걸 그새 다 잊어버린 거야?"

하지만 정말로 딱히 기억나는 게 없어서 뭐라고 대꾸할 수가 없었다. 그렇지만 미라벨이 처음부터 엘렌을 꺼려한 걸 보면 둘 사이가 좋지 못했던 건 사실인 것 같았다.

잠시 고민하는 이레나를 향해 마가렛이 조심스럽게 말을 건넸다.

"제 느낌이지만…… 오늘 마돈나 자리도 블레이즈 영애에게 빼앗겼다고 생각할 거예요. 이런 일을 겪고 절대로 가만히 있을 성격이 아니니 한동안은 조심하시는 게 좋을 것 같아요."

마가렛은 말을 하는 와중에도 혹시라도 누가 듣진 않을까, 주변을 둘러보고 있었다.

그만큼 엘렌이 무섭다는 뜻이었다. 순진무구한 영애가 친구 한번 잘못 사귀었다가 호되게 당한 꼴이었다.

이레나가 말했다.

"충고 고마워요. 앞으로 더욱 조심하도록 할게요."

"네, 그럼 저는 먼저 들어가 볼게요. 두 분 다 조만간 또 뵈어요. 참, 마돈나로 뽑히신 거 다시 한 번 축하드려요."

그렇게 마가렛은 작별 인사를 남긴 채 먼저 마차에 탑승했다.

멀어져 가는 와중에도 계속해서 창밖으로 손을 흔드는 마가렛을 향해, 이레나와 미라벨도 마찬가지로 손을 흔들며 인사를 해 주었다.

마가렛을 태운 마차가 시야에서 사라지자 미라벨이 뾰로통한 표정으로 말했다.

"로렌스 영애의 말이 틀린 게 하나도 없어. 셀비 영애는 예전부터 언니를 질투했으니 가능한 마주치지 않는 게 좋을 것 같아."

"……그래."

오늘 무도회장에서 마주친 엘렌은 뭔가 느낌이 좋지 않았다. 묘하게 불길한 기분이 든다고 해야 할까?

마침 이레나의 눈에 익숙한 블레이즈가의 마차가 다가오는 것이 보였다.

"미라벨, 이제 우리도 슬슬 돌아가자."

"응, 피곤하다. 집에 가서 쉬어야겠어."

"혹시 어디 아프거나 힘들진 않아? 몸이 안 좋으면 바로 말해 줘야 해."

"알겠어요, 마돈나님."

장난스러운 미라벨의 대답에 이레나는 피식 웃고 말았다.

지금 이레나의 머리 위에는 무도회의 마돈나로 뽑혀서 받은 작은 티아라가 장식되어 있었다.

분명히 기쁜 일인데도 왠지 마음속에 찜찜함이 남는 건, 마가렛의 말대로 엘렌이 남기고 간 의미심장한 발언 때문인지도 몰랐다.

이레나는 애써 고개를 흔들며 머릿속에 떠오른 생각을 지웠다.

아직 일어나지도 않은 일을 미리 걱정해 봤자 해결되는 건 없었으니까.

13
큰일 났어요

황실 무도회가 끝나고 가장 많은 주목을 받은 건 칼라일 황태자였다.

유년 시절부터 전장에서만 지내던 황태자가 처음으로 사교계에 모습을 드러냈으니 당연한 결과라고 볼 수 있었다.

지금까지는 은연중에 제 2황자 레드필드를 마치 황태자처럼 대하는 경우가 빈번했는데, 이번 칼라일의 등장은 많은 귀족들 사이에 새로운 바람이 분 것이나 다름없었다.

거기다 칼라일은 누가 봐도 반할 만큼 완벽한 외모의 소유자.

귀족 영애들 사이에서 더욱 많은 말이 나올 수밖에 없었다.

그리고…….

그런 칼라일 황태자와 스캔들이 난 백작 영애.

무도회 마돈나로 뽑힌 블레이즈 백작가의 영애에 대한 관심은 아주 뜨거웠다.

눈부실 정도로 아름다운 외모와 뛰어난 패션 감각. 지금까지 수도권 사교계에서 주목하지 않았던 이레나가 단번에 화제의 인물로 떠오르게 된 것이다.

이레나는 무도회 다음날부터 많은 변화를 느낄 수 있었다.

"아가씨께 도착한 초대장입니다."

집사 마이클은 그 말과 함께 수백 통의 편지를 가져다주었다.

거기엔 온갖 티 파티와 자선 행사, 사교계의 크고 작은 모임들이 적혀 있었다. 모두 이레나에게 참석을 요청하는 내용이었다.

"……저한테 초대장이 이렇게나 많이 왔군요."

저번 생에선 검을 휘두르며 전장에 참여한 적은 많았지만, 이렇게 사교계에서 주목을 받은 적은 지금이 처음이었다.

그러니 이런 일상이 꽤나 생소하게 느껴질 수밖에 없었다.

고작 하루가 지났는데 이 정도의 초대장이 도착했다면,

앞으로 더 얼마나 올 건지 가늠조차 되지 않을 지경이었다.

미라벨이 아침 인사를 하러 이레나의 방에 들어왔다가 깜짝 놀란 얼굴로 물었다.

"헉! 이게 다 언니한테 온 초대장이야?"

"응."

"와— 무도회의 마돈나가 정말 대단하긴 한가 봐."

미라벨이 신기하다는 듯이 쪼르르 달려와서 수북하게 쌓인 초대장들을 구경하자, 이레나는 설핏 웃음을 지을 수밖에 없었다.

당연히 이 많은 초대장을 다 수락할 수는 없었지만, 그래도 중요한 사교계의 모임에는 빠지지 않고 참석하는 것이 좋았다.

칼라일이 황후를 조심하라고 경고를 준 이상, 이레나도 황태자비가 되기 전에 최대한 사교계에서 자리매김을 하고 싶었으니까.

그런데 문제는, 이 많은 초대장들 중에서 어떤 게 알짜배기인지 구별할 수가 없다는 것이다.

'……모르는 게 너무 많아.'

일단은 쿤을 시켜 수도권 사교계의 정보를 더 알아보겠지만, 옆에서 이러한 부분에 대해 조언을 해 줄 수 있는 조력자가 한 명만 있었으면 하는 바람이 컸다.

하지만 그런 조력자는 원한다고 얻어지는 것은 아니었

기에, 이레나는 초대장을 계속 들여다보며 몇 날 며칠을 고민해야 했다.

그렇게 간신히 몇 개의 초대장을 추려서 참석하겠다는 의사를 밝혔다.

*　　*　　*

그 후로부터 며칠이 지났다.

매일매일 편지함이 꽉 찰 정도로 쏟아지던 초대장들이 어느 날부터인가 거짓말처럼 한 장도 오지 않게 되었다.

'뭔가 이상한데?'

갑작스러운 변화에 왜인지 불길한 예감이 들 때였다.

마침 무도회장에서 만났던 마가렛이 이레나를 보러 블레이즈 저택에 찾아왔다.

"아가씨, 로렌스 영애가 오셔서 일단 응접실로 모셨습니다."

"그래요, 바로 내려가 볼게요."

이레나는 갑작스런 방문에도 흔쾌히 마가렛을 맞이하러 나갔다.

어차피 남부 지방 티 파티에서의 일은 엘렌이 주범이라는 것을 알고 있었고, 마가렛이 사과까지 한 이상 더는 그 일로 마음이 상해 있을 생각은 없었다.

미라벨과 마가렛이 친해진 이상, 이레나도 좋은 관계를 유지하고 싶을 뿐이었다.

곧바로 방에서 내려온 이레나가 응접실 문을 열었다.

그러자 단아한 탁자 앞에 앉아 있는 마가렛이 보였다.

"로렌스 영애, 어쩐 일로 약속도 없이 오셨어요?"

이레나는 반가운 얼굴로 인사를 건넸지만, 자세히 보니 마가렛의 표정이 무척이나 좋지 못한 상태였다.

순간 이상한 느낌이 들어서 멈칫하게 될 때였다.

마가렛이 단숨에 이레나의 앞까지 다가와선 다급한 목소리로 말했다.

"큰일 났어요. 블레이즈 영애."

"네?"

"지금 사교계에 블레이즈 영애에 대한 악소문이 파다해요."

"악소문이요?"

이레나는 전혀 예상지 못한 사실에 깜짝 놀랄 수밖에 없었다.

남부 지방에서만 생활하다가 수도에 올라온 지 얼마 되지 않은 시점이었다. 악소문이 날 만한 일이라곤 아무것도 떠오르는 게 없었다.

마가렛도 급하게 방문을 한 것인지 숨 가쁘게 이야기를 이어 나갔다.

"저도 방금 다른 사람들한테 소문을 듣자마자 블레이즈 영애에게 알려 주러 달려온 거예요. 글쎄, 소문에 영애가……."

"……?"

"그, 그게 너무 안 좋은 이야기라 어디서부터 말을 꺼내야 할지……."

머뭇거리는 마가렛을 보니 이레나는 더욱 의아하게 느껴질 수밖에 없었다.

"차근차근 말씀해 주세요. 대체 저에 대해 어떤 악소문이 났다는 거죠?"

"다, 다른 귀족들이 그러는데 블레이즈 영애가 매일 밤 남자를 갈아 치우는 엄청난 색녀라고……."

"뭐라고요?"

"저, 저, 저도 그 소문을 믿는 건 아니에요. 그런데 지금 사교계에는 아주 파다하게 퍼져서 영애에 대한 험담이 가득해요."

기가 막혔다.

자랑은 아니었지만 이레나는 지금껏 남자와 연애를 해 본 적도 없었다.

누군가와 제대로 된 만남을 가진 적도 없는데 이런 소문이 퍼지니 정말이지 황당하게 느껴졌다.

"소문의 근원지가 어디죠? 아무런 증거도 없이 이런 말들이 퍼질 리가 없잖아요. 도대체 누가 이런 말도 안 되는 소리를 하고 다니는 거죠?"

"그게…… 소문에 대한 증거와 증인이 너무나 명확한 상태예요."

증거와…… 증인?

무도회가 끝나고 계속 묘하게 불안한 마음이 들었었다.

그 알 수 없는 불안함의 실체가 드러나는 순간이었다.

이미 한 번 블레이즈가 전체에 이레나에 대한 악소문이 퍼진 적이 있었다. 그때도 이것과 비슷한 상황이었기에 이레나는 자연스럽게 소피를 가장 먼저 생각해 냈다.

거기다 안 그래도 소피는 이레나가 무도회에서 입으려고 마련한 드레스를 엉망으로 만든 일과 연관이 있을 거라고 의심이 되고 있는 상황이었다.

"혹시…… 그 증인이라는 사람이 저의 가문 하녀인가요?"

"네 맞아요! 어떻게 아셨어요? 지금 소피라는 하녀가 모임마다 돌아다니면서 블레이즈 영애에 대한 악담을 퍼붓고 있어요."

이레나는 순간 머리가 아파서 관자놀이를 짚었다.

드레스가 찢어지던 날부터 계속 가시처럼 마음에 걸렸는데 결국 일이 터진 모양이었다.

"그럼 소피를 모임에 데리고 다니는 사람이 대체 누구죠?"

"그게 바로, 셀비 영애예요."

엘렌 셀비.

예전에 티 파티에서 소금물을 먹이려고 한 것도 모자라 남부 지방에서도 자신에게 미행을 붙인 적이 있었다.

칼라일 덕분에 정체를 드러내지 않고 피했지만, 그 후로 또 얼마나 미행당했을지는 이레나도 모르는 일이었다.

어차피 누군가에게 해코지를 당할만한 실력이 아니라서 별로 대수롭지 않게 생각하고 내버려 두었는데, 생각지도 못한 일이 되어서 돌아온 느낌이었다.

이레나의 입가에서 절로 깊은 한숨이 새어 나왔다.

"……하아."

급격히 답답해지는 가슴을 진정시키며, 이레나는 마가렛을 향해 의자에 앉기를 권유했다.

"로렌스 영애, 일단 나머지 얘기는 자리에 앉아서 하시죠."

"아, 그래요."

어쩌다 보니 이레나가 응접실에 들어오고 난 후부터 두 사람은 계속해서 선 채로 대화를 나누고 있는 상황이었다.

마가렛도 다급한 심정을 조금 가라앉히고 자리에 앉았다.

그러자 이레나는 차분하게 테이블 위에 올려놓은 종을 두어 번 흔들었다.

짤랑짤랑—

맑고 경쾌한 종소리가 울리자마자, 근처에서 대기하고

있던 하녀 메리가 잽싸게 응접실 안으로 들어왔다.

"부르셨어요? 아가씨."

"여기 녹차 두 잔만 좀 가져다줘. 로렌스 영애, 녹차 괜찮으시죠?"

"네, 네!"

"이번에 들어온 귀한 녹차이니 맛있을 거예요. 저 때문에 급하게 오신 것 같은데 일단 차부터 한잔 드세요."

"……브, 블레이즈 영애."

마가렛은 새삼 감동한 얼굴로 이레나를 쳐다볼 수밖에 없었다.

이런 얘기를 듣고 지금의 이레나처럼 침착하게 대처할 수 있는 사람은 많지 않았다.

불과 얼마 전까지만 해도 마가렛은 엘렌 때문에 남부 사교계에서 매장을 당하고, 저택 밖으로 한 걸음도 나오지 못했다.

그나마 여긴 수도권이라 그때의 소문이 덜 퍼지기도 했고, 아는 사람들도 얼마 없었기에 바깥출입을 하게 된 것이다.

물론 얼마 전 무도회에서 블레이즈 자매들을 만나고 용서를 받은 게 심적으로 크게 작용을 했지만 말이다.

누구보다 이런 사건이 얼마나 청천벽력 같을지 알고 있는데, 너무나도 이성적인 이레나의 태도에 마가렛은 존경스러운 눈빛을 보냈다.

곧이어 하녀 메리가 이레나의 요구대로 고급스러운 다과와 함께 녹차를 내왔다.

이레나는 먼저 마가렛에게 녹차를 한 잔 따라 주고, 그 뒤에 본인도 한 모금을 마셨다. 그 일련의 동작들이 이런 상황과 어울리지 않을 정도로 매우 우아하게 느껴졌다.

마가렛이 저도 모르게 넋을 잃고 쳐다보고 있자, 이레나가 차분한 목소리로 먼저 입을 열었다.

"천천히 말씀해 주세요. 소문이 정확히 어떻게 퍼진 거죠?"

그 뒤로 이어지는 마가렛의 설명을 들으면서 이레나는 크게 분노할 수밖에 없었다.

소문의 내용은 누군가 심혈을 기울여 짜 맞춘 것처럼 굉장히 치밀했다.

꽤 오랫동안 이레나를 미행한 모양인지, 그동안 이레나가 움직였던 이동 경로에 따라서 교묘하게 살을 붙여 이야기를 만들어 냈다.

이레나 스스로가 들어도 꽤나 그럴싸해서 신빙성이 느껴질 정도였다.

사실 이레나가 한밤중에 자리를 비운 것은 칼라일을 처음 구하러 간 날밖에 없었다. 하지만 이레나는 어느새 매일 밤 남자를 만나러 다니는 여자로 둔갑되어 있었다.

처음 블레이즈가에서 소문이 퍼졌을 때, 재빨리 수습해서 모두의 입을 막긴 했지만 어찌 됐든 그 내용을 아는 사람들이 존재했다.

엘렌은 추가 증인으로 소피뿐만 아니라 그 소문을 들은 적이 있는 다른 고용인들까지 몇 명을 더 확보한 상태였다.

그게 끝이 아니었다.

"현재 블레이즈 영애랑 같이…… 그, 잠자리를 가졌다는 남성도 나온 상황이에요."

"……."

이레나는 치밀어 오르는 화를 참기 위해서 어금니를 꽉 깨물었다.

'……이것들을 정말.'

소문의 내용이 너무나도 악질적이었다.

처음 블레이즈가에서 퍼졌던 것보다 훨씬 지독했다.

이제 곧 칼라일과의 스캔들 이후 공식적인 사이가 되어야 했는데, 지금 같은 상황에선 칼라일 또한 이레나의 저급한 유혹에 넘어간 한 남자일 뿐이었다.

최대한 빨리 계약 결혼을 실행해야 하는 상황에서 이런 소문이 퍼지니 감당하기가 어렵게 느껴질 수밖에 없었다.

'어떡하면 좋지?'

차라리 칼라일과 만났다고 솔직하게 밝힐 수 있었으면 좋겠지만, 자칫 잘못하다간 호위 기사 렌으로 활동한 것이 들통날지도 모른다.

이레나의 정체를 모르는 엘렌이 의도하고 꾸민 건 아니겠지만, 그동안 렌으로 활동했던 행적과 교묘하게 맞물려 있었다.

예를 들어, 플라워 브리지에서 칼라일과 이레나가 함께 있었다고 밝힐 수는 없었다.

그 자리엔 많은 증인들이 존재했고, 새롭게 등장한 인물이라곤 호위 기사 렌뿐이다. 무턱대고 주장하다간 허점이 생길 게 뻔했고, 결국엔 이상한 점을 눈치채는 사람이 생길지도 모른다.

가능한 이레나의 검술 실력은 끝까지 감추는 게 좋았기 때문에 최대한 칼라일과 연관이 되지 않는 선에서 해결해야 했다.

가슴 속에선 뜨거운 불길이 치솟는 것 같았지만, 머리로는 냉정하게 판단하기 위해 노력했다.

당장은 화를 내는 것보다 이 일을 어떻게 수습하느냐가 더 중요했기 때문이다.

이미 엎질러진 물을 주워 담을 수 없다면, 그 누구보다 깨끗하게 치워서 흔적조차 남기지 않아야 했다.

하지만 대체 어떤 방법으로 이 소문을 해결해야 할지 뾰족한 수가 떠오르질 않았다.

사교계의 소문이라는 게 그렇듯, 누군가를 칭찬하는

말보다 남을 헐뜯는 악담이 더욱 빠르게 퍼지는 법이다. 아무리 이레나가 아니라고 주장을 해 봐도 이미 사람들 사이에 신랄하게 퍼진 내용을 얼마나 수습할 수 있을까?

더구나 안 좋은 이미지가 박혀 있는 상태에서 그걸 다시 깨끗이 되돌리기란 쉽지 않은 일이었다.

'……아무리 생각해도 어지간한 대처로는 수습이 불가능해.'

머릿속에 절로 최악이라는 단어가 떠올랐다.

딱딱하게 굳어가는 이레나를 향해 마가렛이 조심스럽게 입을 열었다.

"영애, 괜찮아요?"

"……네, 단지 이 사태를 어떻게 수습해야 할지 모르겠네요."

"저도 그 심정 이해해요. 블레이즈 영애한테 할 말은 아니지만 저도 그때 셀비 영애한테 당하고 한동안 힘들었거든요. 너무 우울한 생각하지 마세요. 시간이 지나면 서서히 잊혀질 거예요."

마가렛은 딴에 위로를 해 준다고 꺼낸 말이겠지만, 안타깝게도 이레나의 입장에선 조금도 위안이 되지 않았다.

이레나는 최대한 빨리 칼라일과 결혼을 해야 했다.

현 황제인 설리반은 몇 개월 후에 사망하게 될 것이고, 반왕인 파벨루크는 지금으로부터 약 일 년 정도 뒤에 황위를 찬탈한다.

이런 소문에 발목을 붙잡히기엔 시간이 얼마 남지 않았다.

이레나는 복잡한 표정을 전부 감추진 못했지만, 어찌 됐든 간에 이 사실을 전하기 위해 곧장 달려와 준 마가렛의 마음씨가 무척이나 고마웠다.

"소문을 듣고 이렇게 직접 알려 주러 와 줘서 고마워요, 로렌스 영애."

"뭘요. 셀비 영애가 뭔가 수작을 부릴 것 같다고 걱정은 했는데, 저도 이런 일까지 벌일지는 정말 몰랐네요. 아마 제가 셀비 영애한테 당한 기억이 없었다면 저조차 깜빡 속았을지 몰라요."

사실 누가 들어도 그럴싸한 소문이었을 텐데, 단박에 그게 거짓이라고 판단한 마가렛이 대단한 것이었다.

이레나는 과거 남부 지방의 티 파티 때를 생각하며 말을 이었다.

"제가 그때 로렌스 영애가 소금물을 탄 게 아니라고 더 주장을 해 줬어야 했나 봐요."

당시에는 누가 진범인지가 크게 중요하지 않았었다.

엘렌, 사라, 마가렛, 모두가 계획해서 이레나에게 소금물을 먹이려 했고, 거기에 자칫하면 미라벨까지 말려들 뻔했었다.

이레나는 그 사실에 참을 수가 없었다.

더구나 전생에서는 정말로 그때 엘렌이 건넨 소금물을 마셨었기에 더욱 용서할 마음이 들지 않았었다.

마가렛이 재빨리 손사래를 치며 말했다.

“아니에요! 셀비 영애가 주도하긴 했지만 말대로 저도 거기에 따랐으니 공범은 맞죠. 저였다면 절대 용서하지 않았을 텐데, 블레이즈 영애가 마음 넓게 받아 주셔서 저도 보답하는 거예요.”

그 말에 왜인지 이레나의 머릿속에서 ‘친구’라는 단어가 떠올랐다.

저번 생에선 함께 싸운 전우에게조차 마음을 내준 적이 없었다. 가족들을 전부 잃고 난 이후였기에 그럴만한 마음의 여유가 한 점도 남아 있지 않았었다.

그전에도 성 밖으로 외출을 자주 하지 않았기에 가끔 만나면 인사하는 정도의 친분만 있을 뿐, 이처럼 안 좋은 일이 있다고 달려와 줄 사람은 가족이 아닌 이상 단 한 명도 없었었다.

또래의 여성과 친구가 된 적이 한 번도 없었는데, 처음으로 그런 존재가 생긴 느낌이었다.

이레나에게 현재 상황은 최악이라 불릴 만큼 좋지 않았지만, 이번 생에 들어 새롭게 맺게 된 인연은 굉장히 따뜻한 것 같았다.

"로렌스 영애."

이레나의 얼굴에 이례적으로 타인에게 잘 보여 주지 않는 희미한 미소가 맺혔다.

마가렛은 처음 보는 이레나의 미소에 눈동자가 크게 떠졌다.

이레나가 그런 마가렛을 바라보며 나지막이 말을 이어 나갔다.

"……고마워요."

*　　*　　*

이레나는 마가렛과 대화를 끝낸 후 바로 배웅해 주었다. 그녀와 느긋하게 시간을 보내기엔 지금 상황이 매우 좋지 않았기 때문이다.

아무리 고민해 봐도 어지간한 방법으로는 이 소문을 잠재울 수 없었다.

그렇다면 방법은 하나뿐이었다.

'눈에는 눈, 이에는 이.'

악담에는…… 악담으로 소문을 덮는 것이 맞았다.

이레나는 차가워진 붉은 눈동자를 빛내며, 나지막이 혼잣말을 중얼거렸다.

"셀비 영애, 나를 원망하진 마."

잠자는 암사자의 코털을 건드린 것은 바로 그쪽이었으니까.

이레나는 가장 먼저 자신이 수락한 초대장의 날짜들을 확인했다. 그리고 그중에서 가장 가까운 시기에 있는 것을 골랐다.

무도회가 끝나고 며칠 사이에 이레나에 대한 이미지는 급격히 변했지만, 그렇다고 먼저 보낸 초대장을 회수할 수는 없는 노릇이다.

원래부터 참석하겠단 의사를 밝힌 이상 가려고 마음먹었지만, 지금의 상황에선 더더욱 빠질 수가 없는 자리가 되었다.

'내 결백을 증명하기 위해선…… 소문의 근원지인 셀비 영애를 거짓말쟁이로 만들어야 해.'

아무리 생각해도 이 방법이 최선이었다.

그리고 엘렌이 거짓말쟁이라는 게 딱히 틀린 말도 아니었다. 지금 그녀는 이레나에 대한 이야기를 거짓으로 지어내서 퍼뜨리고 있었으니까.

'그러려면 셀비 영애에 대한 정보가 필요해.'

엘렌이 한 것처럼 이레나도 똑같이 덫을 놓으려면 그녀에 대한 상세한 자료들이 필요했다.

중요한 건 시간이 갈수록 이레나에게 불리해졌기 때문에, 최대한 빠르게 엘렌이 한 거짓말을 밝혀 줄 증인과 증거들을 확보해야만 했다.

'우선은 남부 지방에서 나한테 소금물을 먹이려 한 것부터 밝혀 볼까?'

그 사건에 대해 마가렛만 증언을 해 주겠다고 나선다면, 하녀 소피를 내세운 엘렌 측보다 이레나가 훨씬 신빙성 있게 보일 수 있었다.

하녀인 소피와 달리 마가렛은 신원이 보장된 백작 영애였기 때문에 귀족들의 입장에선 훨씬 믿음이 갈 수밖에 없었다.

하지만 고작 그것만으로는 부족했다.

이레나가 밤마다 남자를 만나러 다닌다고 거짓된 이야기를 퍼뜨린 것처럼, 엘렌에 대한 이야기에도 자극적인 조미료가 필요했다. 그래야 단번에 사람들 사이에 퍼진 소문을 잠재울 수 있을 것이다.

골똘히 고민하던 이레나는 일단 자리에서 일어나 미라벨이 있는 방으로 향했다.

들어가기 전에 가볍게 노크를 하자, 곧이어 안에서 미라벨의 목소리가 흘러나왔다.

"네, 들어와요."

대답을 들은 이레나가 방문을 열었더니, 언제 이곳으로 옮긴 건지 재봉틀을 돌리는 소리가 요란하게 울려대고 있었다.

타다다다다닥.

하녀 몇 명과 함께 미라벨은 무도회 때 칼라일이 보내준 드레스를 수선하는 데에 심혈을 기울이고 있었다.

미라벨은 자신의 방 안으로 들어온 사람이 이레나인 것을 확인하고 자리에서 일어났다.

"언니, 무슨 일이야?"

"며칠 후에 파티에 가야 할 것 같아서 너한테 드레스를 부탁하려고 왔는데, 벌써 손보고 있을 줄은 몰랐어."

"내가 무도회장에서 말했었잖아. 얼른 나머지 드레스들도 언니한테 딱 맞게 고쳐야겠다고. 그리고 초대장들이 많이 온 걸 보니까 조만간 필요할 거라는 예감이 딱 들었지."

얼른 칭찬해 달라는 듯이 의기양양하게 말하는 미라벨이 귀여워서 이레나는 이런 상황에서조차 미소를 지을 수밖에 없었다.

미라벨의 말이 맞았다.

이레나는 조만간 참석할 파티에 누구보다 아름답게 꾸미고 나가야 했다.

외모가 전부는 아니었지만, 이런 상황일수록 초라해 보이고 싶지 않았으니까.

그리고 그날…….

엘렌이 퍼뜨린 소문과 담판을 지을 것이다.

이레나는 무의식적으로 방금 전에 확인한 가장 가까운 날짜의 초대장을 떠올렸다.

나름대로 엄선해서 수락한 초대장이었다. 그곳에 얼마나 많은 귀족들이 참석할지는 모르겠지만 꽤 많은 사람들이 모일 거란 건 분명했다.

그때까지 준비해야 할 게 너무 많았기에 드레스를 해결한 이레나는 서둘러 발길을 옮겼다.

"그럼 나중에 다시 찾아올게, 미라벨."

"응 언니! 완성되면 제일 먼저 알려 줄게."

"그래, 고마워."

다시 자신의 방으로 돌아온 이레나는 곧바로 창문가에 붉은색 손수건을 묶어 두었다.

비밀리에, 그리고 가장 빠르게 정보를 모으기에는 블레이즈 가문의 정보력을 이용하는 것보다 쿤이 더 적격이라고 판단되었다.

그동안 쿤이 가지고 온 정보를 보고 실망을 한 적은 한 번도 없었으니까.

이레나는 언제나처럼 창문을 활짝 열어 놓고 모두의 눈을 피해 나타날 쿤을 기다렸다. 그리곤 자신의 책상에 앉아서 지금 머릿속에 떠오르는 계획들을 차근차근 적어 나갔다.

만약에라도 현재 준비하는 반격이 실패한다면, 이레나에 대한 악소문은 더욱 사실처럼 느껴지게 될 것이다. 그러면 그때는 아예 손을 쓸 수 없는 상황을 맞이하게 될지도 모른다.

그러니까 시간은 촉박하더라도 조금의 허점도 만들어선 안 된다.

'셀비 영애, 알고 있는진 모르겠지만…… 난 최소한 당한 만큼의 두 배는 돌려줘야 직성이 풀리거든.'

이런 악질적인 모함을 당한 이상 바보처럼 가만히 있을 생각은 없다. 지금의 이레나는 예전에 순진무구했던 백작 영애가 아니었다.

검술보다야 사교계의 암투가 미숙한 건 사실이지만, 그렇다고 이런 치사한 수법에 호락호락하게 당해 줄 만큼 물러 터지진 않았으니까.

이레나의 추진력은 대단했다.

자신의 방으로 찾아온 쿤에게 최대한 빠르게 엘렌에 대한 정보를 모아서 가지고 와 달라고 부탁했다.

그리곤 곧바로 집사 마이클을 불러서 비비아나 백작 부인과의 약속을 잡아 달라고 명했다.

스텔라 비비아나.

처음 쿤이 수도권 귀족들에 대한 정보를 가져다줬을 때 거기에 가장 많이 적혀 있던 이름이었다.

그건 바로 스텔라가 수도권 사교계의 실세였기 때문이다.

하지만 그 이름을 꼭 쿤의 정보를 통해서만 들은 것은 아니었다.

이레나가 겪은 미래에서도 스텔라의 이름은 떠들썩하게 거론된 적이 있었다.

사교계에 전혀 관심이 없던 당시의 이레나조차도 그때의 일이 나름 충격적이어서 지금까지도 스텔라란 이름을 잊어버리지 않고 기억하고 있을 정도다.

이레나가 그런 스텔라를 만나려고 하는 이유는 단 하나였다. 사교계에서 영향력 있는 사람의 도움이 필요했으니까.

'내가 아무리 엘렌에 대한 약점을 잡는다고 해도, 사람들은 쉽게 내 말을 믿어 주지 않을 거야.'

현재 이레나는 수도권 사교계에서 햇병아리나 다름없는 존재였다.

아무런 인맥도 없는 상황에서 이레나가 하는 말에 귀 기울여 줄 사람은 없었다.

더구나 지금은 이미지까지 추락된 상태, 다른 귀족들에게 무시를 당하거나 기피를 당할 게 불 보듯 뻔했다.

'나 말고 셀비 영애가 거짓말쟁이라는 소문을 퍼뜨려 줄 사람이 필요해.'

이레나의 말에 힘을 실어 주고, 사교계에 엘렌에 대한 소문을 퍼뜨리는 데 동조를 해 줄 누군가가 절실히 필요한 상황이었다.

그리고 거기에는 수도권 사교계의 실세인 스텔라가 제격이었다.

문제는 스텔라가 날아가는 새도 떨어트린다고 할 정도로 명성이 높은 비비아나 백작 가문의 부인인 데다, 사교계의 실세로 군림하고 있는 콧대 높은 여성이라는 점이다.

무엇 하나 부족할 것 없는 스텔라가 이레나의 부탁을 쉽게 들어줄 리 없었다.

집사 마이클에게 스텔라와의 만남을 잡아 달라고 명령을 내리긴 했지만, 과연 자신과 만나 줄지조차 알 수 없는 상황이었다.

그렇게 마이클이 직접 비비아나가를 방문하고 며칠이 지난 후였다.

그가 가지고 돌아온 답변은 역시나 이레나가 걱정하던 그대로였다.

"아가씨, 비비아나 백작가에서 소식이 왔는데……."

"네 말씀하세요."

"백작 부인의 일정이 워낙 빠듯해서 아가씨와 개인적인 만남을 갖기는 힘들 것 같다고 하십니다."

이레나의 입가에선 절로 기다란 한숨이 새어 나왔다.

"……후우."

엘렌이 악소문을 퍼뜨리고 난 다음부턴 워낙 신경 써야 할 일이 많아서 제대로 잠도 이루지 못하고 있는 상태였다.

이레나는 뻑뻑해진 눈가를 손으로 꾸욱 주무르며, 걱정스럽게 쳐다보고 있는 집사 마이클을 향해 재차 입을 열었다.

"거기서 잠시만 기다려 줘요."

"네 아가씨."

이레나는 곧장 자신의 책상으로 가서 하얀색 종이 위에 무언가를 적기 시작했다. 그리곤 그것을 봉투에 넣어서 잘 밀봉한 뒤에 다시 마이클에게 건넸다.

그 편지를 받아 든 마이클은 의아한 표정을 지을 수밖에 없었다.

이레나가 말했다.

"그것을 비비아나 백작 부인에게 전해 주고, 다시 한 번 약속을 잡아 달라고 하세요."

"이미 한 번 거절을 했는데…… 그게 가능할까요?"

의심스러워하는 마이클을 향해 이레나가 확신 어린 표정으로 대답했다.

"네. 아마도 이번엔 될 거예요."

가능한 처음부터 미래에서 겪은 일을 무기로 삼고 싶진 않았다.

하지만 상황이 이렇게 된 이상 이레나도 더는 어쩔 수가 없었다.

그동안은 엘렌에 대한 정보를 모으느라 시간을 썼지

만, 이제는 정말 스텔라의 도움이 필요한 상황이었다.
초면에 다짜고짜 협박 편지를 보내는 건 미안했지만, 더 이상은 이쪽도 기다려 줄 수 있는 입장이 아니었다.

* * *

처음 비비아나가에서는 이레나가 만나고 싶다는 요청을 듣고도, 며칠이 지난 뒤에야 그에 대한 답을 보냈었다.
하지만 이번엔 달랐다.
이레나가 편지를 적어서 보낸 지 몇 시간도 채 되지 않아서 마이클은 그쪽에서 준 답변을 가지고 돌아왔다.
"아가씨! 비비아나 백작 부인께서 이른 시일 안에 만나자고 연락이 왔습니다!"
"잘 됐군요."
스텔라가 절대로 무시할 수 없는 내용을 적어 보내긴 했지만, 이렇게 빨리 답변이 온 걸 보니 꽤나 애가 닳았던 모양이다.
흡족한 표정을 짓고 있는 이레나를 향해 마이클이 조심스레 물었다.
"그런데 뭐라고 적어서 보내셨기에 갑자기 비비아나 백작 부인의 태도가 바뀐 겁니까?"
"글쎄요…… 그건 일급 기밀이에요."

이레나는 무엇 하나 말해 주지 않았지만, 마이클은 그에 대한 궁금증보다 속 시원한 마음이 더 컸다.

콧대 높은 비비아나 백작 가문의 태도가 하루아침에 바뀐 것이 무척이나 통쾌하게 느껴졌기 때문이다.

처음 비비아나 백작가를 방문할 때만 해도 은연중에 그곳의 고용인들에게 무시를 당했는데, 두 번째로 갔을 때는 귀한 손님처럼 극진한 대접을 받았다.

갑자기 이렇게까지 태도가 바뀐 이유가 궁금했지만, 그와 동시에 이레나에 대한 신뢰가 무럭무럭 생겨나고 있는 중이었다.

이레나가 말했다.

"비비아나 백작 부인께 사람을 보내서 오늘 중으로 볼 수는 없는지 여쭤봐 주세요."

"네, 아가씨!"

스텔라 측에서 이른 시일 안에 보자고 한 건 사실이지만, 오늘 당장 만날 약속을 잡는다는 건 꽤 힘든 일이었다.

내심 그건 조금 어렵지 않을까 하는 생각이 들었지만, 마이클은 이레나의 명령에 아무런 토를 달지 않고 복종했다. 그만큼 이레나의 말에 신뢰가 쌓인 것이다.

'아가씨가 시키는 일이라면…… 분명 그만한 이유가 있겠지.'

어차피 양측에서 서로 만나자고 동의를 한 상황.

이번엔 마이클이 직접 비비아나가를 방문하지 않아도 되었기에 서둘러 하인을 시켜서 이레나의 뜻을 전달했다.

그렇게 밤이 찾아왔다.

비비아나가에 보낸 하인은 이레나의 뜻대로 오늘 당장 만나자는 의견에 동의한다는 답변을 받고 돌아왔다.

꽤 늦은 시각이었지만, 이레나는 개의치 않고 외출을 준비했다.

엘렌에 대해 어떤 소문을 퍼뜨릴지는 이미 어느 정도 정리가 된 상황이다. 그렇다면 더 이상 지체할 것 없이 최대한 빨리 움직이는 게 좋았다.

더구나 이레나가 참석하기로 마음먹은 파티의 날짜도 얼마 남지 않은 상황, 하루라도 빨리 스텔라의 힘이 필요했다.

"다녀올게요."

"네 조심해서 다녀오십시오. 아가씨."

집사 마이클의 배웅을 받으며 이레나는 블레이즈가의 마차에 몸을 실었다.

스텔라가 만나자고 제안한 장소는 고급 살롱이었다. 꽤나 유명한 장소였기 때문에 이레나도 익히 들어봤다.

살롱의 이름은 '더 시크릿'.

그 이름에 걸맞게 고위 귀족들만 출입할 수 있도록 회원제로 운영이 되었으며, 철저하게 개인적인 공간이 마련되어 있어 아무도 그들의 대화를 엿들을 수 없는 매우 프라이빗한 공간이었다.

샬롱이라고 해 봤자 일반 찻집과 다를 바가 없기도 했지만, 비밀 모임을 갖기엔 이만한 장소가 없어서 찾는 사람이 많았다.

그만큼 현재 두 사람은 보안이 철저한 곳에서 만나기로 약속이 된 상태였다.

끼이이익—

빠른 속도로 달리던 마차가 멈추더니, 곧이어 마부가 이레나를 향해 조심스럽게 말을 건넸다.

"아가씨, 말씀하신 곳에 도착했습니다."

"수고했어요."

이레나는 마부가 열어 준 마차의 문을 통해 바깥으로 나왔다.

그리고 바로 앞에 있는 '더 시크릿'이라고 적힌 간판을 힐끔 쳐다보고 안으로 들어갔다.

내부의 분위기는 전체적으로 어두웠다. 널찍한 공간이 한눈에 보이는 게 아니라 길게 늘어진 좁은 복도를 걸어가야 했다.

통로에서부터 아무와도 마주치지 않는 걸 보니, 이곳을 방문하는 사람들끼리도 쉽사리 마주치지 않게 제작된 듯싶었다.

공기 중에는 은은한 담배 향기가 배어 있었는데 다행히도 그게 거북하지는 않을 정도였다.

그렇게 조명이 어두운 길을 따라가다 보니 입구에 점원이 한 명 서 있었다.

"예약하셨나요?"

"네."

"누구를 만나러 오셨습니까?"

"비비아나 백작 부인을 뵈러 왔어요."

점원은 이런 상황이 매우 익숙한 듯 먼저 한 걸음 앞장서면서 이레나에게 다시 말을 건넸다.

"이쪽으로 오시죠."

군더더기 없는 깔끔한 태도였다. 비밀스러운 공간이라더니 생각보다 더욱 철저하게 준비된 장소 같다는 생각이 들었다.

점원의 안내를 받으며 이레나는 고풍스럽게 꾸며진 어느 방문 앞에 섰다.

드르륵, 작은 마찰음과 함께 열린 문 안에는 먼저 도착한 중년의 여인이 있었다.

허리를 꼿꼿이 편 채로 고고하게 앉아 있는 여인이 스텔라 본인이라는 사실을 한눈에 알아차릴 수 있었다.

이레나가 방 안으로 들어서자 점원은 익숙하게 뒤에서 문을 닫아 주었다.

두 사람은 약속이라도 한 것처럼 서로를 염탐하듯이 쳐다봤다.

"……."

"……."

그 적막한 상태에서 먼저 입을 연 것은 이레나였다.

"처음 뵙겠습니다. 이레나 블레이즈입니다."

"알고 있어요. 요즘 사람들의 입에 가장 많이 오르내리는 분이니 모를 수가 없죠."

잔뜩 가시가 돋친 말투였다.

스텔라는 날카롭게 이레나를 쳐다보며, 재차 입을 열었다.

"단도직입적으로 물을게요. 내게 편지에 적어서 보낸 내용…… 어떻게 알았죠?"

지금껏 아무도 모른다고 생각했던 스텔라의 약점이 거기에 버젓이 적혀 있었다.

그 때문에 이 자리까지 나오게 되었지만, 스텔라는 이게 도무지 어떻게 된 영문인지 알 수 없어서 잔뜩 경계를 하고 있는 상태였다.

하지만 이레나 또한 그것에 대해 제대로 된 설명을 해 줄 순 없었다. 이미 한 번 미래를 경험했기 때문에 당신의 비밀을 알고 있는 거라고 솔직하게 털어놓을 순 없었으니까.

"중요한 건 제가 비비아나 백작 부인의 비밀을 어떻게

알았는지가 아니라 그 사실을 다른 사람에게 발설을 하느냐, 마느냐겠죠. 제 말이 틀린가요?"

이레나가 스텔라에게 보낸 편지의 글귀는 단 한 줄이었다.

[당신의 숨겨진 아들에 대해 알고 있습니다.]

현재 스텔라는 유명한 비비아나 백작 가문의 안주인인 데다, 사교계를 한 손으로 쥐락펴락할 수 있는 실세 중에서도 실세였다.

하지만 그녀에겐 철없던 시절에 만난 남자와 몰래 낳은 아들이 한 명 존재했다.

스텔라의 친정에서는 그 사실을 철저하게 숨겼고, 현재 비비아나 백작은 그러한 내용을 전혀 모른 채 결혼을 한 상태였다.

이 진실이 드러나는 순간, 스텔라는 바닥까지 추락하게 된다.

더구나 이레나가 알고 있는 미래는 이게 끝이 아니었다. 스텔라에 관한 파란만장한 이야기는 여기서부터 시작이었다.

스텔라가 딱딱하게 굳은 표정으로 차갑게 말했다.

"지금, 저를 협박하는 건가요?"

"네, 부인."

이레나는 눈 하나 깜빡하지 않고 대답했다.

스텔라의 말이 맞았다. 지금 이 자리는 그녀를 협박하러 나온 자리였다.

"비밀을 지켜 드리는 조건으로 제 부탁을 한 가지 들어주셔야겠습니다."

뜬금없이 부탁을 들어달라는 이레나의 말에 스텔라는 미간을 찌푸리며 대답했다.

"그보다 먼저 그 일을 어떻게 알았는지부터 설명을 해야죠. 그래야 제가 벌써 다른 사람들에게까지 퍼진 건지 아닌지 파악을 할 수 있지 않을까요?"

"그건 이미 이 자리에 나오기 전에 알아보지 않으셨나요?"

이레나의 물음에 스텔라가 순간 움찔하는 모습이 보였다.

스텔라가 몰래 낳은 아들은 현재 그녀를 키웠던 유모가 양아들로 삼아서 돌보고 있었다. 미래에 아이의 친부가 등장하기 전까진 이 사실은 절대로 밝혀질 수가 없는 이야기였다.

이레나가 말을 이었다.

"저도 사정상 이 사실을 어떻게 알게 되었는지 설명해 드릴 순 없어요. 하지만 이 내용은 저밖에 모르고 제 부탁만 들어주신다면 비밀도 끝까지 지켜 드릴 겁니다."

스텔라는 계속해서 내키지 않는 표정을 짓고 있었지만, 결국 약점을 잡힌 그녀가 질 수밖에 없는 싸움이었다.

"……부탁이란 게 뭐죠?"

그 물음에 이레나는 가지고 온 서류를 스텔라의 앞으로 내밀었다.

지금까지 엘렌에 대한 정보를 수집하면서 정리해 놓은 자료들이었다.

천천히 스텔라가 서류를 살펴보는 모습을 바라보며 이레나가 입을 열었다.

"제가 여기에 가지고 온 내용들을 토대로 사교계에 소문을 퍼뜨려 주세요."

"……?"

"셀비 영애는 남부 지방에서부터 오랫동안 블레이즈 영애를 질투해 왔다. 그래서 이번에 무도회의 마돈나에 탈락되고 복수심에 불타올랐다. 그녀는 거짓말을 잘한다. 그리고……."

이레나의 말이 계속 이어질수록 스텔라의 눈동자는 점점 커져 갔다.

결국 스텔라가 믿을 수 없다는 목소리로 물었다.

"영애는 지금 저한테 그런 헛소문을 퍼뜨리란 건가요?"

"이게 왜 헛소문이라고 생각하시죠?"

허점을 찌르는 질문에 스텔라는 순간 말문이 막힐 수

밖에 없었다.

이레나가 차가운 표정으로 다시 말을 이어 나갔다.

"그리고 사교계에선 뭐가 진실인지 중요하지 않죠. 결국에 어떤 이야기가 진실로 남느냐가 더 중요한 게 아닐까요?"

이레나는 자신의 억울함을 시시콜콜히 설명하고 싶은 생각이 없었다.

억울한 자들이 진실을 밝히는 게 아니었다.

사교계에선 힘 있는 자들이 진실을 만들어 내는 것이다.

이 자리 역시 마찬가지였다. 이레나가 억울함으로 하소연을 했다면 스텔라는 결코 이 자리까지 나오지 않았다.

스텔라를 여기까지 불러낼 수 있었던 것은 바로 이레나가 그녀의 약점을 알고 있었기 때문이다.

이레나는 저번 생에서 십수 년간 여검사로 살아가며 깨달은 것이 있었다.

'힘이 없는 사람은 아무것도 바꿀 수 없어. 진심은 누구에게나 통하는 게 아니니까.'

저번 생에서 블레이즈가는 모함을 당했고, 그로 인해 가족들이 전부 몰살당했다.

이레나는 목숨을 다하는 순간까지 복수를 꿈꿨지만, 끝까지 파벨루크의 목을 베지 못하고 숨을 거둬야 했다.

인생은 뜻대로 되는 게 하나도 없었다.

분하고 억울하다고 해서 달라지는 건 아무것도 없었단 소리다.

그래서 깨달았다. 대부분의 일은 감정적인 호소보단 가지고 있는 힘과 권력으로 누르는 게 훨씬 깔끔하고 믿음직스러울 때가 많다는 것을.

이레나가 생각하기엔 지금이 딱 그런 순간이었다.

여태까지 딱딱하게 표정을 굳히고 있던 스텔라가 처음으로 크게 웃음을 터뜨렸다.

"호호호—"

갑작스러운 그녀의 웃음소리에 이레나가 의아한 표정을 지었다.

그럼에도 스텔라는 참지 않고 소리 내어 웃다가, 곧 재미있다는 듯이 말을 이었다.

"젊은 영애라고 생각했는데 꽤나 비정한 사교계에 대해 잘 파악하고 있군요. 맞아요. 뭐가 진실이든 그게 중요한 건 아니죠. 여기서 어떤 걸 진실로 만드느냐가 중요한 거니까."

"그럼 거래 성립인가요?"

잠시 고민하던 스텔라는 곧이어 고개를 끄덕거렸다.

"좋아요. 당신의 부탁을 들어드리죠. 나한텐 그리 어려울 일이 아니니까."

"고맙습니다."

"아직 고마워하기엔 일러요. 경고 하나만 하죠. 저와의 약속을 지키지 않고 비밀을 폭로한다면 후회할 일이 생길 거예요."

"그건 협박인가요?"

"영애의 말처럼, 네 맞아요. 내 비밀을 하나 캐냈다고 저를 좌지우지할 수 있을 거라 생각하면 곤란해요. 이 부분은 확실히 짚고 넘어가죠."

이레나는 고개를 끄덕이며 곧바로 수긍했다. 스텔라가 현재 있는 위치는 지금 막 남부에서 올라온 이레나와는 차원이 달랐다.

이런 거래는 한 번뿐이었다.

이레나는 현실을 정확히 파악하고 있었다. 이 약점을 빌미로 계속해서 스텔라를 조종하려 한다면, 그녀는 이레나가 생각지도 못한 방법으로 대응해 올 것이 분명했다.

사교계의 꽃이라는 자린, 어떻게 보면 아름답기만 하면 얻을 수 있는 호칭이었다.

하지만 그와 달리 스텔라가 가지고 있는 사교계의 실세란 자리는 그만큼 권력이 있다는 소리였고, 귀족들 간의 암투에서 정점을 찍었다는 뜻이었다.

그런 여성이 결코 호락호락할 리가 없었다.

아마도 스텔라는 이 자리에 나오기 전, 벌써 이레나에 대한 상세한 조사를 끝마쳤을 것이다.

더구나 이레나가 미래에서 들은 그녀에 관한 이야기만 봐도, 스텔라는 가볍게 무시할만한 상대가 아니었다.

'저번 생에선…… 자살을 했었나?'

이레나는 자신의 눈앞에 앉아 있는 스텔라를 묘한 눈빛으로 빤히 쳐다보았다.

지금의 스텔라는 누가 봐도 품격 있는 귀부인의 모습 그 자체였다.

똑똑하고 영리하고 무엇 하나 빠지지 않는 그녀의 인생에 유일한 오점이 있다면, 바로 남자 하나를 잘못 만났다는 것이다.

스텔라의 숨겨진 아들에 친부는 한마디로 완전히 난봉꾼이었다.

도박꾼에다 술주정뱅이, 심지어는 마약까지 손을 뻗을 정도로 지독한 인간 말종이었다.

이렇게 고급스러운 귀부인과 그런 저급한 남자가 어떻게 결혼 전에 엮이게 되었는지는 도무지 알 수 없는 일이었다.

'하지만…… 충격적인 건 따로 있지.'

스텔라는 자신의 숨겨진 비밀이 밝혀지자, 비비아나 가문에 피해가 갈 것을 염려해 모든 죄를 시인하고 깔끔하게 자살을 선택했다.

정말이지 과감한 판단이었다.

하지만 그녀의 죽음 후에 비비아나 백작은 완전히 폐

인이 되었다. 그런 사실에 흔들리지 않을 정도로 그녀를 진심으로 사랑했기 때문이다.

여기서 막장은 스텔라의 숨겨진 아들이 나중에 자라서 비비아나가를 상대로 아주 화려한 복수극을 펼친다는 것에 있었다.

여하튼 스텔라는…… 전생에서 아무것도 모른 채 자살을 선택했지만, 비비아나 백작과 숨겨진 아들에게 모두 진심으로 사랑을 받았던 여인이었다.

그래서 여러 가지로 비극적인 이야기였다.

나중에 사교계에선 꽤나 유명한 러브 스토리로 통했다.

정략결혼으로 맺어진 게 대부분인 귀족 사회에서 이런 치부가 드러났는데도 여전히 사랑을 간직한 비비아나 백작과 그를 위해 주저 없이 자살을 선택한 부인의 이야기는 오랫동안 많은 이들에게 오르내렸다.

"왜 그렇게 쳐다봐요?"

스텔라의 물음에 이레나는 고개를 좌우로 저었다.

"……아니에요."

이번 생에서도 그대로 재현이 될지, 아니면 또 다른 이야기가 펼쳐질지 현재의 이레나로선 알 수가 없는 일이었다.

하지만 적어도 한 가지는 약속할 수 있었다.

"약속은 꼭 지켜 드릴 겁니다. 이번 일만 처리해 주신다면 절대로 부인에 관해 발설하는 일은 없을 거예요."

"일단은 믿어 보겠지만…… 글쎄요, 저도 사람을 잘 믿는 편은 아니라서."

스텔라가 의뭉스러운 웃음을 흘렸다.

아마 그녀도 앞으로 이레나를 주시할 게 틀림없었다.

감추고 싶은 비밀을 알고 있는 상대를 가만히 내버려 둘 리는 없었으니까.

'혹시 나를 죽이려고 하는 건 아닌가 모르겠네.'

지금은 서로를 향해 예의를 갖추고 있었지만, 이 자리에서 나간 스텔라가 곧바로 이레나를 죽일 청부살인업자를 고용할지도 모르는 일이었다.

하지만 그런 걸 감수해야 할 정도로 지금 이레나에겐 시간이 촉박했다. 더구나 웬만한 청부살인업자로는 이레나의 털끝 하나 건드리지 못할 테니까.

이레나가 다시 차분해진 표정으로 말했다.

"자, 그럼 제가 정확히 어떤 소문을 원하는지 자세히 설명해 드릴게요."

* * *

이레나는 스텔라에게 자신이 계획한 내용을 전부 설명하고 저택으로 돌아왔다.

어차피 서로 본론만 얘기하면 되었기에 그리 오래 걸

리지 않았다.

이제 남은 건 초대장을 받은 파티에 나가서 엘렌이 퍼뜨린 악소문에 제대로 맞서는 것뿐이었다.

또각또각, 벌컥!

이레나는 문을 열고 자신의 방 안으로 들어왔다.

한밤중이었기에 입구에서 집사 마이클의 마중을 받은 걸 빼면, 웬만한 고용인들은 전부 잠들어 있을 시간이었다.

그런데 미묘하게 방 안에서 누군가의 기척이 느껴졌다.

'비비아나 백작 부인이 청부살인업자를 고용했다고 생각하기엔 너무 빠른데…….'

이레나는 정체불명의 상대를 경계하면서 어두운 방 안으로 들어왔다. 그리곤 곧바로 방의 불을 켜면서 주변을 둘러보는 순간이었다.

상대는 지금까지 어디에 숨어 있었던 건지 안으로 들어온 사람이 이레나라는 걸 확인하자 불쑥 모습을 드러내었다.

창백한 피부에 짙은 블루블랙의 머리카락, 쿤이었다.

예기치 않은 쿤의 방문에 이레나는 조금 놀랄 수밖에 없었다.

"어쩐 일이에요?"

평소에는 창문에 붉은 손수건을 묶어 두지 않으면 찾아오지 않았던 쿤이다.

아무런 볼 일이 없는데도 이렇게 먼저 와서 기다린 적

은 처음이었다.

"장군께서 아가씨를 만나고 싶어 하십니다."

"저를요?"

갑작스러운 제안이 조금 의아하게 느껴졌다.

물론 볼일이 있다면 언제라도 만나자고 연락을 할 수 있는 사이였지만, 이렇게 늦은 시간에 쿤까지 기다리고 있다는 건 뭔가 평상시와 달라 보였다.

"뭐, 좋아요. 지금 바로 말인가요?"

"아니요. 장군께서 현재 멀리 나가 계신 터라 당장은 어렵고, 삼 일 후에 수도에 도착하면 곧바로 찾아오겠다고 하십니다."

삼 일 후.

그때는 이레나가 시간이 나질 않았다.

바로 그날이, 엘렌과 담판을 짓기로 마음먹은 파티가 열리는 날이었기 때문이다.

"전하께 죄송하지만 제가 그날은 일정이 있어서 안 될 것 같다고 전해 주세요."

"말씀은 전해 드리겠지만, 지금 저희와도 원활하게 연락이 닿지 않는 곳에 계셔서 답변을 받아 오긴 힘들 것 같습니다."

저번에도 언뜻 멀리 나가 있다는 얘기를 들은 적이 있었다. 칼라일은 도대체 어디서 뭘 하고 다니는 걸까, 문득 궁금증이 들었다.

쿤에게 물어보려다가 이내 포기했다. 어차피 그가 해 줄 대답은 뻔했기 때문이다. 분명히 '장군에 관한 이야기는 직접 물어보십시오'라고 대답하겠지.

이레나는 그동안 엘렌에 관해 조사하느라 제대로 잠을 이루지 못한 상태였다. 더구나 오늘은 스텔라와도 만나고 돌아오는 길이라 피곤함이 몰려들어서 서둘러 이 대화를 마무리 짓고 싶었다.

"그럼 전하가 돌아오시는 대로 제 말을 전해 주시고, 그때 만나는 날짜를 다시 잡는 것으로 하죠."

"……알겠습니다."

쿤이 조금 난처한 표정을 지었지만, 당장 칼라일과 연락이 닿지를 않는 상황이라 별다른 방법이 없는 듯했다.

일단 밤이 깊었기에 쿤도 물러나야겠다고 판단했는지 이레나를 향해 짤막하게 인사를 건넸다.

"안녕히 주무십시오, 아가씨."

"네. 조심해서 가요."

그렇게 언제나처럼 쿤은 이레나의 방 창문을 통해 소리도 없이 어둠 속으로 사라졌다.

그 모습을 잠시 지켜보던 이레나도 슬슬 잠을 잘 준비를 하기 위해 몸을 움직였다.

*　　*　　*

드디어 결전의 날이 찾아왔다.

이레나는 미라벨이 수선해 준 아름다운 드레스를 입고 거울 앞에 섰다.

옆에서 미라벨이 연신 뿌듯한 표정을 지으며 거울 속의 이레나를 쳐다보고 있었다.

"헤헤, 내가 손봤지만 정말 언니한테 잘 어울린다."

"신경 써 줘서 고마워. 오늘은 정말 힘을 주고 싶은 날이었거든."

"왜? 무슨 일 있었어?"

사교계의 소문에 대해 빠삭하지 않은 미라벨은 그동안 이레나에게 퍼진 악담에 대해 알 길이 없었다.

순간 의아한 표정을 짓는 미라벨을 향해, 이레나는 미소 띤 얼굴로 대답했다.

"아니, 얼마 전 무도회에서 마돈나로 뽑혔는데 곧바로 다른 파티에 초라한 모습으로 참석하면 꼴이 좀 우습잖아."

"아 맞아! 그렇지!"

아무것도 모른 채 환하게 웃는 미라벨을 바라보며 이레나도 의도치 않게 기운을 얻었다.

모든 건 가족들을 지키기 위해서였다.

이 행복을 유지하기 위해서 이레나는 앞으로 어떤 가시밭길도 걸어갈 각오가 되어 있었다.

이레나가 미라벨의 작은 어깨를 슬쩍 끌어안으며 나지막한 목소리로 말했다.

“언니, 잘하고 올게.”

“응 힘내!”

힘찬 미라벨의 응원에 이레나는 소리 없이 웃음 지으며 눈을 감았다.

엘렌이 대체 무엇 때문에 자신을 이토록 헐뜯으려 하는 건지 모르겠지만, 절대로 호락호락 당해 주지만은 않을 것이다.

자신에겐 지켜야 할 가족들이 있었으니까.

그리고 그들을 지키기 위해선 머뭇거릴 시간이 별로 없었다.

14

모두 똑똑히 들어

이레나가 황실에서 열린 무도회가 끝난 후, 다른 파티에 참석하는 건 처음이었다.

그때와 못지않을 정도로 아름답게 치장해서 나왔지만, 이레나를 향하는 시선들은 그날과 사뭇 달라져 있었다.

끼이익—

이레나가 문을 열고 연회장 안으로 들어갔다. 그러자 곳곳에서 사람들의 혐오스러운 시선이 온몸에 꽂히는 걸 느낄 수 있었다.

그동안 악질적인 소문이 사교계에 파다하게 퍼져있었기 때문에, 모두가 이레나를 남자를 밝히는 색녀라고 생각하고 있는 상황이었다.

스텔라를 통해 엘렌에 관한 안 좋은 소문을 퍼뜨리긴 했지만, 아직까지는 이레나에 관한 악담이 더욱 거센 상태였다.

몇몇 남성들의 노골적인 시선이 느껴져서 거북했다. 하지만 이레나는 더욱 꼿꼿하게 고개를 들었다.

현재 연회장의 정중앙에는 가장 많은 사람들이 몰려 있었는데, 거기에 이레나가 익히 잘 아는 얼굴들도 포함돼있었다.

바로 엘렌과 소피였다.

그들이 이 파티에 참석할 거라고 확신할 수 없었기에 이레나가 짠 플랜은 두 가지였다. 엘렌을 만나는 것과 아닌 것.

그런데 엘렌과 이렇게 파티에서 마주쳤으니, 그중에 엘렌을 직접 상대하는 것으로 실행해야 할 것 같았다.

이레나의 눈에 도도하게 앉아 있는 엘렌의 옆에서 소피가 쉴 새 없이 무언가를 신나게 떠들고 있는 모습이 보였다.

"……그래서 제가 이레나 아가씨의 방에 들어갔는데, 어떤 남자가 딱 있지 뭐예요!"

또각또각.

이레나가 그쪽을 향해 걸음을 옮기자, 소피의 목소리가 점점 가깝게 들려왔다.

자연스럽게 엘렌과 소피의 이야기를 듣던 사람들의 시선이 소문의 주인공인 이레나에게로 모아졌다.

그렇게 모두의 주목을 받으며 이레나가 등장하자, 뒤늦게 그 사실을 알아차린 엘렌이 한쪽 입꼬리를 비뚜름히 올렸다. 그리곤 아무것도 모르는 척 이레나를 바라보며 코를 막고 말했다.

"어머, 어디서 걸레 냄새가 나지 않아요?"

엘렌의 말에 동조하듯 귀족들 몇 명이 킥킥대며 웃는 소리가 들렸다.

그러고 보니 지금 엘렌의 옆에는 소피뿐만이 아니라, 남부 지방에서도 이미 한 차례 본 적 있는 얼굴이 있었다. 바로 엘렌과 같이 소금물 사건을 꾸몄던 사라였다.

이레나는 대놓고 모욕당하는 발언을 들었지만 눈 하나 깜짝하지 않았다. 이런 자리에서 자신이 동요하는 모습을 보인다는 게 더욱 자존심이 상했기 때문이다.

이레나는 아무도 모르게 주먹을 꽉 쥐고는, 오히려 아무렇지 않은 척 입꼬리를 올리며 웃었다.

"음, 어디선가 천박한 소리가 들리는 것 같기는 하네요. 요즘 질투에 눈이 먼 어떤 영애가 저를 흠집 내려고 안간힘을 쓰고 있다죠."

이레나의 말에 순간 엘렌의 얼굴이 시뻘겋게 달아올랐다. 그건 누가 들어도 그녀를 겨냥해서 한 말이었기 때문이다.

엘렌이 질 수 없다는 듯 입을 열었다.

"질투라뇨. 본인이 뭐라고 되는 줄 아는 모양이죠?"

"꼭 셀비 영애를 빗대서 한 말은 아니었는데, 찔리긴 하셨나 보네요."

이레나가 최대한 얄미운 표정으로 입가를 가리면서 반격했다.

"이……!"

엘렌은 순간 욱해서 분한 표정을 지었다.

그러자 옆에서 눈치를 보고 있던 사라가 다른 귀족들까지 들으라는 듯 큰 소리로 말했다.

"블레이즈 영애, 하룻밤이라도 남자를 만나지 않으면 잠을 못 이룬다면서요. 어젯밤은 또 누구를 만나러 나가셨을까 너무 궁금하네요."

대놓고 이레나에 관한 소문의 내용을 입 밖으로 꺼내자, 주변에서 흥미로운 눈빛을 보내며 웅성거리기 시작했다.

가뜩이나 주목받고 있던 이곳으로 사람들의 시선이 점점 몰려들고 있었다.

이레나는 침착하게 대응했다.

"대체 그런 헛소문은 누가 퍼뜨리는 거죠?"

그 말에 사라가 기가 막힌다는 듯 재차 입을 열었다.

"그게 헛소문일 리가 있나요. 블레이즈 백작가에서 일했던 하녀가 직접 증언하는 건데요."

이레나의 눈이 자연스럽게 엘렌의 옆에 딱 붙어 있는 소피에게로 향했다. 그래도 꽤 오랫동안 함께 있었던 소피였는데 못 본 사이에 전혀 모르는 사람처럼 낯설게 변해 있었다.

이레나의 차가운 눈동자와 마주치는 순간, 소피는 저도 모르게 몸을 부르르 떨었다.

마지막으로 보았던 이레나의 냉정한 모습이 떠올라 살짝 겁이 나기도 했고, 없는 얘기를 꾸며 내느라 조금 양심에 찔리기도 했기 때문이다.

하지만 소피는 곧이어 더욱 보란 듯이 의기양양한 표정을 지어 보였다. 결국 블레이즈가에서 쫓겨났지만 지금은 그때보다 더욱 잘 살고 있었으니까.

이레나가 자신을 귀하게 여기지 않은 걸 두고두고 후회하게 만들어 줄 생각이었다. 본인이 먼저 이레나에 대한 악담을 퍼뜨렸다는 건 이미 머릿속에서 까맣게 지워진 상태였다.

소피가 말했다.

"제가 똑똑히 봤어요. 이레나 아가씨가 매일 밤 남자들을 만나러 다니는 것을요."

표정 하나 변하지 않은 채 거짓말을 하고 있는 소피를 눈앞에서 보고 있자니, 이레나는 기가 막혔다.

거기서 끝이 아니었다.

소피는 오히려 그런 이레나의 반응을 즐기듯, 더욱 큰 목소리를 내며 자신 있게 말을 이었다.

"저 말고도 블레이즈 가문에서 일했던 사람들은 다 알고 있는 내용이에요. 그걸 목격한 사람이 한둘이 아니니까요."

당당한 소피의 태도에 주변에서 웅성거리는 목소리가 더욱 커졌다.

다른 귀족들이 옆에서 떠드는 소리가 이레나의 귓가에도 똑똑히 들려왔다.

"그 소문이 정말 사실이었나 봐."

"그렇게 안 보이는데 진짜 웃긴다."

그리고 그중에 유독 귓가에 꽂히는 말 한마디가 있었다.

"……더러워."

불결하다는 사람들의 시선과 악의적인 목소리가 전부 이레나를 향하고 있었다.

이미 어느 정도 예상을 하고 온 것임에도 불구하고 이레나의 가슴에 아무것도 모르는 사람들이 내뱉는 말들이 비수처럼 박혔다.

하지만 이레나는 겉으론 전혀 주눅 들지 않은 표정으로 입을 열었다.

"소피, 가문에서 쫓겨나고 도박을 했다더니 그동안의 생활이 힘들었나 보구나. 누가 너한테 이런 거짓말을 하라고 시켰니?"

지금부터는 기세 싸움이었다. 한 번이라도 밀리면 지는 것이다.

"아니요. 아무도 시키지 않았어요! 저는 있는 사실 그대로를 말하는 거예요!"

"자꾸 없는 말을 지어내기에 쫓아냈더니, 결국 네가 지어낸 망상에 사로잡혔나 보구나."

"그런……!"

소피가 억울하다는 듯 입을 열려고 할 때였다.

어느새 이레나의 옆으로 누군가의 그림자가 길게 다가왔다.

기척을 느낀 이레나가 시선을 돌리자, 그 상대방의 정체가 바로 마가렛이라는 걸 확인할 수 있었다.

"시, 신분이 낮은 사람들은 돈만 주면 쉽게 거짓말을 하곤 하는데, 일개 하녀가 하는 말을 어떻게 다 믿겠어요?"

전혀 생각지도 못한 마가렛의 등장에 엘렌과 사라의 눈동자가 커졌다.

그 세 사람은 서로 모르는 사이가 아니었다. 얼마 전 남부 지방 사교계에서 벌어진 소금물 사건만 아니었다면, 아마 지금까지도 나름대로 좋은 관계를 유지하고 있을 터였다.

갑작스러운 마가렛의 등장에 엘렌이 의아하다는 듯 입을 열었다.

"로렌스 영애?"

그동안 엘렌과 무서워서 눈도 마주치지 못했던 마가렛이다. 하지만 그런 두려운 감정을 최대한 억누르며 어렵사리 대답했다.

"오, 오랜만이에요. 셸비 영애."

가뜩이나 소심해서 이렇게 사람들의 주목을 받는 것에 익숙하지 않을 텐데, 마가렛 딴에는 크게 용기를 낸 셈이었다.

이레나도 그녀가 이곳에 나와 줬으면 좋겠다고 의사를 전하긴 했지만, 정말로 와 줄 거라고는 크게 기대하지 않았기에 조금 놀란 상태였다.

"영애……."

이레나의 작은 목소리에 마가렛도 그녀를 쳐다보며 희미하게 웃어 보였다.

"아무래도 제가 있어야 소금물에 대한 진실을 밝힐 수 있을 것 같아서요."

당연히 마가렛의 등장은 큰 도움이 되었다.

이레나는 자신 때문에 이렇게 용기를 내준 마가렛에게 감사한 마음이 들었다.

둘 사이에 흐르는 훈훈한 분위기에 엘렌이 어처구니가 없다는 듯 입을 열었다.

"여기까지 로렌스 영애가 무슨 일이죠?"

"브, 블레이즈 영애의 무고함을 밝혀 주러 나왔어요. 셸비 영애, 그, 그동안 질투가 심한 줄은 알았지만 정말 너무 심하네요."

"하, 뭐라고요?"

엘렌이 기가 차다는 듯 짧게 웃음을 터뜨렸다.

예전부터 마가렛은 조금만 당황해도 말을 버벅거리기 일쑤였다. 그처럼 어리숙하기 짝이 없던 마가렛이 이렇게 자신에게 공격적으로 나오니 기가 막힐 수밖에 없었다.

과거에 엘렌이 마가렛을 곁에 두었던 이유는, 그녀가 가장 만만했기 때문이다.

그런데 그렇게 하찮게 생각했던 마가렛이 자신에게 대드는 모습을 보고 있자니, 엘렌은 이 상황이 무척이나 황당하게 느껴졌다.

"로렌스 영애, 한동안 못 본 사이에 머리가 어떻게 됐나 보군요. 감히 나한테 그런 소리를 하다니."

"세, 셀비 영애야말로 정신 차리세요! 저한테 티 파티에서 블레이즈 영애한테 소금물을 타서 먹이도록 시켰잖아요!"

웅성웅성—

마가렛의 말이 끝나자마자 눈에 띄게 수군거리는 목소리가 커졌다.

엘렌도 갑자기 과거의 일을 들추자, 당황한 기색이 역력했다.

마가렛은 소심하고 순진한 아가씨였지만, 그렇다고 그녀의 가문이 보잘것없는 것은 아니었다. 로렌스 백작 가문의 영애가 하는 말이 결코 다른 사람들에게 허투루 들릴 리 없었다.

당황한 엘렌이 소리쳤다.

"지금 무슨 헛소리를 하는 거예요? 그때 소금을 탄 건 바로 로렌스 영애잖아요!"

엘렌이 궁지로 몰리는 것 같이 보이자, 옆에 있던 사라가 재빨리 대화에 끼어들었다.

"인제 와서 셀비 영애한테 뒤집어씌우려고 하다니요. 블레이즈 영애와 서로 말이라도 맞춘 건가요? 참 낯짝도 두껍네요."

"지, 지금 누가 할 소리를…… 셀비 영애가 그날, 질투 때문에 골탕을 먹이려고 한 거잖아요. 마, 말은 똑바로 해야죠!"

마가렛의 말에 사라가 적반하장으로 따져 물었다.

"증거 있어요?"

"그, 그건……."

"지금 로렌스 영애가 하는 말에 증거가 있냐고요!"

상식적으로 시간도 꽤 흘렀을뿐더러 이곳은 루퍼드 제국의 수도였다. 머나먼 남부 지방에서 벌어진 사건의 증거가 있을 리 만무했다.

사라가 콧대를 높인 채 소리를 칠 때였다. 이레나는 지금까지 이 상황을 조용히 지켜보고 있던 스텔라에게 눈짓을 보냈다.

이런 상황을 대비해서 미리 스텔라를 포섭해 둔 것이었으니까.

서로 눈빛을 주고받은 스텔라는 그제야 한 발자국 앞으로 나서면서 나른한 목소리로 입을 열었다.

"저도 이 얘기 들은 적 있어요. 남부 지방의 티 파티에서 누군가 블레이즈 영애한테 소금물을 먹이려고 했다죠? 그런데 제가 아는 사람들의 말을 들어 보니까 진짜 범인은 셀비 영애라던데……."

"비비아나 부인, 지금 무슨 헛소리를……!"

생각지도 못한 스텔라의 가세에 엘렌이 발끈해서 반박했다. 그러자 스텔라가 짐짓 놀란 듯이 부채로 입가를 가리면서 말을 이었다.

"어머나, 이거 원 무서워서 말도 못 하겠군요."

사교계의 실세인 스텔라가 나서자, 그녀를 추종하는 다른 귀부인들이 서둘러 입을 열었다.

"비비아나 부인이 하시는 말이라면 당연히 맞겠죠. 언제 부인이 틀린 소리를 한 적이 있었나요? 더구나 셀비 영애 그렇게 안 봤는데 버릇이 좀 없는 것 같군요."

"그러게요. 지금까지 얌전한 영애인 줄 알았는데, 비비아나 부인의 말에 저렇게 반박을 할 줄은 생각도 못 했네요."

스텔라의 추종자들까지 가세하자, 엘렌의 안색이 삽시간에 흙빛으로 물들었다.

지금 엘렌과 이레나가 서로 모략을 펼치고 있는 장소는 다름 아닌 수도권 사교계였다.

이곳에서 가장 발언권이 센 사람은 당연히 실세인 스텔라였다. 그녀의 말 한마디의 무게는 상상 이상이었다.

"블레이즈 영애가 안쓰럽군요. 상황을 보아하니 딱하게도 모함을 당하는 것 같아요."

스텔라의 회심의 일격에 순식간에 분위기는 완전히 이레나 쪽으로 넘어가 버렸다.

"비비아나 백작 부인이 저렇게 말할 정도면 진짜인가 본데?"

"어, 나도 요즘 셀비 영애에 관한 소문을 들어 본 적 있어. 이 모든 얘기가 사실은 블레이즈 영애를 질투해서 꾸며 낸 거라던데…… 일부러 하녀까지 대동해서 말이야."

"어머, 나도 들었어. 그럼 그 얘기가 진짜야?"

꼭 정확한 물증과 목격자가 없더라도, 모두에게 신뢰를 받는 사람의 말 몇 마디에도 이렇게 반전을 줄 수 있었다.

이게 바로 이레나가 노렸던 상황이지만, 마가렛이 용기를 내어 준 덕분에 더욱 손쉬웠던 게 사실이다.

마가렛은 이런 상황이 펼쳐질 줄 몰랐기에 조금 놀란 눈치였지만, 곧이어 이레나의 고맙다는 눈짓을 받고 그저 기분 좋은 웃음을 지을 뿐이었다.

그리고 이레나가 엘렌을 위해 준비한 것은 이제부터 시작이었다.

"이번 황실 무도회에서도 셀비 영애는 마돈나 후보에

서 탈락하면서 저한테 악담을 퍼부었죠?"

"말도 안 되는 소리! 거짓말하지 마세요, 블레이즈 영애."

엘렌은 정색을 하면서 부인했다.

사실 이것도 틀린 말은 아니었다. 그때 분명 '블레이즈 영애, 지금 많이 웃어 두는 게 좋을 거예요.'라는 의미심장한 말을 내뱉고 사라졌으니까.

하지만 이레나는 여기에 살을 더 보탤 생각이었다. 엘렌이 지금까지 자신에게 했던 것처럼 똑같이 말이다.

이레나는 최대한 가녀린 표정을 지으면서 입을 열었다.

"저를 가만두지 않겠다고……. 제 얼굴을 엉망으로 만들어 버릴 거라고 하셨잖아요."

"지금 무슨 소리를 하시는 거예요! 제가 언제 그랬어요!"

엘렌이 억울하다는 듯이 발끈해서 소리를 쳤다.

하지만 이레나는 거기에 그치지 않고 계속해서 말을 이어나갔다.

"얼마 전에 괴한들에게 습격을 받았어요. 자칫하면 얼굴에 큰 흉터가 생길 뻔했는데 다행히 지나가던 기사분들의 도움으로 별 탈이 없었죠."

이레나의 말이 이어질수록 사람들의 경악하는 시선이 점점 엘렌을 향해 꽂히기 시작했다.

엘렌이 억울해 죽겠다는 듯이, 마구 도리질하며 입을 열었다.

"이건 모함이에요! 전 그런 적이 없어요!"

"붙잡은 괴한들을 추궁해 보니, 그들이 셀비 영애가 시킨 짓이라고 자백을 했어요. 원하시면 증인들을 이곳에 데리고 올 수도 있어요."

이것은 이레나가 엘렌을 상대하기 위해서 파 놓은 함정이었다.

실제로 엘렌이 이레나의 뒤를 미행하기 위해 뒷골목 쪽 사람들과 만남을 가진 적이 있었다. 그래서 이에 대한 증인들도 있었고, 당연히 엘렌의 일정과도 일치했다.

그동안 그녀가 교묘하게 이레나의 일정을 조사해 기짓된 소문을 퍼뜨린 것처럼, 이레나 또한 똑같은 수법으로 맞선 것이다.

"블레이즈 영애, 그렇게 안 봤는데 거짓말을 정말 잘하네요. 이런 말을 해 놓고 양심에 찔리지도 않으세요?"

그동안 본인이 한 짓은 생각도 못 하고 무척이나 억울해하는 엘렌을 보고 있자니 이레나는 어이가 없었다.

남한테 자기가 휘두른 게 어떤 건지도 모르고…….

정작 자신이 당하니 아프다고 우는 꼴이 지독히도 이기적이었다.

전형적으로 본인만 알고 타인에 대한 배려가 떨어지는 부류였다.

이레나는 차가운 표정으로 엘렌에게 말했다.

"그 말을 그대로 돌려드리고 싶군요."

"……!"

그제야 엘렌이 무언가를 깨달은 듯 눈동자가 크게 뜨여졌다.

하지만 곧이어 그녀의 눈빛은 더욱 표독스러워졌다. 이레나가 자신에게 똑같은 함정을 팠다는 걸 알아차렸기 때문이다.

"하, 해보자 이거지?"

엘렌은 자조적인 목소리로 중얼거리더니, 잠시 후 섬뜩한 표정으로 이레나를 바라보며 크게 외쳤다.

"블레이즈 영애가 뭐라고 하든, 변하지 않는 사실이 있죠! 그건 바로 밤마다 영애가 남자들을 만나러 돌아다녔다는 거예요!"

"그거야말로 셀비 영애가 날 질투해서 지어낸 헛소문이잖아요."

"증거와 증인이 이렇게나 많은데 이게 헛소문이라고요? 설령 내가 영애를 질투했다고 쳐도 그것과 이건 별개예요. 다른 사람들도 전혀 안 믿는 눈치인데요?"

엘렌과 이레나의 폭로전에 옆에서 구경하던 사람들만 신이 날 뿐이었다.

원래 싸움 구경과 불구경이 세상에서 제일 재밌다고들 했다.

제국 내 유명한 백작 가문과 후작 가문의 영애들이 싸우니, 보는 사람들의 입장으로선 무척이나 재미가 있을 수밖에 없었다.

"그건 그래. 셀비 영애가 나쁜 짓을 했다고 해서, 블레이즈 영애에 대한 소문이 전부 다 거짓이 되는 건 아니지."

사실 사람들의 입장에선 누가 뭘 잘못했는지가 중요하지 않았다.

그들의 관심사는 신나게 떠들어댈 수 있는 유쾌한 소문거리가 하나 더 생겼다는 것뿐이다.

한마디로 진흙탕 싸움이었다.

이레나는 예상 밖으로 흘러가는 상황에 순간적으로 미간을 좁혔다.

'셀비 영애는 지금 계속 물귀신처럼 나를 물고 늘어질 속셈이야.'

아직 엘렌에 대해 폭로할 것들이 몇 개 더 남아 있었다. 무도회에서 입으려고 마련한 드레스가 찢어진 사건도 있었으니까.

하지만 그럴수록 엘렌은 이레나를 놓아주지 않고 같이 추락하려 할 것이다.

그리고 이렇게 되면 이레나 또한 손해를 피할 수가 없었다.

'……빌어먹을.'

절로 욕지거리가 입 안에 맴돌았다.

이레나가 간과한 사실이 하나 있었다. 엘렌의 이미지를 망가뜨려 자신의 악소문을 해결하려고 했으나 생각보다 사람들의 반응은 공정하지 않았다.

말대로 누가 잘못했든, 그들에게는 전혀 중요하지 않은 것이다.

조금만 생각해도 이게 엘렌의 거짓말이라는 것을 알아차릴 수 있었지만, 그들은 무엇이 진실인지 전혀 관심이 없었다.

'어떡하지? 이러다가 정말 나에 대한 소문이 사실이 되어 버리면…….'

칼라일과의 계약 결혼에 문제가 생길 수밖에 없다.

가능한 그것만큼은 어떻게든 막아야 했기에 이레나는 등 뒤로 식은땀이 흘렀다.

지금까지 준비한 것으로 엘렌을 충분히 요리할 순 있었지만, 그게 이레나의 이미지를 완전히 회복시키지 못한다는 걸 깨달았기에 무언가 다른 수를 써야 했다.

재빠르게 머리를 굴리며 일단 스텔라에게 도와 달라는 눈빛을 보냈지만, 그녀도 방법이 없다는 듯 미약하게 고개를 저을 뿐이었다.

스텔라가 엘렌을 모함하는 말에 힘을 실어 줄 순 있어도, 엘렌이 퍼뜨린 소문을 아예 없던 것으로 만들 수는 없었다.

그만큼 블레이즈 백작가에서 일하다 쫓겨났다던 소피의 말은 신뢰성을 갖기에 충분했다.

이레나가 곤란해하는 모습을 바라보며, 엘렌이 광기 어린 미소를 지었다.

그때였다.

뚜벅뚜벅, 일정한 발걸음 소리와 함께 누군가가 이곳으로 입장했다.

예상치 못한 인물의 등장에 주변에서 하나둘씩 놀라움을 금치 못했다.

'뭐지……?'

묘한 분위기를 느낀 이레나가 사람들이 쳐다보는 곳을 향해 시선을 돌리는 순간이었다.

"제국의 황태자 전하를 뵙습니다! 루퍼드 제국에 무한한 영광을!"

칼라일의 등장을 알아차린 사람들이 모두 입을 모아서 인사했다.

이 자리에 모여 있는 사람들은 전부 신분 고하를 막론하고 그에게 고개를 숙였다.

한순간이지만, 방금 전과는 전혀 다른 세상에 들어온 느낌이었다.

그렇게 주변의 모든 게 멈춘 것만 같은 광경에서 칼라일 혼자서만 움직였다. 그는 계속해서 이레나를 향해 뚜벅뚜벅, 일직선으로 다가오고 있었다.

언제나처럼 묘한 열기가 서려 있는 푸른색의 홍채에 완벽하다고 느껴질 정도로 빼어난 칼라일의 외모가 눈에 들어왔다.

곧장 이레나의 앞으로 다가온 칼라일이 싸늘하게 가라앉은 눈동자로 주변을 둘러보며 입을 열었다.

"그대가 여기서 뭐하고 있지?"

이레나의 머릿속에 문득 쿤을 통해 칼라일이 먼저 만나자고 연락을 해 왔던 일이 떠올랐다.

그때 그가 만나자고 했던 날짜가 바로 오늘이었다. 이레나가 이곳에 참석하기 위해 거절을 했지만 말이다.

"전하, 그게……."

이레나의 말을 자르며, 칼라일이 낮게 가라앉은 목소리로 말을 이었다.

"내가 다른 귀족들한테 사실대로 밝히라고 말하지 않았나?"

갑자기 칼라일이 말과 동시에 이레나의 가녀린 손을 덥석 잡았다.

"왜 내 여자라고 말을 안 해."

그 행동에 모두의 시선이 놀라움으로 물들어 갔다.

하지만 이 중에서 가장 놀란 것은 바로 이레나였다. 이레나는 멍하니 눈을 깜박깜박거리고 있을 뿐이었다.

'자칫 잘못하면 호위 기사 렌의 정체가 탄로 날 수도 있는데…… 지금 뭐라고요?'

그가 아무 생각도 없이 이런 말을 내뱉진 않았을 텐데…….

도대체 무슨 생각을 하고 있는 건지 이레나로선 도무지 알 도리가 없었다.

"누군가 그대를 향해 떠들어대는 얘기를 들었어. 말도 안 되는 소문이 퍼지고 있었으면 나한테 솔직하게 털어놨어야지."

칼라일의 말에 이레나는 '지금 뭘 하려는 거예요?'라고 물을 뻔한 것을 간신히 삼켜 냈다.

도대체 그가 무슨 생각인지 알 수는 없었지만, 칼라일은 같은 편이었다. 그가 뭐라고 하든 이레나는 그것을 반박할 수 없었다.

"모두 똑똑히 들어."

칼라일의 서늘한 눈동자가 마치 경고하듯이 이 파티에 모인 모두를 향했다.

"이레나 블레이즈는 내 여자야."

모두가 숨을 죽이고 있던 상황이라 칼라일의 목소리는 더욱 또렷하게 들려왔다.

갑작스러운 칼라일의 선언에 깜짝 놀란 귀족들은 마른 침을 꿀꺽 삼키거나, 저도 모르게 미약한 탄성을 내지를 수밖에 없었다.

지금까지 흥미진진하게 보고 있던 소문의 진실이 전혀 새로운 방향을 향해 나아가고 있었다.

“블레이즈 영애는 나와 오래전부터 연애를 해 왔어. 공식적으로 발표하기 전에 비밀로 감춰 두려고 했더니 이런 쓸데없는 소문이 퍼질 줄이야.”

칼라일의 시리도록 차가운 푸른 홍채가 모두를 책망하듯이 쳐다봤다.

거기까지 듣고 있던 엘렌이 재빠르게 정신을 차리고 소리쳤다. 여기서 이레나 혼자서만 빠져나가는 건 참을 수 없었다.

“그렇다면 전하를 두고 바람을 핀 거겠죠! 블레이즈 영애와 같이 잠자리를 가졌다는 남자도 나타난 상황인데 의심을 한번 해 보심이…….”

그 말에 칼라일의 무표정한 얼굴이 엘렌을 향해 움직였다.

“누가 그딴 헛소리를 지껄였지?”

잔뜩 낮아진 칼라일의 목소리가 지나치게 섬뜩했다.

하지만 엘렌은 그보다 자신과 눈이 마주쳤다는 사실에 마음이 설렜다.

처음엔 당황해서 칼라일에게 소리를 질렀지만, 곧이어 엘렌은 본인이 할 수 있는 가장 순진무구한 표정을 지은 채 말을 이어 나갔다.

"그게 어느 자작가의 남성인데……."

하지만 엘렌의 말은 끝까지 이어지지 않았다.

칼라일이 파티장의 바깥을 향해서 나지막이 명령을 내뱉었기 때문이다.

"제너드 들어와."

"네, 전하."

깍듯한 목소리와 함께 문밖에서 대기하고 있던 제너드가 군더더기 없는 동작으로 걸어왔다.

칼라일이 말했다.

"가지고 온 거 내려놔."

그제야 제너드의 손에 어떤 둥그런 물체가 보자기에 싸여 있는 게 보였다.

제너드는 칼라일의 명령이 떨어지자 일말의 망설임도 없이 들고 있던 보자기를 풀어헤쳤다.

순식간에 보자기 안에서 풀려난 동그란 물체는 그 즉시 바닥으로 떨어져 앞을 향해 굴러갔다.

통, 통, 통…….

그리고 한 테이블에 부딪혀 움직임을 멈췄다.

모두의 눈에 들어온 그것은…… 바로 어떤 남자의 머리통이었다.

"꺄아아아아!"

여성들이 더 많았던 파티장은 순식간에 높은 비명 소리로 가득 찼다.

굳이 남녀노소를 가릴 것 없었다. 모두가 하나같이 창백하게 질려서 이 끔찍한 장면을 두려움에 젖은 눈동자로 지켜볼 뿐이었다.

그렇게 모두가 놀라서 기절할 것 같은 상황에, 칼라일만 혼자서 처음 이곳에 들어왔을 때처럼 평정심을 유지하고 있었다.

"잘 봐, 그런 소리를 지껄인 게 저 남자인가?"

엘렌은 아무런 대답도 못 한 채 입만 벙긋거릴 뿐이었다.

저기 머리만 남아 있는 남성의 얼굴을 그녀가 모를 리 없었다. 그는 바로 자신이 거짓된 소문을 퍼뜨리기 위해 매수한 귀족이었으니까.

"……이…… 이럴 수가……."

완전히 넋을 놓아 버린 엘렌의 눈동자를 바라보며 칼라일이 무심하게 대꾸했다.

"잘 보고 대답해. 그딴 헛소리를 한 게 저놈 말고 또 있다면 똑같이 만들어 줘야 하니까."

시끌벅적했던 파티장 안은 적막에 휩싸일 수밖에 없었다.

끊임없이 흘러나오던 음악 소리도 멈춘 지 오래였고, 모두가 숨을 죽인 채 칼라일의 눈치만 보고 있는 상황이었다.

12대 황제로 설리반이 등극하고 난 이후, 이런 상황은 굉장히 오랜만이었다. 그전의 루퍼드 제국 황제들은 하나같이 전쟁을 좋아하는 패도적인 성격이라 지금처럼 어느 곳에서나 피를 뿌렸었다.

하지만 현 황제인 설리반이 황위를 차지하고 난 뒤에는 나름대로 평화롭게 유지가 되고 있는 상태여서 귀족들에게 이런 살얼음판 같은 기분은 정말이지 오랜만에 겪는 일이었다.

젊은 귀족들은 이런 사태를 경험하는 것이 처음이었고, 나이가 든 귀족들은 과거의 황제들을 떠올리며 암담한 표정을 짓고 있었다.

한동안 평온한 나날들을 보내던 귀족들에게 지금 칼라일의 행동은 낯설 수밖에 없었다.

어찌 됐든 중요한 것은, 여기서 누구 하나 칼라일에게 말 한마디 건네지 못한다는 사실이다.

그만큼 지금 칼라일의 내뿜는 카리스마가 엄청났다.

"감히 내 여자의 명예를 더럽힌 대가야. 이 소문에 대해 더 이상 떠들고 싶은 자가 있다면 지금 앞으로 나서는 게 좋을 거야."

당연히 누구 하나 나서는 사람은 없었다.

지금 칼라일에게 대들었다가는 목이 베일지도 모른다는 걸 너무나도 잘 알고 있었으니까.

루퍼드 제국의 강력한 황권을 현재 황태자인 칼라일과

황후 측이 밀고 있는 제 2황자 레드필드가 나눠 가지고 있어서 그렇지, 원래대로라면 더욱 납작 엎드려야 할 상황이었다.

루퍼드 제국은 오래 전부터 그런 곳이었다.

역대 황제들의 피에 얼룩진 역사가 이를 증명하고 있었다.

칼라일의 압도적인 분위기에 짓눌려 지금까지 기세등등했던 귀족들이 입도 벙긋하지 못할 때였다.

"……전하."

이런 상황에서 작은 목소리가 들렸다. 목소리 톤 자체는 크지 않았지만 충격적인 사건으로 얼어붙은 귀족들에겐 똑똑히 들릴 수밖에 없었다.

저절로 모든 사람들의 시선이 그 목소리가 들려온 방향으로 향했다.

그리고 거기에는 이레나가 서 있었다.

"이제 그만하셔도 될 것 같습니다. 다른 귀족들도 이번 일을 통해 소문에 대한 진상을 알게 되었을 거예요."

뒤늦게 칼라일의 푸른 홍채가 이레나를 향했다.

그는 언제나처럼 무표정한 얼굴이었지만, 이레나는 그 모습을 보고 그가 상당히 분노한 상태라는 사실을 알아차렸다.

"과연 이 정도로 될까? 난 이 말도 안 되는 소문을 퍼뜨린 자를 찾아내서 찢어 죽여도 마음이 안 풀릴 것 같은데."

말과 함께 칼라일의 서늘한 눈동자가 순간 엘렌을 향해 움직였다.

이레나는 그것을 보고 짐작할 수 있었다. 칼라일은 이 소문을 퍼뜨린 주범이 누구인지 애초부터 알고 있었다.

그렇다면 정말로 여기서 끝이 아닐지도 모른다.

이레나는 일단 그를 멈춰야겠다는 생각이 들었다. 아무리 역대 루퍼드 황제들이 그래왔다곤 하나 그가 눈앞에서 폭군처럼 변해가는 걸 원하지 않았다.

하물며…… 그게 자신 때문이라면 더더욱 말리고 싶었다.

"이 정도면 됐어요. 저는 정말 괜찮습니다, 전하."

이레나는 말과 동시에 칼라일의 팔을 붙잡았다. 살포시 올렸을 뿐인데도 손안에서 단단한 그의 근육들이 느껴졌다.

그 작은 스킨십과 전해지는 미약한 체온에…….

거짓말처럼 칼라일의 굳은 표정이 조금은 풀리고 있었다.

"블레이즈 영애, 그대는 내 여자야. 그리고 난 내 것을 건드리는 걸 매우 싫어하지."

그건 모두 들으라고 내뱉은 경고와 다름없었다.

이레나는 알겠다는 듯 고개를 끄덕이며 나지막이 말했다.

"이제는 모두 알았을 거예요. 더 이상 여기 있지 마시고 저와 함께 나가요. 전하."

이레나가 가볍게 그의 팔을 잡아당기자, 칼라일이 못마땅한 표정을 지으면서도 하는 수 없이 발걸음을 움직였다.

이레나는 몰랐지만, 모든 귀족들이 그 모습을 경악에 찬 표정으로 쳐다보고 있었다.

놀란 것으로만 따지자면 처음 제너드가 한 남성의 머리통을 바닥에 떨어트렸을 때와 마찬가지였다.

살육자, 피에 미친 악귀, 정복자…….

루퍼드 제국의 황제를 칭하는 수많은 단어들이 존재했지만, 그중에 여자에 약하다는 말은 지금껏 없었다.

방금 전까지만 해도 이 자리에 있는 모두를 죽일 것처럼 살기를 내뿜던 칼라일을, 이처럼 온순하게 만들어서 데리고 나가는 여자가 있다는 게 믿어지지 않았다.

그렇게 사람들의 시선 속에서 칼라일과 이레나가 파티장 바깥으로 사라졌다.

콰앙!

파티장의 문이 닫히고 난 다음에도 한동안 칼라일에 대한 여운으로 모두 입을 다물고 있을 때였다.

"……흐윽."

어디선가 흐느끼는 소리가 들려왔다.

입술을 꽉 깨문 채로 울음을 터뜨린 여자는 바로 엘렌이었다.

그녀는 양 손바닥으로 얼굴을 가린 채 독살스러운 눈빛을 빛냈다.

"……가만 안 둬. 죽여 버릴 거야."

엘렌은 이번 일로 인해 이레나를 더욱 용서할 수 없게 되었다.

분명 칼라일과 눈빛이 마주쳤다. 자신을 예쁘다고 생각하는 것 같은 분위기였는데, 이레나가 갑자기 칼라일의 팔을 흔들며 가로채 버렸다.

물론 그것은 엘렌 혼자만의 착각이었다. 그대로 내버려 뒀으면 칼라일에게 무슨 봉변을 당할지도 모르고 말이다.

'가증스러운 년, 결국 내게서 남자까지 빼앗아 가는구나.'

방금 전 두 사람이 함께 파티장을 나가는 모습이 자꾸 떠올라서 엘렌은 분노로 온몸을 부들부들 떨 수밖에 없었다.

"아, 아가씨. 이제 저희는 어떻게……."

조심스러운 소피의 질문에 엘렌은 차갑게 대꾸했다.

"닥쳐! 이 쓸모없는 것."

엘렌의 표독스러운 눈빛을 본 소피와 사라는 움찔거릴 수밖에 없었다.

* * *

칼라일을 끌고 가는 이레나의 머릿속은 꽤나 복잡했다.

나름대로 엘렌을 상대한다고 많은 준비를 하고 왔는데, 생각보다 그녀의 악질적인 공격을 다 막아 내지 못했다.

그 상황에서 지금처럼 칼라일이 들이닥칠 줄은 정말이

지 꿈에도 생각 못 했다. 더구나 자신과 잠자리를 가졌다고 거짓말을 한 남자의 목까지 들고서 말이다.

그렇게 파티장에서 어느 정도 거리가 멀어졌을 때였다.

여태까지 아무 말 없이 뒤따르던 칼라일이 나지막한 목소리로 물었다.

"대체 어디까지 갈 생각이지?"

"아……."

그제야 이레나는 걸음을 멈추고 주변을 둘러볼 수 있었다. 파티장 근처이긴 했지만 이레나도 처음 와 보는 장소였다.

그런데 아무 생각 없이 온 것치곤 주변의 풍경이 무척이나 예뻤다. 나무로 만들어진 벤치도 놓여 있을뿐더러 보라색의 라벤더 꽃이 운치 있게 꾸며져 있었다.

"여기서 잠깐 얘기 좀 할까요?"

이레나의 제안에 칼라일은 흔쾌히 고개를 끄덕였다. 그리곤 지금까지 멀찍이서 따라고 있던 제너드를 향해 명령을 내렸다.

"근처에 아무도 다가오지 못하게 해."

"네, 전하."

제너드는 곧바로 고개를 숙이고는 스스로도 거리를 더 벌리며 멀어졌다.

그는 이레나가 호위 기사 렌으로 봤던 모습과는 완전히

달랐다. 그때는 항상 못마땅한 시선으로 그녀를 쳐다봤는데, 지금은 무척이나 선망 어린 눈빛을 보내고 있었다.

칼라일이 나무로 된 벤치를 눈짓으로 가리키며 말했다.

"앉지."

이레나가 말없이 그가 가리킨 자리를 향해 걸어가자, 칼라일이 자연스레 겉옷을 벗어서 이레나가 앉을 만한 위치에 깔아 주었다.

이레나는 순간 멈칫할 수밖에 없었다.

처음부터 느꼈지만 칼라일은 무척이나 매너가 좋았다.

하지만 방금 전 엘렌을 쳐다보는 눈빛과 지금은 확연하게 달랐다. 그때는 여자든 남자든 그게 전혀 중요하지 않아 보였다. 이상하게 다른 여성을 대할 때와 이레나를 대할 때의 온도 차는 컸다.

'설마…… 이게 나한테만 하는 행동은 아니겠지.'

언제나 거침없던 칼라일이 유독 여성을 대하는 매너만은 좋다고 생각했는데, 그게 자신에게만 한정적인 것이라면 정말로 이상할 것 같았다.

이레나는 고개를 절레절레 저으며, 그런 생각들은 일단 뒤로 미뤄 두었다.

지금 중요한 것은 그게 아니었다.

칼라일이 대체 무슨 생각으로 여기까지 왔는지 궁금했다.

"소문은…… 언제 알았어요?"

"얼마 전에."

"혹시 듣자마자 저한테 카샤 경을 보내신 거예요? 만날 약속을 잡으려고요?"

"그래. 바로 달려온 게 지금이야."

왠지 머릿속에 잘 상상이 가질 않았다.

지금도 이만큼이나 화를 냈는데, 처음 그 소문을 듣고 그는 어땠을까?

이레나는 잠시 혼자만의 생각에 잠겼다가 이내 다시 입을 열었다.

"셀비 영애가 교묘하게 제가 저택을 비우는 시간을 체크해서 소문을 냈어요. 그 때문에 카릴을 처음 구하러 갔을 때와 오페라를 보러 갔던 날, 플라워 브리지에 참석했을 때 등 모든 알리바이가 노출돼서 제 정체를 들킬지도 몰라요."

호위 기사 렌이 활동할 때마다 이레나는 저택에서 모습을 감췄다.

누군가 이 사실을 알고 의심을 갖기 시작한다면, 충분히 유추해 낼 수 있는 부분이었다.

하지만 칼라일도 이미 알고 있다는 듯, 그 말을 듣고도 별다른 표정의 변화가 없었다.

"그럴지도 모르지. 하지만 그대의 검술 실력이 그토록 뛰어날 거라고는 다른 사람들도 쉽게 생각하지 못할 거야."

"아무리 그래도 이렇게 밝히실 거면 저한테 미리 언질

을 주셨어야죠."

두 사람이 황실 무도회장에서 처음 만났다는 설정으로 이야기를 꾸미기 위해서 그동안 얼마나 노력해 왔는지 모른다.

이레나가 남부 지방에서 수도로 올라오던 중간에도 갑자기 찾아온 칼라일을 곧바로 돌려보내야 했으며, 칼라일은 정체를 감추고 오페라 공연을 관람하기 위해 박스석까지 구입했다.

그밖에도 레스토랑을 통째로 빌리는 등, 지금까지 나름대로 무도회장에서 첫 만남을 가졌다는 인식을 주기 위해 둘 다 부단히도 노력을 했었다.

그런데 오늘 칼라일의 발언으로 인해 모든 것이 다 물거품이 되어 버렸다.

이레나는 가족들에게 어떻게 설명해야 할지 눈앞이 캄캄할 지경이었다.

"혹시라도 제 정체가 탄로 날까 봐, 우리의 관계를 밝히는 것만은 끝까지 감추려고 한 건데……."

"그렇게만 수습할 수 있었다면 가장 좋은 결과를 가지고 왔겠지. 하지만 영애의 정체가 드러나는 것과 우리의 결혼 중 하나를 선택해야 된다면 당연히 나와의 결혼이어야지."

"……그렇죠."

"나도 그대의 정체가 밝혀지는 걸 원하지 않는 사람이

야. 하지만 이런 말도 안 되는 소문 때문에 우리의 결혼이 무산되는 걸 가만히 내버려 둘 수는 없지 않나?"

"……!"

칼라일의 덤덤한 질문에 이레나는 순간 말문이 막혔다.

계약 결혼이 무산되는 건 최악 중에 최악이었다. 그랬기에 지금 엘렌이 퍼뜨린 소문이 더더욱 괴로웠던 것이다.

"그대는 이 소문을 듣자마자 나한테 도움을 요청했어야 했어. 그리고 이걸 어떻게 처리할지 나하고 의논을 했어야지."

"……."

말대로 칼라일에게 도움을 요청할 생각은 단 한 번도 하지 않았다.

위급한 순간에 누군가에게 손을 벌리는 게 아직도 익숙하지 않았기 때문이다.

"……미안해요. 거기까진 생각 못 했어요."

이레나는 가타부타 변명하지 않고 사과의 말부터 꺼냈다.

계약 결혼은 혼자 결정한 것이 아니었다. 잘못하면 칼라일에게도 피해를 끼칠 수 있었다.

"알았으면 다음부턴 나한테 바로 보고해. 하마터면 그대 때문에 파티장에 있던 귀족들을 다 죽여 버릴 뻔했어."

방금 전 굴러다니던 남성의 머리를 생각하니 결코 농담처럼 들리지 않았다.

이레나는 진지한 표정으로 말을 이어 나갔다.

“그러지 마세요. 함부로 사람을 죽이면 나중에 폭군으로 손가락질받을지 몰라요.”

“폭군? 그런 말은 제국민들을 괴롭혔을 때나 듣는 말 아닌가? 타인이 흘린 피로 배불리 먹고 있는 귀족들을 벌하는 걸 그렇게 부르진 않지.”

많은 뜻이 담겨 있는 말이었다. 실질적으로 루퍼드 제국의 힘은 누구보다 강력한 군사력에서 나오고 있었으니까.

칼라일이 무심한 목소리로 말을 이었다.

“그리고 누가 날 뭐라고 부르든 신경 안 써. 그대의 명예를 더럽히고 우리의 결혼식을 망치려 한다면 누구라도 용서 안 해.”

칼라일과 이레나가 만난 지는 그리 오래되지 않았다. 하지만 그는 이레나에 대한 소문이 거짓이라고 확신하고 있었다. 누구라도 이런 상황이라면 한 번쯤은 의심해 볼 수도 있지 않을까?

문득 궁금해졌다.

“만약 그 소문이…… 사실이었다면 어떻게 하셨을 거예요?”

이런 질문이 전혀 의미가 없다는 걸 알면서도 이레나는 저도 모르게 물었다. 그만큼 칼라일의 답변이 궁금해졌다.

순간 칼라일의 눈동자가 소리 없이 이레나를 향해 움

직였다.

그 눈을 마주하는 순간, 이레나는 저도 모르게 긴장하고 말았다. 그만큼 푸른 홍채가 서늘한 기운을 띠고 있었다.

"……죽일 거야. 그대와 접촉했던 남자들 전부 다."

"한둘이 아니면요?"

"말했잖아. 모조리 죽일 거라고. 그대가 멈추지 않으면 나중엔 대륙의 남자들을 전부 죽일지도 모르지."

이레나는 헛바람을 삼킬 수밖에 없었다. 상상 이상의 답변이었다.

"이 세상에 남자가 나 하나뿐이면, 그때는 그대가 나를 바라봐 주겠지."

"……그럴 바엔 그냥 저 하나 죽이고 끝내는 게 가장 이상적이지 않을까요?"

상식적으로는 충분히 그랬다.

바람을 핀 게 마음에 들지 않으면 직접 당사자를 죽이면 그만이지, 내통한 남자들을 전부 처리하는 건 더욱 번거로운 일이었으니까.

그 말에 칼라일이 낮게 웃었다. 그리곤 알 수 없는 눈동자로 이레나를 바라보며 말을 이었다.

"내가 그대를? 말도 안 되지."

이레나는 오히려 그 말에 어처구니가 없었다.

거짓 증언을 한 남성도 죽이고, 하마터면 파티장에 있

던 귀족들도 전부 죽일 뻔했다고 말했다. 그리고 거기다 아무렇지 않게 대륙의 모든 남자들을 죽이겠다고 운운하는 그가…….

이레나 하나만은 건드리지 않겠다는 말이, 이상하게 느껴질 수밖에 없었다.

"뭐, 어떤 상황에서라도 살려 주신다고 하니 감사할 따름이네요. 어쨌든 카릴 덕분에 소문은 잘 해결될 것 같아요. 나중에 누가 제 정체를 의심스러워할까 봐 그게 조금 걱정이지만요."

"나도 내키진 않지만 어쩔 수 없지. 하지만 쉽게 들키진 않을 거야. 내가 이만큼이나 일을 벌여 놨으니 나에 대한 얘기로 그대의 소문은 금방 묻힐 테니까."

칼라일이 거기까지 생각하고 움직였다는 게 신기했다. 가끔 막무가내로 행동하는 것 같다가도 어떨 때 보면 굉장히 치밀한 것 같았다.

칼라일이 말했다.

"그런데 이번 기회에 헛소문을 퍼뜨린 범인에게 더 벌을 줬어야 하지 않나?"

"어차피 제 소문은 사라질 테고, 셀비 영애에 대한 악담만 남을 테니 지금은 이 정도면 충분해요."

"……그대는 너무 정직해."

그 말에 이레나는 그저 희미하게 웃을 뿐이었다.

칼라일은 아직도 자신을 너무 모르는 것 같았다. 마음이 약해서 이런 결정을 내린 게 아니었다.

"카릴은 너무 감정적이에요. 셀비 후작가는 나름대로 힘 있는 가문이에요. 지금 건드려 봐야 좋을 게 없어요."

정확히는 못 하는 게 아니라 안 하는 거였다.

영애들끼리의 싸움이야 그러려니 할 수 있었지만, 칼라일이 직접 나서서 엘렌을 건드리면 자칫 셀비 후작가가 움직일 수 있었다.

엘렌이 마음에 들지 않는다고 해서 셀비 후작가와 완전히 척을 질 수는 없었다. 그건 칼라일에게 도움이 되지 않는다.

지금 이레나의 모든 선택은 칼라일을 황제로 만드는 것에 초점이 맞춰져 있었다.

"나중에 카릴이 황제로 등극하시면, 그때 남은 빚을 청산하면 돼요."

그 말을 듣고 나서야 칼라일도 이레나의 속마음을 헤아릴 수 있었다.

칼라일은 하는 수 없다는 표정을 지어 보이곤, 잠시 후에 벤치에 앉아 있는 이레나의 무릎 위로 머리를 대고 벌러덩 누워 버렸다.

갑작스러운 그의 행동에 이레나는 깜짝 놀랄 수밖에 없었다.

"무슨……!"

"잠깐만 무릎 좀 빌려줘. 그대를 만나기 위해 삼 일 밤낮을 달려왔더니 피곤해."

이레나에 대한 소문을 듣자마자 달려왔다더니, 그게 이런 뜻이었던 모양이다.

처음에는 어쩔 줄 몰라 했지만, 이레나는 결국 눈을 감고 있는 칼라일을 가만히 내버려 둘 수밖에 없었다. 이렇게 가까이서 그의 얼굴을 들여다보는 것은 처음이었다.

칼라일은 이레나의 무릎을 베고 정말 졸음이 쏟아지는지, 방금 전보다 한층 가라앉은 목소리로 말을 내뱉었다.

"조만간 그대의 가족들에게 인사하러 방문하지."

그러고 보니 저택으로 돌아가면 칼라일과의 관계를 가족들에게 설명해야 했다. 어차피 금방 알게 될 일이라면 이레나의 입으로 먼저 해명하는 게 나을 테니까.

가족들에게 뭐라고 말을 해야 할지 고민하고 있는 사이, 무릎을 베고 있던 칼라일에게서 고른 숨소리가 새어 나왔다.

정말로 피곤했던 모양인지 곧바로 잠에 빠진 것 같았다.

이레나는 머릿속에 떠오르는 복잡한 생각들을 잠시 제쳐 두고, 잠이 든 칼라일의 얼굴을 저도 모르게 빤히 쳐다보았다.

왠지 나른해지는 오후였다.

15

작은 새싹 하나

칼라일의 말대로 파티장에서 있었던 일은 사교계에 빠르게 퍼져 나갔다.

부드러운 성격의 현 황제 설리반과 달리, 패도적인 성향을 지닌 칼라일의 등장은 귀족들 사이에서 단연 화젯거리였다.

칼라일은 유년 시절부터 전장에서만 지내다가 수도에 올라온 지 얼마 되지도 않았는데, 최근 행적들마다 크게 주목을 받고 있는 상황이었다.

지금까지 황실에 관해선 언제나 제 2황자 레드필드에 관한 이야기만 나돌았는데 과거와는 많이 달라진 모습이었다.

그에 따라 이레나의 이름도 크게 화두로 떠올랐다. 칼라일과 오래전부터 연인 사이였다는 사실이 밝혀지면서 이번 이레나에 관한 악소문은 완전히 사그라들었다.

중요한 것은, 이레나를 모함하려고 한 귀족 남성을 칼라일이 직접 목을 베어 버렸다는 것이었으니까.

그러다 보니 이레나가 퍼뜨린 엘렌에 관한 소문만 남아서 최근 사교계에선 그녀를 질투의 대명사로 표현하고 있었다.

"왜 질투를 하고 그래. 셀비 영애처럼."

"내가 언제 그렇게나 질투를 했다고 그래!"

요즘 이런 식의 대화법은 귀족들 사이에서 아주 흔한 것이었다.

덕분에 엘렌이 저택에 틀어박혀 나오지 않는다는 이야기가 전해지고 있었다.

하지만 이레나는 그런 부분보단 당장 코앞에 닥친 상황에 더욱 집중해야 했다.

원래대로라면 가족들에게 무도회장에서 만난 칼라일한테 첫눈에 반해서 결혼을 하겠다고 조르는 연기를 펼치려 했지만…….

어쩌다 보니 계획이 어그러지는 바람에, 현재는 오래전부터 칼라일과 비밀 연애를 해 왔다는 거짓말을 해야 하는 입장이었다.

하지만 현실적으로 그동안 미라벨 몰래 연애를 해 왔다는 게 말이 되질 않았다.

그런데 그 말도 안 되는 이야기를 사실로 만들어야 하는 순간이 찾아온 것이다.

지금껏 두 사람 사이에는 아무것도 감추는 게 없었는데, 혹시나 이 이야기를 듣고 미라벨이 섭섭해하진 않을까 무척이나 긴장이 되었다.

꿀꺽, 이레나는 그녀답지 않게 마른침을 삼켰다.

"미라벨, 잠깐 할 얘기가 있는데……."

"응? 무슨 일인데?"

방에서 한가로이 앉아 있던 미라벨이 이레나의 부름을 듣고 쪼르르 달려 나왔다.

그 모습이 무척이나 귀여웠지만, 지금은 이런 장면에 미소를 지을 수 있을 만큼 여유로운 상태가 아니었다.

이레나는 평상시와 달리 표정을 딱딱하게 굳힌 채 말을 내뱉었다.

"너한테 솔직히 고백할 게 있어. 여기서 말하기엔 좀 그렇고, 음…… 일단 자리를 옮겨서 차라도 한잔 마시면서 대화할까?"

"어어? 왜 이렇게 심각해, 언니?"

평소 이레나의 성격을 잘 아는 미라벨은 심상치 않은 분위기에 깜짝 놀랄 수밖에 없었다.

이레나의 대화법은 생각보다 직설적이어서 웬만한 일로는 이렇게 빙빙 돌려가면서 말을 꺼내지 않았다. 두 사람 사이에서는 더욱 그랬다.

덩달아 진지해진 미라벨이 이레나의 뒤를 따라 조용히 야외에 있는 테이블로 나왔다.

곧이어 하녀 메리가 미라벨이 즐겨 먹는 밀크티를 가지고 와서 따라 주기 전까지 두 사람은 서로 한 마디도 나누지 않았다.

이레나는 어떤 말부터 시작해야 할지 몰라 매우 복잡한 상태였고, 미라벨은 심각한 분위기를 눈치채고 걱정하는 상황이었다.

지나치게 적막한 분위기를 알아챈 이레나가 먼저 입을 열었다.

"미라벨, 따뜻할 때 차부터 마셔."

"응 알겠어. 그런데 무슨 이야기인지 먼저 말해 주면 안 돼?"

미라벨이 의아함이 가득 담긴 시선으로 이레나를 올려다보았다.

그럼에도 이레나가 여전히 머뭇거리자, 미라벨은 쉽사리 꺼내기 어려운 말이라는 걸 알아차리고 먼저 차를 마시기 시작했다.

호호 입김을 불면서 양손으로 뜨거운 차를 쥐고 있는

미라벨을 바라보고 있자니, 이레나는 새삼 실감이 났다.

이 말을 하고 나면 정말 칼라일과 결혼을 진행하게 될 것이다.

머릿속으론 이미 수없이 계산을 하고 내린 결정이었지만, 이것을 가족 앞에서 밝히는 건 처음이었다.

"……미라벨."

"응."

"나 사실은……."

자꾸만 머뭇거리는 이레나를 향해 미라벨이 입을 열었다.

"뭔데? 언니."

이레나의 꽉 막힌 목소리가 한 박자 늦게 흘러나왔다.

"……연애해."

그 말을 들은 미라벨은 딱딱하게 굳은 상태로 눈만 몇 차례 깜빡거렸다.

그리곤 정신을 차린 미라벨이 방금 전보다 더 커진 목소리로 재차 물었다.

"뭐, 뭐라고?"

"나 사실…… 오래전부터 만나고 있는 남자가 있어."

"뭐어어어어?"

미라벨의 입이 절로 벌어졌다. 한참 후에야 본인의 상태를 인지하고 양손으로 입을 가렸다.

찰나의 순간, 다시금 적막이 흘렀다.

미라벨은 이 상황이 믿겨지지가 않았다. 이레나가 뭔가 중요한 할 말이 있는 것 같단 생각이 들어서 긴장을 하긴 했다.

하지만 그것이 설마 이레나가 연애를 한다는 말일 줄은 꿈에도 몰랐다.

정말 단 한 번도 생각해 보지 못한 상황이었다.

더구나 지금껏 이레나가 남자나 연애에 관해 전혀 관심이 없다고 생각했기 때문에 더더욱 놀랄 수밖에 없었다.

물론 실제로 미라벨의 짐작은 틀린 것이 아니었다. 사실대로라면 칼라일과 이레나의 관계는 목적에 의한 계약 결혼이었으니까.

"오래전이면…… 대체 언제부터 연애를 한 건데? 아니, 아니지. 그 상대가 누구야?"

이레나는 이제 드디어 올게 왔다는 생각이 들었다.

지금까지 미라벨 몰래 연애를 해 왔다는 것도 현실성이 없었지만, 어쩌면 그보다 더 기가 막힌 게 바로 그 남자의 정체였기 때문이다.

"그게……."

"응. 수도에 있는 사람이야?"

"……전하야."

"전하? 전하가 누구…… 헉, 설마!"

미라벨은 방금 전보다 더욱 경악스러운 표정이 되었다.

그나마 전하라는 단어에 칼라일을 유추해 낸 것도 황실 무도회장에서 둘이 춤을 추는 것을 보았기 때문이었다.

미라벨은 믿기지 않는다는 눈빛으로 이레나를 빤히 쳐다보았다.

그 시선이 마치 묻는 것 같았다. 정말로 칼라일과 연애하고 있는 거냐고.

이레나는 대답 대신 천천히 고개를 위아래로 끄덕거렸다.

"맙소사!"

미라벨은 자리에서 벌떡 일어나서 놀란 마음을 진정시키지 못한 채, 테이블 주변을 몇 바퀴나 돌아야 했다.

황실 무도회장에서 칼라일과 이레나가 춤을 추는 모습을 보고 무척이나 잘 어울린다고 생각을 하긴 했지만…… 설마 둘이 만나고 있을 거라고는 상상조차 해 본 적이 없었다.

너무 놀라서 대체 어떤 반응을 보여야 할지 갈피를 잡을 수조차 없는 상태였다.

빠르게 생각을 정리한 미라벨이 다시 테이블로 돌아와서 자리에 앉았다.

그리곤 깜짝 놀라기만 했던 조금 전과는 달리, 미라벨은 호기심 어린 눈동자를 반짝 빛내면서 이레나를 향해 입을 열었다.

"도대체 언제부터야? 내가 그동안 얼마나 황태자 전하에 대해서 궁금해했는데, 왜 말 안 해 줬어?"

봇물 터지듯 쏟아져 나오는 미라벨의 질문에 이레나는 알게 모르게 식은땀을 삐질삐질 흘릴 수밖에 없었다.

안 그래도 두 사람의 연애 스토리에 대해서 이미 칼라일과 말을 맞춰 놓은 상태였다.

무도회장에서 첫눈에 반했다는 설정이 실패했으니 이번엔 더욱 완벽하게 준비했다.

과정이야 어떻든 가능하면 모든 사람에게 사랑해서 치러지는 결혼으로 보여야 했으니까.

그리고 그건 계약 사항에도 첫 번째에 적혀 있는 내용이었다.

[1. 두 사람은 대외적인 자리에서 사랑하는 척한다.]

가족들을 걱정시키지 않는 것도 중요했지만, 이레나가 앞으로 권력을 갖는 데도 칼라일과의 화목한 사이로 보이는 것은 꼭 필요한 부분이었다.

이레나는 몇 번이고 거울을 보며 연습했던 말을 꺼냈다.

"전하께서 우리 사이를 밝히는 걸 원하지 않으셨어. 계속 전장에서만 지내셨으니까 나중에 수도로 올라와서 정식으로 가족들에게 인사드리고 싶다고…… 그전까지는 비밀로 하자고 하셔서 나도 어쩔 수가 없었어."

사랑하는 동생에게 거짓말을 해야 하는 이 상황이 씁쓸했지만, 그렇다고 있는 사실을 그대로 말할 수는 없었다.

살다보면 가끔은 모르고 지나가야 더 좋은 것도 있는 법이니까.

"언제부터 전하랑 그런 사이가 된 거야?"

"우연히 마주쳤는데…… 어쩌다 보니 그렇게 됐어. 거리가 멀리 떨어져 있다 보니 그렇게 자주 보지는 못했지만."

"아무리 그래도…… 나한테까지 말을 안 한 것은 조금 섭섭해."

미라벨이 약간 서운하다는 기색을 내비치자, 이레나는 미안한 감정이 들 수밖에 없었다.

칼라일과의 연애는 완전히 거짓말이었지만, 어찌 됐든 이 상황은 현실이다. 미라벨에게 말조차 하지 않은 채 다른 남자를 만났다는 게 스스로도 용납이 되질 않았다.

지금처럼 부득이한 상황만 아니라면 정말 미라벨에겐 아무것도 감추고 싶지 않은 마음이었다.

"……미안."

이레나의 나지막한 목소리에 거짓말처럼 미라벨의 섭섭한 표정이 풀렸다.

그 말 한마디에 담긴 진심이 충분히 전달되었기 때문이다.

이미 오랜 시간을 함께해 온 두 사람이다. 굳이 긴 말이 필요하지는 않았다.

미라벨의 입장에선 이레나가 얼마나 칼라일이 좋았으면 자신에게까지 비밀로 감췄을까, 하는 생각이 들 수밖에 없었다.

곰곰이 생각해 보던 미라벨이 불쑥 입을 열었다.

"그럼 혹시…… 저번에 드레스랑 보석들을 보내 준 소심한 성격의 지인이란 게 황태자 전하셨어?"

"……응."

"와, 대박."

미라벨은 새로운 사실에 다시금 놀랄 수밖에 없었다.

대체 어떤 지인이 그토록 통이 큰가 싶었는데, 그게 다름 아닌 칼라일이었던 것이다.

"전하는 얼굴만 잘생긴 게 아니구나. 언니에 대한 마음도 엄청 큰가 봐."

그 말에 이레나는 어색한 표정으로 고개를 끄덕거렸다.

마음 같아선 그게 아니라고 솔직하게 털어놓고 싶었지만, 지금은 절대로 그럴 수가 없는 상황이었다.

이레나는 불현듯 이 자리가 부끄러워졌다. 마치 진짜로 자신이 좋아하는 남자를 소개시켜 주는 것 같은 기분이 들었으니까.

"언니는 어때?"

"……뭐가?"

"언니는 전하를 사랑하는 거야?"

"아……."

순간 말문이 막혔지만, 이레나는 재빨리 정신을 차렸다.

"응. 너무나 사랑하고 있어."

그 말을 들은 미라벨은 더 이상 가타부타 질문을 던지지 않았다.

그저 고개를 끄덕거리면서 이렇게 말할 뿐이었다.

"그럼 됐어."

"……?"

"언니가 사랑하면 된 거야. 원래 사랑이란 게 그런 거잖아. 세상에 오직 그 한 사람만 존재하는 거 같은 느낌."

"그, 그렇지."

이레나가 어설프게 고개를 끄덕이며 동조했다.

그러자 미라벨은 이레나의 두 손을 덥석 잡고, 기쁜 표정으로 말을 이어 나갔다.

"축하해, 언니! 저번에 무도회장에서 봤을 때도 정말 잘 어울린다고 생각했는데…… 캬, 전하라니. 너무 잘됐다!"

금방 꺄아, 거리면서 즐거워하는 미라벨을 보자니 이레나는 방금 전까지 느껴졌던 긴장이 조금 허탈해졌다.

"이게…… 끝이야?"

"응? 그럼 뭐가 더 있을 거라고 생각했는데?"

이레나는 지금까지 딱히 미라벨에게 무언가를 감춘 적이 없어서 혹시라도 실망하진 않을까 많이 걱정을 했었다. 그런데 예상과 달리 미라벨은 너무도 시원스럽게 받아들이고 있었다.

외출조차 마음껏 하지 못하는 어린 미라벨을 두고, 이레나가 몰래 연애를 해 왔다는 게 조금 섭섭하게 느껴질 수도 있을 텐데 말이다.

미라벨이 밝은 표정으로 말했다.

"난 언니만 행복하면 돼. 황태자 전하랑 예쁜 사랑해야 해!"

이 상황 자체는 거짓이었지만 미라벨의 따뜻한 마음은 진짜였다.

이레나도 진심 어린 미소를 지으며 대답했다.

"……고마워, 미라벨."

남들에게는 사소한 일상일지 모르겠지만, 미라벨의 존재는 언제나 이레나에게 행복이란 게 무언지 가르쳐 주는 듯했다.

그래서 이레나는 다시 찾아온 이번 생의 기회가 얼마나 값진 것인지 매 순간 느낄 수 있었다.

"참! 나한테 말해 준 건 고맙지만, 아버지한테는 아무래도 비밀로 하는 게……."

"아니야. 전하와 결혼까지 생각하고 있기 때문에 이젠 아버지한테도 솔직히 말해야 할 때가 온 것 같아."

"겨, 결혼까지?"

미라벨은 방금 전에 연애했다는 사실을 알았는데, 곧바로 결혼이라는 단어가 나오니 깜짝 놀랄 수밖에 없었다.

하지만 그보다 더 신경이 쓰이는 건, 고지식한 아버지가 이 이야기를 듣고 도대체 어떤 반응을 보일지 모르겠다는 것이다.

"언니……."

미라벨이 다시 한 번 이레나의 양손을 꽈악 잡으며 말을 이었다.

"내가 아버지한테 말할 때 옆에서 도와줄게."

이레나도 미라벨이 걱정하는 게 무엇인지 알았기에 흐릿하게 미소 지을 수밖에 없었다.

정략결혼이 난무하는 귀족 사회에서 연애결혼이라니, 아버지가 어떻게 받아들이실지 도무지 짐작조차 되지 않았다.

"말만이라도 고마워, 미라벨. 일단 편지를 보내서 데릭 오라버니한테도 이 사실을 알려드려야겠어."

지금 편지를 쓴다고 해도 데릭이 받아 보기까지는 시간이 조금 걸릴 것이다.

수도권에서 퍼진 소문이 남부 지방으로 가기 전에 가능하면 이레나는 자신이 직접 가족들에게 소식을 전하고 싶었다.

그렇게 미라벨과 긴 대화를 마친 이레나가 자신의 방 책상 앞에 앉았다.

하얀 종이 위에 어렵게 펜대를 굴리면서 블레이즈 성에 있을 데릭을 향해 편지를 써 내려가기 시작했다.

그때의 이레나는 알지 못했다.

나중에 이 편지 한 통이 어떠한 소란을 일으키게 될지 말이다.

* * *

그렇게 시간이 흘러 저녁이 되었다.

황실의 제 4 기사단 숙소에서 거의 살다시피 한 알포드가 오랜만에 수도의 저택에 들리겠다는 전갈을 보내왔다.

자연스레 이레나는 오늘이 바로 칼라일과의 관계를 밝힐 날이라는 것을 깨달았다.

그리고 어쩌면 아버지도 사교계에 떠도는 소문을 듣고 오는 것일지도 몰랐다.

"오늘 저녁은 아버지도 돌아오신다고 하니, 주방장에게 육류보다는 생선류로 식사를 준비해 달라고 전해 주세요."

"네, 아가씨."

이레나의 명령에 집사 마이클이 공손하게 대답했다.

수도의 저택에 머무른 지 오래되지는 않았지만, 그동안 나름대로 체계를 잡아 나가서 이전보다는 훨씬 수월하게 집안일이 돌아가고 있는 중이었다.

부지런하게 움직이는 고용인들을 보면서 이레나도 다시 한 번 굳게 다짐했다.

'……마음 단단히 먹자.'

미라벨과는 정반대의 의미로 아버지에게 칼라일과의 연애 사실을 밝히는 건 쉽지 않았다.

그렇게 시간이 흘러 알포드가 저택에 도착할 때가 되었다.

이레나는 남부 지방에 있는 블레이즈 성에서처럼 모든 고용인들이 나와서 오랜만에 방문한 알포드를 성대하게 맞이하도록 지시했다.

타닥, 타닥, 타닥.

기사단장이라곤 하나 평상시엔 마차를 더 즐겨 타던 아버지가 저 멀리에서부터 말을 타고 달려오는 모습이 보였다.

'무슨 일로 저리 급하게 오시는 거지?'

머릿속에 의문이 채 생기기도 전이었다.

순식간에 저택 앞에 도착한 알포드는 말에서 내려 곧

장 이레나를 향해 다가왔다.

점점 가까워지는 알포드의 분위기가 꽤나 무시무시했기에 이레나는 조금 의아하게 느껴질 수밖에 없었다.

집사 마이클이 말했다.

"주인님, 오셨습니까?"

하지만 바로 옆에서 건네는 마이클의 정중한 인사도 무시한 채, 알포드는 이레나의 바로 앞까지 도달해서야 걸음을 멈췄다.

그리곤 알포드가 잔뜩 가라앉은 목소리로 입을 열었다.

"이레나, 대체 무슨 짓을 하고 다닌 것이냐?"

이레나는 그 말을 듣고 순간 움찔했지만, 곧이어 알포드가 무엇을 물어보려고 하는지 단박에 알아차릴 수 있었다.

알포드는 지금 사교계에 퍼진 소문에 대해서 묻는 것이었다.

하지만 여기서 궁금한 게 하나 있었다.

'도대체 어디서부터…… 어디까지 들으신 걸까?'

지금 알포드가 물어보는 게 엘렌이 퍼뜨린 거짓된 소문 때문인 건지, 아니면 칼라일과 연관된 스캔들 때문인 건지 알 수가 없었다.

사실 이레나에 관한 난잡한 소문을 들었다면 지금보다 훨씬 빨리 저택으로 달려왔어야 했다.

하지만 그때는 아무런 소식도 없다가 지금에서야 나타

난 걸 보면 칼라일과의 스캔들을 듣고 달려왔을 확률이 높았다.

'……설마 제 소문들을 다 알고 계셨던 건 아니죠?'

지금까지 이레나에 대해 퍼진 다른 소문들은 무관심하다가, 이번에 칼라일이 연관되자마자 달려온 건 아닐 것이다.

아버지가 무뚝뚝하고 잘 표현을 안 하시긴 해도 그래도 자신을 사랑하는 마음이 어딘가에 있을 거라고 믿고 있었다.

이레나는 순간 흔들렸던 눈빛을 감추며, 평소처럼 차분한 목소리로 대답했다.

"일단 들어가셔서 저녁 식사라도 먼저……."

"됐다. 지금 밥이 넘어가겠느냐? 일단 네 얘기부터 들어야겠다."

"……네, 아버지."

이레나는 알포드의 성화에 못 이겨 다른 고용인들을 전부 물린 뒤, 가족들끼리만 함께 집무실을 향해 걸어갔다.

아무리 알포드와 이레나, 미라벨이 블레이즈가의 주인이라고 해도 다른 고용인들이 듣는 자리에서 중요한 대화를 나누는 건 좋지 않았다.

누구라도 듣는 귀가 있다면 결국 그게 어딘가로 퍼질 수도 있었고, 그러다 과장이 되면 소피가 했듯이 악소문을 만들 수도 있었다.

그건 굳이 말하지 않아도 온 가족들이 알고 있는 사실이었기 때문에 모두 알포드의 집무실까지 조용히 이동하는 중이었다.

달칵.

알포드가 먼저 집무실의 문을 열고 안으로 성큼성큼 걸어 들어갔다.

그 뒤를 이레나가 따르려고 하자, 미라벨이 그녀의 옷깃을 잡으며 말했다.

"언니, 나도 같이 들어갈게."

"괜찮아. 이건 내 문제니 아버지와 조용히 대화를 나누는 게 맞아."

"하지만…… 걱정된단 말이야."

미라벨이라고 해서 방금 알포드가 등장할 때의 험악한 분위기를 느끼지 못한 것은 아니었다.

자세한 사정은 알지 못했지만, 그래도 알포드가 이레나와 칼라일의 관계에 대해 무언가를 눈치채고 저택에 돌아왔다는 것은 이미 짐작하고 있는 상태였다.

그렇다면 두 사람이 나누는 대화가 좋지 않은 분위기로 흘러갈 가능성이 컸다.

"걱정하지 말고 밖에서 기다리고 있어."

이레나가 애써 웃으면서 대답을 할 때였다.

먼저 집무실 안으로 들어갔던 알포드가 큰 소리로 말

했다.

"어서 들어오지 않고 뭘 하느냐?"

"네 가요, 아버지."

이레나는 서둘러 미라벨의 머리를 가볍게 쓰다듬어 주곤, 혼자서 알포드가 기다리고 있는 집무실 안으로 들어갔다.

곧바로 닫아 버린 문 사이로 미라벨의 안타까운 표정이 언뜻 보였다.

알포드는 방 안으로 들어온 이레나를 집요한 시선으로 쳐다보더니, 지체 없이 본격적인 대화를 시작했다.

"너에 대한 소문이 대체 어떻게 된 영문인지 설명해 보거라."

"정확히 뭘 물으시는 건지 잘……."

콰앙!

알포드가 분노한 표정으로 집무실에 있는 마호가니 책상을 내리쳤다.

"칼라일 전하에 관해 묻는 거다! 네가 전하와 만난다던데 그 말이 사실이더냐!"

"……!"

알포드가 갑자기 큰 목소리를 내자, 이레나는 순간 멈칫할 수밖에 없었다.

알포드는 명령 체계가 확실한 기사였지만, 지금처럼 집안에서 큰소리를 내거나 과격한 행동을 한 적이 없었다. 물론 그건 데릭 오라버니도 마찬가지였지만.

저번 생에서 검술을 익혀 본 이레나는 누구보다 잘 알고 있었다. 검을 들고 살아온 사람이 그런 점잖은 성격을 유지하기가 쉽지만은 않다는 사실을 말이다.

왠지 몰라도 검을 쓰는 자들은 거의 대부분 성격이 괴팍하거나 포악했다. 마을에 있는 주점에서 용병들이 몰려 있는 것만 봐도 언제나 그러했다.

이레나도 처음엔 그런 자들의 기분 상태를 이해할 수 없었지만, 점차 시간이 갈수록 납득이 갔다.

그건 손에 피를 묻혀 본 사람만이 아는 감정이었다.

전장에서 지내며 타인의 죽음을 많이 겪어 볼수록 상대적으로 정신 한구석이 어딘가 망가져 가는 느낌이 들었다.

언제나 침착하던 이레나조차도 가끔 들끓는 감정을 식히지 못해서 한밤중에 미친 사람처럼 달린 적도 있었으니까.

아마 수많은 죽음을 목격했기 때문일 것이다.

적군의 죽음뿐만이 아니었다. 그중엔 바로 전날에 인사를 건넨 아군의 죽음도 많았다.

머릿속엔 자연스럽게 온갖 생각이 떠올랐다. 언젠간 나도 저들처럼 죽지 않을까? 오늘 내가 죽인 사람들에게도 가족이 있겠지?

검을 쥐고 난 다음부터는 그런 복잡한 생각들이 그림자처럼 계속 따라다녔다.

그런 어두운 감정들은 정리가 되지도, 또 사라지지도 않은 채 마음 한편에 차곡차곡 쌓여만 갈 뿐이었다.

아마 가족에 대한 복수를 하겠다는 굳은 의지가 아니었다면 이레나도 정신이 피폐해져서 어딘가 망가져 버렸을지도 모른다.

과거에 이레나 역시도 그러했을 정도인데, 평생을 황실의 제 4 기사단장으로 살아온 아버지는 오죽했을까.

'……그러니까 속상해하지 마.'

이레나는 자신을 답답하다는 듯이 닦달하는 알포드를 바라보며 상처받지 않기 위해 노력했다.

이레나가 말했다.

"아버지도 소문을 들으셨으면 알고 계시겠지만……."

"무슨 소문? 네 행실이 안 좋다는 소문 말이냐? 아니면 황태자 전하가 너 때문에 다른 귀족의 목을 베어 버렸다는 것을 말하는 게냐?"

"그것도…… 알고 계셨어요?"

지금 알포드의 말은 엘렌이 퍼뜨린 악질적인 소문의 내용도 알고 있었다는 뜻이 된다.

그럼에도…… 칼라일과의 관계가 먼저 궁금했다는 소리였다.

"아……."

이레나는 나지막한 탄식을 내뱉을 수밖에 없었다.

가슴속 깊은 곳에서 무언가 울컥하고 치밀어 오르는 느낌이 들었다. 아마도 그것은 오랫동안 참아 왔던 서러움이라는 감정이었다.

가능하면 알포드의 입에서 엘렌에 대한 내용이 거론되지 않기를 바랐다.

그게 아니라면 이레나에 대해 안 좋은 이야기가 떠돌던데 도대체 어떻게 된 것이냐고 먼저 물어 주기를 바랐다. 칼라일에 대한 것보다 더 빨리 말이다.

아버지는 아무것도 몰라서 그런 거라고, 스스로를 타일렀던 감정이 순식간에 바닥으로 곤두박질이 쳐진 느낌이었다.

'……어떻게 그러실 수가 있죠?'

엘렌이 퍼뜨린 소문은 다름 아닌 이레나가 밤마다 남자들을 만나러 돌아다닌다는 내용이었다.

분명 아버지로서 참고 들어줄 수가 없는 내용임이 틀림없었다.

그런데 어떻게 딸에 관한 것보다, 제국의 황태자에 대해 더 궁금할 수 있을까.

"내가 묻는 소리가 들리지 않느냐? 황태자 전하와 무슨 사이냐고."

이레나는 자신을 답답하다는 듯이 닦달하는 알포드를 바라보며 가슴 한구석이 칼로 베이는 것 같았다.

서럽고, 서럽고…… 또 서러웠다.

계속해서 그건 아닐 거라고 부정했지만 처음으로 아버지에게 직접 묻고 싶어졌다.

'저를 사랑하긴 하시나요?'

데릭 오라버니보다, 미라벨보다 언제나 뒷전이었다. 그런데도 자신은 그게 아버지가 표현하는 사랑이라고 믿었다.

한 번쯤은 아버지의 너른 품에 안겨 애교를 부려 보고 싶었다.

언젠가 한 번쯤은…… 그동안 혼자서 너무 힘들었다고 칭얼거려 보고 싶었는데…….

아마도 이레나에겐 평생 허락되지 않은 일인 것만 같았다.

"이레나!"

알포드가 다시 한 번 큰소리를 치자, 지금까지 입을 꾹 닫고 있던 이레나가 착 가라앉은 목소리로 천천히 입을 열었다.

"전하와는……."

가슴 한구석이 뻥 뚫린 것만 같았다. 시린 바람이 마음속으로 자꾸만 새어 들어오는데 도무지 버틸 수가 없을 것 같았다.

그래서 이레나는 평소보다 더 차갑게 표정을 굳혔다.

진심이 아닌 연기라면 가능할 것 같았다. 아버지가 저택으로 돌아오신다는 말을 듣고 수십 번도 더 거울을 보면서 연습했던 말이었으니까.

살짝 목이 멘 듯한 이레나의 목소리가 연이어 흘러나왔다.

"만난 지 오래됐어요. 우연히 마주치게 되었는데 처음부터 서로 호감을 느껴서 그동안 계속 비밀 연애를 해 왔어요."

"그렇다면 왜 내가 모리스가에서 청혼이 들어왔다고 했을 때 아무 말도 하지 않았지?"

"그땐…… 전하와 어떻게 될지 확신이 없었으니까요."

사실 처음엔 칼라일과의 계약 결혼이 파기될 것을 우려해서 아버지에게 미리 자신이 원하는 이상형을 얘기해 두었다.

정략결혼이라는 게 대부분 집안의 가장이 정해 주는 곳으로 시집을 가야 하는 거라, 이레나가 원하는 이상적인 남편감이 누구인지를 먼저 밝혀 놓는 게 낫다고 판단했다.

더구나 원래의 계획대로라면 무도회장에서 첫눈에 반해서 결혼을 진행하고자 했지만, 지금은 엘렌 때문에 상황이 변해서 그동안 가족들을 속이며 연애를 해 왔던 것으로 변경되었다.

예정대로만 흘러갔다면 이런 장면은 만들어지지 않았을 텐데, 계획이 틀어지는 바람에 어쩔 수 없이 맞닥뜨리게 된 상황이었다.

알포드는 실망한 듯 표정을 굳혔다.

"지고하신 제국의 황태자 전하와 만나면서도 결혼까지 생각하지 않았다는 거냐? 만약 전하와 헤어졌다면 가족들까지 속인 채 다른 귀족과 결혼식을 올렸겠구나."

자신을 질책하는 말에 이레나는 어떠한 대답도 할 수 없었다.

마음 같아선 누군가와 연애하면 무조건 결혼해야 하냐고, 지금이 어느 시대인지 아시는 거냐고 따져 묻고 싶었지만 실제론 그러질 못했다.

이레나는 언제나 아버지 앞에 서면 꿀 먹은 벙어리처럼 입이 붙어 버렸다.

'……왜지?'

스스로에게 물어볼 수밖에 없었다.

하지만 이내 떠오른 생각에 이레나는 실소를 삼켜야만 했다.

'미움받고 싶지 않아서…….'

어처구니없게도 자신은 이렇게나 냉대하는 아버지에게 사랑을 받고 싶어서 거스르는 말은 한마디도 꺼내지 못했다.

가문을 이을 데릭 오라버니 말고, 언제나 보호해야 하는 미라벨 말고…….

'……저도 좀 봐 주세요, 아버지.'

저도 조금만 사랑해 주세요. 아버지.

차마 입 밖으로 내뱉지 못하는 말들이 입가를 맴돌았다.

지금 자신이 하는 모든 행동은 오직 블레이즈 가문을 위해서였다.

가족들을 지키고 싶다는 그 마음에는 아버지도 함께 포함되어 있었다.

이레나의 눈빛이 슬프게 변하자, 알포드가 뭐라고 한마디 더 꺼내려는 찰나였다.

벌컥!

알포드의 집무실 문이 갑자기 열리더니, 참다못한 미라벨이 안으로 들이닥쳤다.

"아버지! 언니한테 말씀을 너무 심하게 하시는 거 아니에요?"

미라벨의 등장에 순간 알포드의 미간이 좁아졌다.

"……건방지구나, 미라벨."

그 나지막한 읊조림에 이레나가 서둘러 미라벨을 돌아보았다. 그리곤 고개를 양옆으로 흔들면서 그만하라는 신호를 보냈다.

미라벨마저 자신 때문에 아버지와의 사이를 멀게 만들고 싶지 않았다.

하지만 미라벨은 이레나의 만류에도 아랑곳하지 않은 채 제 할 말을 내뱉었다.

"언니가 얼마나 전하를 사랑하면 그랬겠어요! 결혼까지 축복해 줘도 모자랄 판국에 아버지는 꼭 그렇게 말씀하셔야겠어요?"

"감히 황태자 전하와 연애하면서 그런 가벼운 마음가짐이 용서가 될 성싶으냐. 그리고 황실과의 혼사는 이레나가 얼마나 사랑하느냐에 따라 결정지어지는 것이 아니다. 그건 순전히 전하께서 이레나를 원하냐, 원하지 않느냐의 문제야."

알포드의 목소리는 언제부턴가 높낮이 없이 매우 차갑게 변해 있었다.

이레나는 지금 알포드가 짓고 있는 표정을 익히 잘 알고 있었다. 블레이즈 백작가는 황실의 제 4 기사 가문이었다. 그리고 알포드는 언제나 집안일보다 황가를 위해 앞장서서 싸우는 사람이었다.

지금의 알포드는 이레나의 아버지로서 말하는 게 아니었다. 곧 황제로 즉위할 칼라일의 신하로서 하는 발언이었다.

그리고 그게…….

이레나는 사무치도록 서러웠다.

미라벨이 도리어 발끈해서 알포드를 향해 당돌하게 따져 물었다.

"그럼 아버지는 언니의 의사와는 상관없이 전하의 마음만 중요하단 거예요? 둘이 좋아하지 않는데 연애를 했겠어요? 당연히 전하도 언니를 원하니까 이렇게 가족들에게 알리는 거겠죠!"

알포드가 흥분해서 씩씩거리는 미라벨을 쳐다보다 이내 이레나를 향해 시선을 돌렸다.

"사실이냐? 전하께서도 너와 결혼까지 생각하고 계신 거야?"

"……네, 전하가 조만간 블레이즈가의 저택에 들르겠다고 하셨어요."

그건 미라벨도 아직 듣지 못한 이야기였기에 의아한 시선으로 이레나를 쳐다볼 수밖에 없었다.

한순간 알포드와 미라벨의 시선이 모두 이레나에게 집중이 될 때였다.

이레나가 나지막한 목소리로 말을 이었다.

"저의 가족들에게 직접 인사를 드리고 싶다 하시네요."

그 말에 미라벨은 순간 깜짝 놀란 표정을 지었다가, 곧바로 정신을 차리곤 알포드를 향해 득의양양하게 입을 열었다.

"거봐요, 제가 뭐랬어요. 전하께서 언니를 원하지 않으실 리가 있어요?"

이레나는 시원스러운 미라벨의 말을 뒤로 한 채, 다시 한 번 알포드에게 물었다.

무엇보다 궁금한 게 있었다.

"아버지는 어떻게 생각하세요? 제가 정말 황태자 전하와 결혼을 하겠다면요."

일반적인 귀족과 맺어지는 것도 아니고 황실과의 혼사였다. 알포드가 어떻게 생각하고 있는지가 매우 중요했다.

그가 반대한다면 아무리 이레나라고 해도 칼라일과 결혼식을 올릴 수 없었다. 그게 한 가문의 가장이 지닌 힘이었고, 귀족들의 룰이었다.

더욱이 칼라일과 처음으로 결혼한 상대는 불행하게 살 거라는 예언이 있는 상태였다.

알포드는 일말의 망설임도 없이 대답했다.

"말하지 않았느냐. 전하께서 원하시는 결혼이라면 당연히 진행시킬 생각이다. 그게 신하 된 도리니까."

칼라일과의 결혼을 반대당하지 않은 것은 천만다행이었지만, 그것과는 별개로 이레나의 기분은 끝없는 밑바닥으로 추락했다.

예상은 했지만 알포드는 칼라일이 어떤 남자인지, 이레나에게 잘해 주는지, 호강은 시켜 줄 수 있는지, 딸의 행복에 대한 일반적인 궁금증은 없었다.

아마 칼라일이 개차반 같은 성격이었다고 해도 이 결혼을 수락했을 것이 틀림없었다. 그건 이레나가 원하는 남자라서가 아니었다. 아버지는 이런 순간에조차 충실한 황실의 제 4 기사단장인 것이다.

"그럼 얘기는 다 끝났으니, 저랑 이레나 언니는 이만 돌아가 볼게요."

알포드가 먼저 물러가라고 하지 않았는데, 미라벨이 앞서 이런 말을 꺼낸 것은 무척이나 건방진 행동이었다.

그가 못마땅하다는 듯이 입을 열었다.

"미라벨, 아비한테 그렇게 행동해서 되겠느냐? 앞으로 한 번만 더 이러면 정말 혼이 날 줄 알거라."

"……흥."

미라벨은 들릴 듯 말 듯 콧방귀를 뀌고는 서둘러 이레나의 손을 잡고 알포드의 집무실을 빠져나왔다.

그렇게 둘이서 복도를 걷는데…….

이레나는 어느 순간 감정이 복받쳤다. 말로 표현할 수 없는 커다란 상실감이 느껴졌다.

엘렌이 거짓된 소문을 퍼뜨리고 다녔을 때와는 비교조차 되지 않았다. 가슴속 깊숙하게 박힌 칼날이 엉망으로 상처를 헤집어 놓은 느낌이었다.

지금까지 자신의 목적은 오로지 가족을 지키는 것뿐이었는데…….

그 의미가 크게 부정당한 느낌이었다.

이상한 점을 느낀 미라벨이 중간에 걸음을 멈춰서 이레나를 올려다보았다.

"언니 괜찮아?"

"……응."

하지만 괜찮다는 말과 달리, 이레나의 몸은 가늘게 떨리고 있었다.

"언니, 울어?"

미라벨의 마지막 질문에 이레나는 고개만 절레절레 저었다. 그리곤 곧바로 몸을 수그려서 자신보다 키가 작은 미라벨을 껴안았다.

지금은 이 따스한 온기가 너무나도 절실히 필요한 순간이었다.

"……안 울어."

마음이 천 갈래 만 갈래 찢어져도 눈물은 한 방울도 흘리지 않았으니…….

그러므로 오늘은 울지 않은 것이었다.

*　*　*

며칠이란 시간은 순식간에 지나갔다.

칼라일과 이레나가 공식적으로 연인 관계란 소문이 난

뒤로 나름대로 많은 변화가 있었다.

다시금 이레나에게 갖가지 파티의 초대장들이 쏟아졌으며, 그동안 연락을 하고 지내지 않은 사람들에게 갑자기 안부를 묻는 연락이 오기 시작했다.

무엇보다 이레나가 데릭 오라버니에게 보낸 편지가 지금쯤 도착을 했을 텐데, 그동안 아무런 답장도 없어서 신경을 쓰고 있는 중이었다.

하지만 오늘 하루만큼은 그 모든 것들을 잠시 제쳐둘 수밖에 없었다.

다름 아닌 오늘이…….

바로 칼라일이 블레이즈가의 저택을 방문하겠다고 한 날이기 때문이다.

덕분에 요 며칠 동안 블레이즈가에서 일하는 하녀들은 전부 저택의 구석구석을 청소하고, 반짝반짝 빛이 날 정도로 닦아야 했다.

그뿐만이 아니었다.

이른 시간부터 알포드는 기사단에 출근을 하지 않은 채 있었으며, 미라벨은 본인이 가지고 있는 가장 예쁜 드레스를 골라 입었다.

모두 내색은 하지 않았지만, 곧 방문할 칼라일을 기다리고 있는 것이다.

그렇게 어느덧 시곗바늘이 약속된 시간을 가리킬 때였다.

달그락, 달그락.

이레나도 이미 한 번 타 본 적이 있는 검은색의 마차가 블레이즈가의 저택 안으로 들어오는 모습이 보였다.

마차를 타고 있는 칼라일의 모습은 적응이 되지 않을 줄 알았는데, 막상 눈앞에서 보니 썩 나쁘지 않은 광경이었다.

저택의 입구에 마차가 멈춰 서고 칼라일이 내리는 순간이었다.

"헙!"

저택에서 일하는 고용인들이 저도 모르게 탄성을 내질렀다. 그게 아니면 모두 멍하니 입을 벌리고 있는 중이었다.

훤칠한 키, 탄탄한 몸매. 조각 같은 얼굴과 차가운 냉기가 느껴지는 푸른 홍채는 무척이나 매력적이었다.

누가 봐도 완벽하다고 생각할 만큼 미남이었으나, 그에게서 풍겨져 나오는 특유의 오만함이 묘하게도 여심을 울렸다.

그동안 블레이즈가의 고용인들은 이레나와 미라벨을 보면서 많이 적응이 됐다고 생각했는데, 칼라일은 또 다른 장벽이었다.

도착한 칼라일에게 이레나가 먼저 한 발자국 다가가며 입을 열었다.

"오셨어요?"

마중 나온 그녀를 바라보며 칼라일이 흐릿하게 웃었다.

"그동안 잘 지냈나?"

그의 짤막한 인사말에 이레나는 그저 고개를 끄덕거릴 뿐이었다.

불현듯 얼마 전에 있었던 아버지와의 대화가 떠올랐지만, 그런 사소한 걸 칼라일에게 전부 말할 생각은 없었다.

곧이어 거리를 좁혀 다가온 칼라일이 이레나의 촉촉한 눈가를 바라보며 고개를 기울였다.

"그대의 눈동자가 오늘따라 왠지 젖어 보이는데 정말 별일 없었어?"

"……농담 마세요."

괜히 찔리는 일이 있어서 이레나는 저도 모르게 정색을 했다.

그러자 칼라일이 다시 픽하고 웃으면서 나직하게 대꾸했다.

"재미없나 보군."

장난스러운 칼라일의 모습이 왠지 다정하게 느껴졌다.

얼마 전 파티장에서 귀족 남성의 머리를 잘라 왔던 때와는 사뭇 다른 분위기였다.

예전에 쿤에게 한 번 물은 적이 있었다. 칼라일은 원래 장난이 심한 분이냐고 말이다.

그때 쿤은 정색하면서 대답했었다. 그는 장난 같은 걸 치지 않는다고…….

이건 분명 이레나에게만 보여 주는 모습이었다.

"아버지는 식당에서 기다리고 계세요. 전하를 마중 나오시겠다는 걸 제가 말렸어요. 여긴 비공식적으로 방문하신 거니까요."

분명 칼라일이 블레이즈가의 저택에 들렀다는 건 사교계에 소문으로 돌겠지만, 그래도 가능한 드러내지 않는 것이 좋았다.

한마디로 누가 알아도 상관은 없지만, 대놓고 티를 낼 수는 없다고 해야 할까?

아무리 연인 사이라곤 하나 제국의 황태자인 칼라일이 직접 블레이즈가를 방문했다는 건 여러 가지로 추측을 할 수 있었다.

그리고 그걸 정치적으로 연관시킬 무리들도 분명 있을 것이다.

그래서 가능한 칼라일이 방문한 사실이 알려지더라도 지나가는 길에 들렀던 것처럼 보여야지, 알포드까지 나서서 마중을 하는 모습을 본다면 안 좋은 말이 나돌 수도 있었다.

눈 가리고 아웅 하는 것이지만, 그래도 모든 일에는 명분이 필요했으니까.

더구나 이건 칼라일이 미리 요구한 사항이기도 했다. 아마 그게 아니었다면 이레나도 알포드의 고집을 꺾지는 못했을 것이다.

“그럼 전하 이쪽으로…….”

“여긴 비공식적인 자리인데 왜 날 전하라고 부르는 거지?”

칼라일의 질문에 이레나는 순간 말문이 막힐 수밖에 없었다.

여기에는 알포드와 미라벨만 나오지 않았을 뿐, 블레이즈가의 모든 고용인들이 모여서 칼라일을 마중하는 성대한 자리였다.

이레나는 저도 모르게 다른 고용인들의 눈치를 살폈다. 아직은 연인 사이라고 알려졌을 뿐 결혼까지 진행된 것은 아니니까.

그런데 자신이 그를 ‘카릴’이라고 애칭을 부른다면, 그건 그거대로 큰 이슈인 것이다.

칼라일도 이레나의 생각을 알아차렸는지 희미하게 웃으면서 말을 이었다.

“그대 가문의 사람들 앞인데 무슨 상관이야.”

그의 말대로 블레이즈가에서 일하는 대부분의 사람들은 이레나가 통제할 수 있었다.

간혹가다 소피 같은 경우가 나올 수도 있긴 했지만…….

그럼에도 상관없었다. 대내외적으로 두 사람은 열렬히 사랑하는 사이였으니까.

“카릴…….”

이레나의 나지막한 부름에 오히려 주변의 고용인들 눈동자가 크게 뜨여졌다.

황제나 황후, 혹은 형제들이 아닌 이상에야 황태자의 애칭을 저리 자유롭게 부를 수 있는 사람은 극히 드물었다.

"가능한 그렇게 불러. 나와 약속했잖아, 둘만 있을 땐 애칭으로 부르기로."

칼라일의 그 말에 하녀 중에 한 명이 작게 '꺄악!' 하고 비명을 질렀다. 아마 너무 달콤하게 들려서 저도 모르게 튀어나온 것 같았다.

이레나는 뜨거워지는 얼굴을 반대편으로 돌리며 먼저 한걸음 앞서 걸었다.

"알겠어요. 저도 약속은 잊지 않았어요."

계약서에 가능한 카릴이라고 부르겠다고 한 건 맞았지만, 워낙 공식적인 자리가 많아서 호칭을 번갈아 부르다 보니 여전히 입에 착 달라붙지는 않은 이름이었다.

칼라일은 그 말을 듣고서야 만족스럽다는 표정을 지었다.

"그럼 가지."

"저를 따라오세요. 우선 식당으로 먼저 안내해 드릴게요."

이레나가 칼라일을 안내하기 위해 문득 고개를 돌려 보니, 뒤에서 눈을 초롱초롱하게 빛내고 있는 낯익은 하녀들의 얼굴이 보였다.

저택 안에서 생긴 일이라 애칭을 부른다는 소문이 바깥으로 퍼질 일은 거의 없었지만, 어찌 됐든 고용인들은 전부 이레나와 칼라일의 사이가 뜨겁다고 생각하는 분위기였다.

식당에 막 들어가기 전, 단둘이 남게 되자 이레나는 슬쩍 눈을 흘겼다.

"아무리 저희가 사랑하는 척 연기를 해야 된다고 하지만, 갑자기 그런 말을 하시면 저도 당황한다고요."

"왜지?"

"왜라뇨. 다른 사람들 앞에서 갑자기 애칭으로 부르라고 하시니까요."

"난 우리가 약속한 사실을 있는 그대로 말한 것뿐이야."

마치 연기가 아니라는 듯이 무덤덤하게 말하는 칼라일을 보고 있자니 이레나는 순간 기가 막혔다.

하지만 이번만큼은 그런 점이 나쁘지 않게 느껴졌다.

얼마 전에 아버지와 대화하고도 느꼈지만 이레나에겐 지금 칼라일의 전폭적인 지지가 필요한 게 사실이니까.

"고마워요."

"……?"

그 말에 칼라일이 의문스러운 눈빛으로 이레나를 쳐다봤다.

이레나가 다시 말을 이었다.

"계약 사항을 잘 이행해 줘서요. 다른 사람들 앞에서

지금처럼 저를 사랑하는 척해 주시면 나름대로 많은 도움이 될 것 같아요."

"별게 다 고맙군."

대수롭지 않다는 듯한 칼라일의 태도에 이레나는 희미하게 웃고 말았다.

그 웃음을 보고 칼라일은 잠시 멈칫했지만, 이레나는 그 찰나의 반응을 알 수 없었다. 그녀의 신경은 온통 곧 닥칠, 칼라일과 가족과의 대면에 쏠려 있었기 때문이다.

식당 문 앞에 당도하자 이레나는 잠시 멈춰서 칼라일을 쳐다보았다.

"그럼 앞으로도 잘 부탁해요."

그 말을 끝으로 이레나는 문을 열었다.

식당 안에는 아버지와 미라벨이 그를 초조하게 기다리고 있는 모습이 보였다.

벌떡!

칼라일이 안으로 들어오자마자 알포드가 자리에서 일어나 고개를 깊숙이 숙였다.

"제국의 황태자 전하를 뵙습니다. 루퍼드 제국에 무한한 영광을."

황태자에게 예를 갖추는 게 당연했지만, 그 어디에도 딸의 연인을 바라보는 듯한 태도는 보이지 않았다. 정말 순수하게 제국의 황태자를 향해 건네는 정중한 인사였다.

칼라일이 저벅저벅 알포드를 향해 걸어가, 직접 그를 일으켜 세워 주면서 나지막이 입을 열었다.

"그만 일어서지. 내 장인이 될 분이 이렇게 인사를 하면 부담스러워."

"전하…… 장인이라니요."

"왜? 내게는 딸을 주고 싶지 않나?"

"천만의 말씀입니다. 전하께서 원하시면 언제라도 데리고 가십시오."

일말의 망설임도 없이 흘러나온 대답이 이레나에겐 야속했지만, 칼라일은 흡족하다는 듯한 표정을 짓게 만들었다.

"지금 내뱉은 말, 반드시 지켜야 할 거야."

칼라일은 곧이어 그를 위해 준비된 가장 상석에 앉았다.

블레이즈가 저택의 식당은 긴 테이블로 되어있는데, 원래대로라면 알포드가 가장 상석에 앉고 옆자리에 이레나와 미라벨이 앉았었다.

하지만 지금은 칼라일이 가장 상석이었고, 오른편에 알포드, 왼편에 이레나와 미라벨이 순서대로 앉아 있었다.

계급 사회에서는 이런 자리까지도 직위에 따라 예를 갖춰야 했기에 당연한 부분이었다. 칼라일은 다름 아닌 황태자였으니까. 황제 폐하가 아닌 이상에야 지금의 칼라일보다 더 높은 신분은 없었다.

알포드가 말했다.

"모자란 게 있으면 무엇이든 말씀해 주십시오."

"블레이즈 영애가 신경 썼을 텐데 모자란 것이 있을 리가 있나."

칼라일의 애정이 담뿍 담긴 말에 알포드와 미라벨의 시선이 순간 이레나를 향해 움직였다.

그것을 느낀 이레나가 어색하게 입꼬리를 올리며 웃을 뿐이었다.

"많이 드세요, 카릴."

"그대도."

서로를 향한 짧은 인사말이었지만, 그게 황태자인 칼라일과 나눈 거라면 의미가 많이 달라졌다.

더구나 아무렇지 않게 내뱉은 '카릴'이란 애칭에 알포드의 미간이 슬쩍 찌푸려졌다. 혹시나 결례를 범하는 행동은 아닐까 우려가 되었기 때문이다.

하지만 아무렇지 않게 받아들이는 칼라일을 보고 있자니, 두 사람이 이미 서로 애칭을 부를 수 있도록 허용한 분위기란 것을 알아차릴 수 있었다.

그 사실이 꽤나 놀라워서 알포드는 힐끗 이레나를 쳐다봤다.

이레나는 뒤늦게야 자신도 모르게 칼라일을 애칭으로 불렀다는 사실을 깨달았지만, 그때는 이미 엎질러진 물이었다.

'……뭐, 가능한 사이좋은 모습을 많이 보여야 할 테니까. 이게 더 좋으려나?'

이레나가 그렇게 생각하고 있을 때였다.

주방에서 준비된 음식들이 나오기 시작했다.

칼라일의 말처럼 오늘은 이레나가 특별히 더 고민해서 고른 메뉴들이었다.

"다들 먹지."

칼라일이 말과 동시에 먼저 식기를 집자, 다른 가족들도 그제야 음식을 손댈 수 있었다.

그 중 미라벨은 옆자리에서 마치 환상을 바라보는 것처럼 멍하니 칼라일을 쳐다보고 있었다. 아직도 칼라일이 방문한 것이 꿈처럼 느껴지는 모양이었다.

푸짐한 점심 식사가 끝났다.

다행히도 분위기는 나쁘지 않았다. 칼라일은 여전했고, 알포드는 정중했으며, 미라벨은 얌전했으니 전혀 문제가 될 만한 일은 벌어지지 않았다.

사실 이레나는 어젯밤 잠을 좀 설쳤는데, 쓸데없는 걱정이었던 것 같았다.

알포드가 말했다.

"전하, 저와 잠깐 체스라도 두시겠습니까?"

칼라일은 그 제안에 흔쾌히 고개를 끄덕이며 대꾸했다.

"그러지."

그렇게 두 남성들은 알포드의 서재로 이동했다.

으레 파티장에서도 여성들의 모임과 남성들의 모임이 나뉘곤 했다.

남성들은 그들끼리 모여서 정치, 경제 같은 관심사를 나눴고, 여성들도 가문의 안살림이나 공통된 정보들을 공유했다.

식사 후에 남녀로 나뉘어 자리를 이동하는 게 그리 특별한 일은 아니라는 것이다.

칼라일이 알포드를 따라 뚜벅뚜벅 걷다가, 문득 이레나를 향해 뒤돌아보더니 담담히 말했다.

"금방 갔다 오지. 나중에 봐."

엄청나게 거창한 인사말이 아니었음에도 그 말에 담긴 애정이 느껴졌다.

이레나는 어색하게 고개를 끄덕이며 웃었지만, 뒤에서 그것을 지켜보던 미라벨과 하녀들은 쓰러지는 시늉을 하면서 아주 난리도 아니었다.

그렇게 칼라일의 모습이 시야에서 사라지자마자, 이레나는 곧바로 미라벨과 하녀들에게 둥그렇게 둘러싸여서 질문 세례를 받아야 했다.

"언니, 전하랑 언제부터 애칭까지 부르는 사이가 된 거야!"

"아가씨, 전하가 너무 멋있으세요."

"두 분 너무 잘 어울려요!"

마치 본인의 일처럼 기뻐하는 그들의 반응에 이레나는 어쩔 줄을 몰랐다.

"아, 그게 어쩌다 보니……."

하녀들은 이레나가 대답할 틈도 없을 정도로 쉴 새 없이 조잘거렸다.

"이따가 전하한테 아가씨 방을 구경시켜 드리세요. 저희가 맛있게 차를 끓여서 갖다 드릴게요."

"어머, 넌 무슨 소리니? 눈치도 없게 그 방에 어딜 들어가! 두 분이서 오붓한 시간을 보내시도록 피해 드려야지."

"꺄아! 주책이야 아주!"

서로 수다의 꽃을 피우고 있는 하녀들을 보며 이레나는 어색한 얼굴로 조심스럽게 빠져나왔다.

칼라일과 어디서 만났는지 둘의 연애 스토리에 대해 대충 정해 놓은 게 있었지만, 지금은 그런 말을 할 타이밍이 아닌 듯했다. 순식간에 칼라일의 등장으로 블레이즈 저택이 아주 떠들썩해진 느낌이었다.

잠시 쉬러 가는 이레나의 뒤를 미라벨이 재빠르게 쫓아왔다.

"언니!"

"응? 미라벨."

이레나가 다가오는 미라벨을 향해 고개를 돌렸다. 그

러자 방으로 돌아가려는 이레나의 손을 잡고 미라벨이 어딘가로 끌고 가기 시작했다.

"뭐해? 어디가?"

"쉿! 조용히 따라와, 언니."

조심스레 주변을 살펴보던 미라벨은 귀를 대 보라는 듯이 손짓을 했다.

의아한 표정으로 이레나가 고개를 수그리자, 미라벨이 자그맣게 속삭였다.

"아버지랑 황태자 전하가 무슨 이야기 나누는지 궁금하지 않아?"

생각지도 못한 질문에 이레나의 눈동자가 조금 커졌다.

당연히 궁금했다. 그러지 않았다면 그건 거짓말이었다.

아버지가 무슨 말을 하실지도 걱정되었고, 마찬가지로 칼라일이 어떤 태도를 보일지도 직접 보지 않는 한 신경이 쓰일 수밖에 없었다.

그런 이레나의 심정을 알아차렸는지 미라벨이 악동같이 웃으며 말을 이었다.

"내가 몰래 들을 수 있는 장소를 찾아냈지. 어서 가자!"

"뭐? 정말?"

이레나는 얼떨떨한 표정으로 미라벨의 손에 이끌려 알포드의 서재 쪽으로 걸어갈 수밖에 없었다.

하지만 예상치 못하게 끌려온 처음과 달리, 이레나는

아버지와 칼라일이 있는 서재에 가까워질수록 신중하게 움직였다. 알포드는 황실의 기사단장이라는 큰 직책을 맡고 있었고, 칼라일은 자그마치 전장에서 십수 년을 장군으로 군림했던 남자다.

어설프게 접근했다가는 금방 들통이 날지도 모른다.

휙—

허리 높이 정도 되는 울타리를 이레나가 한 손으로 짚으며 가볍게 뛰어넘었다.

"와, 언니. 대단해."

아무것도 모르는 미라벨의 눈에도 이레나의 민첩한 움직임은 무언가 달랐다.

블레이즈 저택에 있는 알포드의 서재는 1층에 위치해 있었다. 그 덕분에 창문들이 비교적 낮아서 손쉽게 접근이 가능했다.

물론 그렇다고 해도 무작정 엿들을 수 있는 공간이 있는 것은 아니었다. 창문이 큼지막한 만큼 몸을 숨길 장소도 없었고, 그만큼 내부에서 알아차리기도 쉬웠으니까.

거기다 그들이 꼭 창문을 열어 놓고 대화를 하리란 보장도 없었고 말이다.

그런데 딱 한 군데…….

책이 많이 있는 서재다 보니 환기를 위해 언제나 열어 놓는 작은 창문이 있었다.

더구나 위치도 구석진 곳이라 이레나가 몰래 접근한다고 해도 쉽게 알아차릴 수 없는 공간이었다.

그렇게 저택 내에 구불구불한 길목을 지나 그 작은 창문에 어느 정도 가까워진 이레나는 발걸음을 멈추고 미라벨을 쳐다봤다.

"미라벨, 넌 여기서 망을 봐 줘. 아무래도 네가 보기에는 조금 힘들 것 같아."

여기까지는 어떻게 미라벨을 이끌고 왔지만, 더 이상 그녀의 발걸음 소리가 가까워지면 알포드나 칼라일에게 들킬 가능성이 컸다.

그리고 창문의 위치가 다른 데보다 더 높다 보니, 키가 작은 미라벨이 보기엔 쉽지 않았다.

"알겠어. 나중에 나한테도 꼭 말해 줘야 해."

"응, 그럴게."

이레나는 자신을 위해 이런 장소까지 신경 써서 알아봐 준 미라벨에게 고마운 감정이 들었다.

사실 이레나가 엿듣고자 한다면 꼭 이 장소가 아니더라도 적당한 곳을 찾아냈을 것이다. 하지만 지금까지는 이런 발상 자체를 안 하고 있다가 어쩌다 보니 미라벨 덕분에 호기심이 생겨 멈출 수 없게 되었다.

사삭—

이레나가 소리 없이 작은 창문으로 다가가서 서재 안

을 빼꼼 바라봤다.

그러자 알포드와 칼라일이 마주 앉아서 체스를 두고 있는 모습이 보였다.

알포드가 흰 말이었고, 칼라일이 검은 말이었다.

체스판 위에 어지럽게 펼쳐진 형세를 보아하니 꽤나 치열한 접전을 벌인 듯싶었다.

"전하께서 제 생각보다 체스를 잘 두시는군요."

"매번 전술을 짜다 보니 이렇게 말을 움직이는 건 딱히 져 본 적이 없지."

둘의 목소리가 엿듣기에는 전혀 문제가 되지 않을 정도로 선명하게 들려왔다.

혹시라도 모습이 들킬까 싶어서 이레나는 고개를 내린 채, 두 사람이 나누는 대화 소리만 귀로 듣고 있었다. 다행히도 별다른 대화 내용은 나오지 않고 있었다.

'쓸데없는 걱정이었나. 정말로 체스만 두다가 나올 것 같네.'

이레나는 한시름을 놓으며 다시 미라벨에게로 돌아가야 하나 고민하고 있던 찰나였다.

마침 서재 안에서 알포드의 중후한 목소리가 들려왔다.

"제 딸을 어떻게 생각하십니까? 솔직히 말씀해 주십시오."

"말하지 않았나, 내게 달라고. 설마 방금 한 말을 취소하고 싶은 건가?"

"아닙니다. 다만 이레나는…… 황태자비에 어울리는 아이가 아닙니다."

이어지는 알포드의 말에 이레나는 딱딱하게 굳을 수밖에 없었다.

머릿속에는 '왜?'라는 단 한 글자만 떠올랐다.

하지만 이레나의 생각이 길어지기 전에 칼라일의 목소리가 먼저 울렸다.

"그건 블레이즈 경이 판단할 게 아니야. 나의 비는 내가 결정해."

탁, 왠지 조금 전보다 더욱 강한 소리로 칼라일이 체스말을 내려놓았다.

이레나는 저도 모르게 숨을 삼켰다. 정말로 칼라일은 계약 사항을 너무나도 잘 이행해 주고 있었다.

이 정도로 훌륭한 연기라면 누구라도 깜빡 속아 넘어갈 것이다.

"제 딸을…… 아끼시는 겁니까?"

"아끼는 정도가 아니야. 난 그대의 딸을 미치도록 원하고 있어."

두근, 왠지 이레나의 심장이 뛰었다.

지금까지는 저런 말에 백 퍼센트 진심이 담겨 있다고 여기지 않았다.

그런데 이 순간만큼은 이레나조차도 저 말이 진심일지도 모른다고 깜빡 속아 넘어갈 것 같았다.

"그러니 이제는 경의 딸이 아니라 내 황태자비가 될 여인이야. 지금처럼 영애를 비하하는 발언을 한다면 아무리 장인이라 해도 두 번은 안 참아. 앞으로는 잊지 않았으면 좋겠군."

칼라일의 목소리는 마치 얼어붙었던 이레나의 마음에 봄바람처럼 불어 들어왔다.

이레나는 저도 모르게 심장 부근을 한 손으로 움켜쥐었다.

묘한 감정이었다.

전생에서도, 그리고 현생에서도 한 번도 느껴 본 적 없는 것이었다.

마치 가뭄처럼 바짝 메말랐던 마음 어딘가에 작은 새싹 하나가 자라난 그런 느낌이었다.

16

약속이다

이레나는 대화를 엿듣는 것을 포기하고 내려왔다.

뭔가 더 이상 듣지 않아도 될 것만 같았다. 지금까지 칼라일은 여러 방면으로 이레나를 도왔다. 쿤을 붙여 준 것도 그랬고, 드레스와 보석을 보내 준 것도, 그리고 얼마 전에 엘렌이 퍼뜨린 소문을 잠재울 때도 그랬다.

그때마다 항상 그와의 계약 결혼을 선택하길 잘했다고 생각했다.

그런데 이번은 뭔가 조금 달랐다.

정말로 칼라일의 여자로서 보살핌을 받은 것 같은 기분이 들었다.

이런 감정은 처음이라 마음이 이상했다.

"어? 언니, 벌써 내려와?"

미라벨이 다시 바깥으로 나온 이레나를 쳐다보며 의아하게 물었다.

이레나는 멍해졌던 정신을 추스르며 미라벨을 향해 고개를 끄덕거렸다.

"오래 있다간 들킬 것 같아서 나왔어. 별다른 얘기도 안 하더라고."

"그래?"

"응. 이제 돌아가자."

이레나가 먼저 앞장서자 미라벨이 뒤를 따르며 이상하다는 듯이 물었다.

"그런데 언니…… 얼굴이 왜 이렇게 빨개?"

미라벨의 물음에 이레나는 서둘러 손을 올려 뺨을 만져 보았다.

"……내가?"

"응. 설마 무슨 일 있었던 건 아니지?"

미라벨은 혹시나 하는 마음이 들었는지 걱정스럽게 물어보았다.

거기에 이레나는 세차게 고개를 저으며 부정했다.

"정말 아무 일도 아니야. 그냥 좀…… 더웠나 봐."

"엥?"

아직 서늘한 바람이 부는 날씨임에도 불구하고 이레나

는 그저 어색하게 웃으면서 발걸음을 재촉할 뿐이었다.

미라벨은 의문스러운 시선을 거두지 못한 채, 그런 이레나의 뒤를 쫓아갔다.

"뭔가 이상한데…… 아, 언니 같이 가!"

그렇게 몇 걸음 앞서 있는 이레나를 향해 미라벨이 서둘러 다가갔다.

*　　*　　*

이레나는 잠시 자신의 방 안에 앉아서 쉬고 있었다.

오늘 칼라일이 방문한다는 사실에 어젯밤 잠을 좀 설쳤더니 뒤늦게 피곤함이 몰려오는 것 같았다.

생각도 정리하고, 잠도 깰 겸 조용히 혼자 앉아서 휴식을 취하고 있을 때였다.

똑똑, 갑자기 방문을 노크하는 소리가 들렸다.

아직 저택 안에 칼라일이 머물고 있는 상황이었기 때문에 이레나가 신경 써야 할 일들이 많았다. 혹시라도 무슨 일이 생겼나 싶어, 편안히 앉아 있던 자세를 고치곤 서둘러 대답했다.

"들어와."

그러자 곧 끼익, 하면서 방문이 열렸다.

당연히 하녀들 중 한 명이 들어올 거라고 생각했는데, 예상과 달리 방문을 열고 나타난 건 다름 아닌 칼라일이었다.

벌떡!

이레나가 저도 모르게 앉아 있던 자리에서 일어났다.

그가 벌써 알포드와의 체스를 끝내고 나왔을 거라곤 예상하지 못했지만, 설령 그렇다고 해도 이레나의 방이 아닌 응접실로 모시는 게 마땅했다.

"여긴 어떻게……."

"나보고 그대의 방으로 가라고 안내해 주던데?"

"……!"

이레나는 입을 벌린 채로 딱딱하게 굳어 버렸다.

아마 짓궂은 하녀들이 칼라일과 좋은 시간을 보내라며 그를 자신의 방으로 보낸 것이 틀림없었다.

물론 연인 사이라고 생각해서 그런 것이겠지만, 진실은 그렇지 않았기에 이레나는 갑작스러운 칼라일의 방문이 조금 불편할 수밖에 없었다.

더구나 조금 전에 칼라일과 알포드가 나눈 대화를 엿들었던 상황이다.

평상시보다 더 어색하게 느껴지는 건 어쩔 수가 없었다.

"일단, 들어오세요."

하지만 그렇다고 언제까지나 칼라일을 입구에 세워 놓을 수는 없는 노릇이라 이레나는 마지못해 그가 방 안으로 들어오는 것을 허락했다.

그러자 칼라일은 성큼 이레나의 방으로 들어오면서 주위를 둘러보았다.

"이곳이 그대가 사용하는 방인가?"

"……네."

"소박하군."

매우 짧은 감상평이었다.

하지만 틀린 말은 아니었다. 귀족 영애치곤 굉장히 절약하고 사는 편이라 칼라일의 눈에는 그렇게 보일 수 있었다.

"하지만 내 스타일이야."

"……네?"

이어지는 칼라일의 말에 이레나는 놀란 눈빛으로 그를 쳐다보았다.

"그대의 방이라서 그런가. 왠지 신기하고 마음에 드는군."

칼라일은 방 안을 쭈욱 훑어보고 난 뒤 아무렇지 않게 말했다.

하지만 그의 말에 이레나는 간신히 진정시켜 놓았던 얼굴이 다시금 뜨거워지는 기분이었다.

잠시 그와 단둘이 있는 자리를 피해야겠다 싶어서 서둘러 생각나는 변명거리를 내뱉었다.

"우선 앉으세요. 차를 가져다드리겠습니다."

"차는 됐어. 이미 그대의 부친과 마시고 와서 생각이 없군."

칼라일은 말과 동시에 이레나가 서 있는 맞은편 자리에 느긋하게 앉았다.

잠시 차를 가져오면서 시간을 벌려는 이레나의 계획이 실패했다. 하지만 먼저 앉으라고 권유한 것은 그녀였기 때문에 순간 이러지도 저러지도 못한 채, 맞은편에 앉아 있는 칼라일을 빤히 쳐다볼 때였다.

"뭐해? 그대도 앉지."

"아, 네."

이레나는 하는 수 없이 다시 자리에 착석했다.

잠시 두 사람 사이에 침묵이 흘렀다. 원래부터 칼라일은 상대방을 긴장시키는 재주를 가지고 있는 남자였지만, 이 자리는 유달리 더 불편하게 느껴졌다.

이레나가 어색한 표정을 짓고 있자, 칼라일이 의아하다는 얼굴로 물었다.

"오늘따라 왜 이리 데면데면하게 구는 거지?"

칼라일조차 그렇게 느낄 정도라면 이레나의 오늘 행동이 뭔가 수상하긴 한 모양이었다.

이레나는 억지로 굳어진 안면을 풀며 아무것도 모르는 척 대답했다.

"제가 그랬나요?"

"설마 긴장이라도 한 거야? 내가 그대의 가족들에게 인사하러 오는 자리라서."

어떻게 보면 정곡을 찌르는 말이었다. 하지만 지금 이레나의 혼란스러운 마음은 단순히 그것 때문만은 아니었다.

칼라일이 알포드에게 대놓고 드러낸 감정 표현 때문이었다.

당연히 계약 사항에 따라 꾸며진 대사라고 생각은 했지만, 이상하게 가슴에 남아서 이레나를 혼란스럽게 만들고 있었다.

잠시 머뭇거리던 이레나가 한 박자 늦게 대답했다.

"아니에요. 그런 거……."

그 말에 칼라일이 픽하고 낮게 웃음을 터뜨렸다. 그리곤 등받이에 기대고 있던 상체를 앞으로 움직여 이레나에게 가까이 다가갔다.

현재 두 사람은 서로 마주 보고 앉아 있었고, 그 가운데에는 작은 테이블이 하나 놓여 있었다. 그런데 칼라일이 상체를 움직이자 중간에 있던 테이블의 존재가 무력해졌다.

두 사람은 금방이라도 닿을 것처럼 가까워졌다.

갑자기 칼라일이 다가오자 이레나는 반사적으로 몸을 뒤로 뺄 수밖에 없었다.

그가 나지막한 목소리로 말했다.

"귀엽군."

이레나의 눈이 크게 뜨여졌다. 그런 소리는 미라벨 같이 애교가 많고 사랑스러운 존재에게나 하는 말이었다.

지금껏 이레나는 야무지다 혹은 믿음직스럽다는 말을 듣고 자랐었다.

"갑자기 무슨 소리를……."

"긴장하는 모습이 귀엽다고. 설마 내가 그대의 가족들에게 해를 끼치겠나? 우리의 결혼을 반대한 것도 아닌데."

그 말의 의미가 뭔가 이상했다. 마치 결혼을 반대한다면 해를 끼칠 수도 있다는 말처럼 들렸으니까.

하지만 그보다 먼저 자꾸만 가까워지는 칼라일의 얼굴이 무척이나 불편했다.

"왜 자꾸 가까이 다가오시는 거죠?"

이레나는 조금만 더 칼라일이 접근하면 이 자리를 박차고 일어날 생각이었다.

또다시 긴장하고 있는 이레나를 보면서 칼라일의 얼굴에 흐릿한 웃음이 지어졌다.

"무슨 생각을 하는 거야? 그대의 머리카락에 먼지가 붙어 있어서 떼어 주려는 것뿐이야."

"아……."

"내가 자리를 비운 새에 어딜 갔다 온 거지? 머리에 이런 거나 붙이고 다니고."

그 말에 불현듯 미라벨과 함께 좁은 골목을 지나 알포드의 서재에 접근했던 게 떠올랐다. 아마도 사람들이 자주 다니지 않는 곳이라 먼지가 많았던 모양이다.

당시엔 경황이 없어서 머리카락에 뭐가 묻었는지도 확인할 새가 없었다.

"제가 하겠습니다."

"가만히 있어."

칼라일의 긴 손가락이 이레나의 금발 머리카락에 닿았다.

그의 손은 전장에서 지냈던 사람답게 투박하고 거칠었지만, 그와 반대로 손가락은 무척이나 길고 예뻤다. 손등 위로 튀어나온 굵은 힘줄이 묘하게 섹시하게 느껴졌다.

이레나는 시선을 어디에다 둬야 할지 몰라서 애꿎은 바닥만 쳐다보았다.

스윽—

칼라일은 이레나의 머리카락에 붙은 먼지를 떼어 내고도, 그 상태로 멈춘 채 파르르 떨리는 그녀의 속눈썹을 가만히 내려다보았다.

칼라일이 아무런 움직임도 없자 이레나는 의아한 생각에 문득 시선을 들어 올렸다.

그러자 허공에서 두 사람의 눈동자가 딱 마주쳤다.

이레나의 바로 눈앞에 칼라일의 푸른 홍채가 존재했다. 그것도 의미를 알 수 없는 열기를 가득 담고서 강렬하게 빛을 발하고 있었다.

그 순간이었다.

이레나의 머리카락을 잡고 있던 칼라일의 커다란 손이 어느새 뒤편으로 움직여 그녀가 앉아 있는 의자의 등받이를 꽈악 움켜쥐는 것이 느껴졌다.

칼라일의 긴 팔이 뻗어진 만큼, 가뜩이나 가까웠던 두 사람의 얼굴이 더욱 밀착되었다.

'뭐지? 머리에 붙은 먼지를 떼어 내는 거 아니었어?'

놀란 이레나의 붉은 눈동자가 크게 뜨여질 때였다.

벌컥!

이레나의 방문이 열리면서 여자들의 왁자지껄한 소리가 들려왔다.

"언니, 전하랑 다과라도……!"

하지만 그 말소리는 칼라일과 이레나를 보는 순간 침묵으로 변했다.

마치 방 안은 찬물이라도 끼얹은 것처럼 아주 조용해졌다. 그럴 수밖에 없었다. 바깥에서 들어온 미라벨과 하녀들이 보기에 지금 이 상황은 두 사람이 키스하기 직전이었으니까.

"죄, 죄송해요!"

미라벨이 소리치며 당장이라도 하녀들과 다시 밖으로 나가려 할 때였다.

이레나가 가까이 접근한 칼라일의 상체를 밀어내며 자리에서 일어났다.

"아니야. 괜찮으니까 들어와."

하지만 이레나의 권유에도 누구 하나 방 안으로 발을 들이려는 사람이 없었다. 자신들의 존재가 방해가 되었다고 생각하기 때문이다.

이미 미라벨의 뒤편에 서 있던 하녀들은 서로 말소리를 죽인 채 다투고 있는 중이었다.

그 입 모양과 분위기만 봐도 대충 알아들을 수 있는 내용들이었다.

"으이그! 내가 가지 말자고 했잖아!"

"내가 이런 상황일 줄 알았나, 뭐……."

하지만 이레나도 그들을 이대로 돌려보내기엔 칼라일과 단둘이 남게 될 이 상황이 무척이나 어색하고 민망했다. 그리고 다른 사람들이 오해하는 것도 싫었고 말이다.

'그러게 왜 갑자기 머리카락에 붙은 먼지를 떼어 주겠다고 해서는…….'

이레나는 이 사건의 원흉인 칼라일을 조용히 눈으로 흘길 수밖에 없었다.

하지만 잔뜩 당황한 이레나와는 달리 칼라일은 지나치게 평온했다. 아니, 자칫 잘못 보면 정말로 갑자기 들어온 그들을 못마땅해하는 것처럼 보이기도 했다.

칼라일은 맹수처럼 느긋한 동작으로 다시 원래의 자리에 착석했다. 그리곤 나지막한 목소리로 입을 열었다.

"그냥 들어오지."

그의 행동에는 어딘가 상대방을 짓누르는 위압감이 느껴졌다.

이레나의 말에는 꿈쩍도 하지 않던 미라벨과 하녀들이 어쩔 수 없다는 듯 방 안으로 들어왔다.

불편한 분위기를 눈치챈 이레나가 애써 아무렇지 않은 목소리로 다시금 입을 열었다.

"오해하지 마. 카릴은 내 머리카락에 붙은 먼지를 떼어 주려고 한 것뿐이니까."

"으응."

미라벨만이 어색하게 고개를 끄덕이며 동조를 해 줄 뿐이었다.

이레나의 눈에 문득 미라벨의 손에 들린 다과가 보였다. 칼라일이 차는 마시지 않겠다고 했지만 아기자기한 모양의 과자가 꽤나 먹음직스러워 보였기에 괜찮을 것 같았다.

"카릴, 미라벨도 함께 합석해도 될까요? 일단 가지고 온 건 이쪽으로 줘."

잠시 머뭇거리던 미라벨은 하는 수 없이 두 사람이 앉아 있는 테이블로 다가갔다. 그리곤 자신이 가지고 온 다과를 내려놓았다.

"방해한 것 같아서 죄송해요. 제가 가지고 온 다과인데 괜찮으시면 한번 드셔 보세요."

"방해한 거 아니라니까 그러네."

하지만 이레나의 말에도 미라벨은 칼라일의 눈치만 살필 뿐이었다.

칼라일은 가까이 다가온 미라벨의 얼굴을 쳐다보곤 무도회장에서 마주쳤던 기억을 떠올렸는지 나직하게 입을 열었다.

"그대는 영애의 동생이로군."

"네, 전하."

"무도회장에서 본 적이 있어. 영애가 그대의 칭찬을 많이 했거든."

생각지도 못한 말에 미라벨의 얼굴이 순간 붉게 물들었다.

"소, 송구합니다. 전하."

이레나는 칼라일이 먼저 미라벨에게 따뜻하게 말을 건네주는 모습을 보고 속으로 한시름을 놓을 수 있었다.

다른 가족들도 마찬가지였지만 특히나 미라벨에겐 칼라일이 차갑게 대해 주지 않았으면 좋겠다는 바람이 있었다.

"그대도 같이 앉지. 영애가 그렇게나 아끼는 동생이 어떤 사람인지 궁금했어."

"아…… 네, 전하."

미라벨의 표정이 순간 밝아졌다.

그렇게 세 사람은 이레나의 방에 앉아서 도란도란 얘기를 나눌 수 있었다.

칼라일은 무뚝뚝했지만 그럼에도 자상했고, 처음엔 긴장하던 미라벨도 점점 편안하게 대화를 하는 느낌이었다.

덕분에 오늘따라 어딘가 모르게 긴장했던 이레나도 평소처럼 자연스럽게 칼라일을 대할 수 있었다.

그리 적지 않은 시간을 셋이서 함께 보내고, 칼라일은 자리에서 일어났다.

"이만 가 봐야겠군."

"네, 전하. 배웅해 드리겠습니다."

이레나도 곧바로 따라서 자리에 일어날 때였다.

뒤이어 움직이는 미라벨을 바라보며 칼라일이 나지막이 말했다.

"아까 황궁을 구경하고 싶다고 했나?"

"아, 네. 전하."

"다음번에 초대할 테니 두 사람이 같이 오도록 해. 원 없이 구경시켜 주지."

"와아— 정말요?"

순식간에 미라벨의 얼굴이 기쁨으로 물들었다.

원래 미라벨은 자신의 감정이 얼굴에 잘 드러나는 편이었기에, 칼라일도 그 모습을 보고 설핏 웃을 뿐이었다.

옆에서 지켜보던 이레나가 먼저 입을 열었다.

"고맙습니다, 전하."

"별소리를 다 하는군. 그대의 동생이면 내 처제이기도 해."

"꺄아! 신난다!"

칼라일의 서슴없는 발언에 미라벨은 활짝 웃으면서 좋아했다.

루퍼드 제국의 황태자 전하가 형부라는데 기쁘지 않을 리 없었다. 한눈에 봐도 칼라일은 이레나에게 무척이나 잘 대해 줬고, 서로 다정다감한 두 사람의 모습을 보고 있자니 덩달아 기분이 좋을 수밖에 없었다.

그렇게 천진난만한 미라벨을 이레나는 흐뭇한 표정으로 바라보고 있었고, 칼라일은 그런 이레나를 알 수 없는 눈빛으로 가만히 쳐다보고 있었다.

그러다 문득 이레나와 칼라일의 눈이 마주쳤다.

이레나는 정말 감사하다는 시선을 보냈고, 칼라일은 별거 아니라는 듯한 표정을 지었다.

"전하, 이쪽으로 저를 따라오세요."

고마운 마음에 이레나가 먼저 앞장서며 칼라일을 안내해 주었다.

여러모로 걱정했던 마음과 달리, 칼라일의 블레이즈 저택 방문은 아주 성공적이었다.

*　*　*

바토리는 정자세로 서서 대기하고 있는 중이었다.

이레나를 미행하다가 칼라일의 수하들에게 쫓기는 바람에 큰 부상을 입었지만, 짧은 새에 많이 회복이 된 상태였다.

현재 바토리의 앞에는 커다란 가죽 의자에 몸을 실은 누군가의 뒷모습이 보였다.

정체불명의 그에게서 허스키한 목소리가 흘러나왔다.

"네가 조사한 내용이 맞는 것 같더구나. 황태자와 이레나 블레이즈가 연인 사이라는 걸 보면, 그 반지가 여의주라는 게 거의 확실하다고 봐야겠지."

바토리는 지금까지 그가 내린 명령에 대해 단 한 번도 궁금증을 제시한 적이 없었다.

어차피 노동의 대가만 받으면 그만이라고 여겼기 때문이다. 하지만 처음으로 참을 수 없는 호기심에 사로잡혔다.

"각하, 제가 한 말씀만 드려도 되겠습니까?"

바토리의 물음에 상대방은 아무런 대답이 없었지만, 그가 뒷말을 기다리고 있다는 걸 알 수 있었다.

"저에게 계속 이 일을 맡기실 생각이라면 한 가지만 알려주십시오. 대체…… 여의주라는 게 무엇입니까?"

끼이익—

대답보다 먼저 돌아서 있던 의자가 다시 바토리를 향

해 움직였다.

그러자 지금까지 보이지 않았던 얼굴이 드러났다. 검은 수염으로 뒤덮인 강인한 얼굴, 그리고 심연처럼 깊은 까만 눈동자.

바로 현재 루넨 대공이라 불리는 파벨루크였다.

"쓸데없는 호기심이 생긴 모양이구나."

"송구합니다."

"뭐, 어차피 네게 블레이즈 영애를 맡길 생각이니 자세히 알아 둘 필요가 있겠지."

파벨루크의 허스키한 목소리를 들으며 바토리는 절로 마른침을 삼켰다.

그는 왕 중의 왕이라 불려도 손색이 없는 남자였다.

바토리는 현재의 루퍼드 제국을 호랑이 없는 숲에 여우가 군림하는 꼴이라 생각했다. 언젠가 현 황제인 설리반을 물리치고 자신의 눈앞에 있는 파벨루크가 황위에 오를 것이다.

그것을 두고 내기를 하라면 전 재산을 걸 수도 있었다. 그만큼 파벨루크는 무서운 상대였으니까.

"신화에선 드래곤이 여의주를 가지고 온갖 마력을 쓴다고 하지. 그것과 마찬가지로 황가의 피를 이어받은 사내아이 중에서 유독 드래곤의 피를 많이 물려받은 자에게만 나타나는 신물 같은 것이다."

“……!”

“하지만 우리들은 완전한 드래곤이 아니기에 여의주의 크기가 월등히 작고, 사용할 수 있는 쓰임새가 무척이나 제한적이지.”

드래곤의 피?

말도 안 된다고 생각했던 루퍼드 제국의 신화가 사실이란 말인가?

바토리가 믿을 수 없다는 눈빛으로 파벨루크를 쳐다봤지만, 파벨루크의 나지막한 목소리는 멈추지 않고 이어졌다.

“몇 대째 나타나지 않아 전설처럼만 전해지던 여의주가 칼라일에게서 발현되는 바람에 그 보잘것없던 놈이 황태자가 되었지. 그게 단순히 신물이기만 하면 상관이 없는데, 듣기론 귀찮은 능력을 가지고 있어서 신경이 쓰인다.”

“귀찮은…… 능력이요?”

“본인이나 피를 이은 혈족에겐 사용할 수 없지만, 타인을 위해 한 가지의 소원을 빌 수 있다고 하지.”

파벨루크는 말을 하면서도 못내 찜찜하다는 듯이 덥수룩한 수염을 한 손으로 어루만졌다.

“황태자가 블레이즈 영애에게 건네주었으니, 현재로선 그녀를 위한 소원을 빌었을 확률이 높다. 그러니 수상한 점은 없는지 철저히 감시하도록 해.”

바토리는 파벨루크의 설명을 들으면서도 도통 이해할

수가 없었다. 하지만 흔들림 없는 파벨루크의 까만 눈동자를 바라보고 있자니, 결코 농담처럼 들리지 않았다.

그리고 파벨루크가 그렇게 믿는 거라면 그건 결코 바토리가 허투루 생각할만한 일이 아니라는 건 분명했다.

"여의주에 비는 소원이라면 그게 어떤 것이든 이루어지는 겁니까?"

"그래. 그렇기 때문에 황태자가 여의주로 무슨 일을 벌일지 짐작이 안 돼."

"알겠습니다. 더욱 철저히 감시하겠습니다."

"굳이 그들이 하는 일에 개입을 할 필요는 없다. 그저 어떤 일이 생기는지 계속 주시해서 내게 보고하도록 해."

"네. 명심하겠습니다."

바토리는 아직 여의주란 존재에 대해 실감이 나진 않았지만, 파벨루크가 이렇게 신경을 쓰는 걸 보면 무언가 있는 게 틀림없었다.

새삼 황가의 숨겨진 비밀을 알았다는 사실에 짜릿함이 느껴졌다.

파벨루크가 말했다.

"네게 블러드 암살단 1개 조의 지휘권을 주마."

"가, 각하……."

바토리의 목소리가 떨렸다.

블러드 암살단이란 이름이 어떤 의미를 가지고 있는지

아는 자라면 당연한 반응이었다.

루넨 공국에서 파벨루크가 비밀리에 키워 낸 최고의 암살자들이 모인 집단이었다. 거기에 1개의 조라면 웬만한 중요 인사는 충분히 암살하고도 남을 정도의 인원이었다.

"대신 황태자와 블레이즈 영애 간에 생긴 일들을 단 하나도 빠짐없이 파악해야 할 것이야."

"네! 각하!"

군기가 반짝 든 바토리의 대답을 들으며 파벨루크는 다시 의자를 뒤편으로 움직였다.

"가 봐라."

그 말에 바토리는 빈틈없는 동작으로 고개를 숙이고는 바깥으로 나갔다.

어두운 방 안에 혼자 남은 파벨루크는 무도회장에서 보았던 이레나를 떠올리며 저도 모르게 나지막이 중얼거렸다.

"……거슬려."

* * *

미라벨은 칼라일이 블레이즈가를 방문한 이후로 그에게 더 빠져 버렸다.

시도 때도 없이 이레나에게 칼라일에 관한 이야기를 물어보면서, 다음에는 또 언제 만나는 거냐며 닦달을 할 정도였다.

"언니, 전하와 너무 안 만나는 거 아니야?"

"저택에 들르신 지 얼마나 됐다고 벌써 또 만나."

"그래도 이제 비밀 연애를 하는 것도 아닌데 바깥에서 데이트도 하고 그래야지, 너무 집에만 있는 것 같아서 걱정돼."

두 사람 사이에서 마치 큐피드라도 되려는 것처럼 굴어서 여간 피곤한 게 아니었다.

물론 그건 미라벨뿐만이 아니었다. 도대체 칼라일이 그날 블레이즈 저택에서 무슨 마술을 부리고 간 건지 고용인들조차 흠뻑 빠져 있었다.

이레나를 볼 때마다 하녀들은 뜬금없이 이런 말을 건네곤 했다.

"아가씨, 전하랑 너무 잘 어울리세요."

"……?"

처음엔 아예 두서없이 내뱉는 그 말이 의아했는데, 이제는 너무 많이 들어서 완전히 적응이 되어 버렸을 정도다.

그만큼 칼라일이 지나가고 난 뒤에 후폭풍은 컸다.

아버지의 반응도 처음과 달라졌다.

칼라일이 황태자이기 때문에 더 이상 신경을 쓰지 않는 건지, 아니면 다른 이유가 있는 건지 알 수는 없지만 어쨌든 달라진 것만은 확실했다.

특별히 이레나에게 무슨 말을 건넨 건 아니었지만, 칼라일과의 만남에 대해서 나름대로 인정해 주는 분위기였다.

그렇게 가족들에게 소개만 했을 뿐인데도, 전보다 한층 진도가 나간 느낌이었다.

다시 평상시의 생활로 돌아온 이레나는 요즘 블레이즈 재정을 관리하는 일로 바빴다.

얼마 후면 칼라일과의 공식적인 결혼 발표를 하게 될 텐데, 정말로 황태자비가 돼 버리면 지금까지 맡아왔던 블레이즈가의 안살림은 전부 미라벨의 몫이 된다.

언젠가 찾아올 그 날을 위해 이레나는 지금부터 부지런히 준비를 하고 있는 중이었다.

미라벨에게 정식으로 인수인계를 해 주기 전에 그동안 재정적으로 골치를 썩였던 일들은 최소한으로 줄여 놓고 싶었다.

책상에 앉아서 이런저런 서류를 살펴보고 있는 이레나를 향해 메리가 무심코 말을 건넸다.

"어머, 아가씨 밖에 비가 와요."

그 말에 문득 고개를 돌려보니 창밖으로 장대비가 쏟아지는 게 보였다. 덕분에 시간이 그리 늦지 않았음에도 하늘이 우중충한 색이었다.

"아, 그러네."

"저택에 열어 놓은 창문이 있는지 확인하고 얼른 닫고 올게요."

"그래. 수고해 줘."

방 안을 간단히 청소하고 있던 메리는 서둘러 하던 일을 멈추고 바깥으로 나갔다.

이레나는 정신없이 쳐다보던 서류에서 잠시 눈을 돌려 창밖으로 빗줄기가 쏟아지는 모습을 물끄러미 바라보았다.

얼마 전이었다면 날씨가 추워서 눈이 내렸을 텐데, 이제 봄이 오려는 건지 비가 내리고 있었다.

'……날씨가 따뜻해지면 좋겠는데.'

미라벨이 추위에 약한 편이라 차라리 더운 여름이 마음이 편했다.

하지만 개인적으로 이레나에게 어떤 날씨가 제일 좋냐고 물어본다면, 이레나는 지금처럼 우중충하게 비 오는 날을 가장 좋아했다.

탁, 탁, 탁, 탁.

창문에 빗줄기가 부딪치는 소리를 감상하면서 바깥을 쳐다보고 있을 때였다.

블레이즈 저택의 정원을 가로지르며 누군가가 급히 말을 타고 들어오는 모습이 보였다.

'대체 누구기에 비 오는 날에 저렇게 급하게 오는 거지?'

문득 궁금증이 생기려고 하는 순간이었다.

방금 전 열어 놓은 창문을 닫겠다고 나간 메리가 다급하게 방문을 열어젖히면서 들어왔다.

"아가씨! 지금 나와 보셔야 할 것 같아요!"

"……?"

그 말에 이레나가 의아한 시선으로 메리를 쳐다보았다. 그러자 메리가 조급한 목소리로 빠르게 말을 이었다.

"데릭 도련님께서 오셨어요."

"……뭐?"

이레나는 생각지도 못한 그 말에 자리에서 벌떡 일어날 수밖에 없었다.

이레나가 서둘러 1층의 현관으로 내려가 보니, 우비를 걸친 채로 들어오는 데릭의 모습이 보였다.

한동안 못 봤어도 데릭은 여전했다. 커다란 키에 훈련으로 단련된 몸, 짧은 금발 머리와 무뚝뚝한 표정이 조금도 변함없었다.

"……오라버니."

이레나가 나지막하게 그를 부르면서 다가갔다.

그러자 어깨에 묻은 빗물을 무심하게 털고 있던 데릭이 계단을 내려오는 이레나를 쳐다보았다.

"도, 도련님."

데릭은 이레나를 발견한 순간 옆에서 시중을 들고 있던 집사 마이클의 손길을 뿌리쳤다. 그리곤 단숨에 계단을 내려오는 그녀를 향해 다가갔다.

긴 다리로 휘적휘적 걸어오니, 눈 깜짝할 새에 이레나의 바로 앞까지 당도할 수 있었다.

이레나는 점점 다가오는 데릭의 이글이글거리는 눈빛을 바라보면서 의아한 마음이 들 수밖에 없었다.

"오라버니가 여기까진 어쩐 일로……."

"네가 그런 편지를 보내왔는데, 오라비가 돼서 가만히 있을 수 있겠느냐."

평상시보다 한층 더 낮아진 목소리가 지금 데릭의 기분 상태가 얼마나 좋지 못한지를 짐작할 수 있게 만들었다.

이레나는 그제야 데릭이 다른 가족들처럼 칼라일과의 비밀 연애에 배신감을 느낀 거라고 생각했다.

"그게…… 먼저 말씀드리지 못해서 죄송해요. 그런데 전하와 연애를 한다고 밝힐 수가 없는 상황이어서 어쩔 수 없었어요."

"누가 그런 걸 묻는 것이냐? 너도 다 컸는데 마음에 드는 남성과 연애를 할 수도 있겠지."

"……네?"

전혀 생각지도 못한 데릭의 반응에 이레나는 저도 모르게 반문하고 말았다.

하지만 데릭의 말을 거기서 끝이 아니었다.

"왜 하필…… 황태자 전하냐?"

“그게 무슨 말씀이신지…….”

이레나는 영문을 모르겠다는 표정으로 데릭을 쳐다보았다.

그럴 수밖에 없었다. 데릭이 이렇게 분노할 만한 일은 없다고 판단했으니까.

데릭은 잔뜩 인상을 찌푸리며 정말 모르냐는 듯이 재차 입을 열었다.

“너, 황태자 전하에 대한 신탁은 알고 있는 거냐?”

이레나는 그 말을 듣고서야 ‘아—’하고 깨달을 수 있었다. 이제야 데릭이 왜 이렇게 화를 내는지 알게 되었다.

바로 칼라일과 처음으로 결혼한 상대는 불행하게 살 거라는 신탁 때문이었다.

황태자와 처음으로 결혼하는 상대는 평생을 고독하게 보낼 것이다. 지극히도 불행한 삶을 살다가 끝내 비참한 죽음을 맞이하게 되리라.

예언의 내용을 알고는 있었지만, 잠시 기억 속에서 잊고 있었다.

가족 중에 미라벨만 이러한 사실을 알지 못했다. 워낙 사교계에서 활동하지 않았기에 누군가에게 들을 기회가 없었던 탓이다.

어찌 보면 정말 다행 중 다행이었다. 미라벨이 알고 칼라일과의 결혼을 반대했다면 정말 진땀을 뺐을 테니까.

저번 생에선 나중에 제국민들 또한 이 사실을 전부 알게 된다. 하지만 아직까진 귀족들끼리만 수군댈 뿐, 널리 퍼지지 않은 내용이라 하녀들도 전부 모르고 있는 상태였다.

이레나는 주변에서 의아하게 바라보는 고용인들의 시선을 느끼고 목소리를 낮춰 대답했다.

"오라버니, 그 얘기는 여기서 나눌만한 내용이 아닌 것 같습니다."

"왜? 뭐 때문에 여기서 하지 못한다는 거지? 다들 알 건 알아야 하지 않겠느냐."

생각지도 못한 복병이었다.

데릭은 칼라일과의 결혼이 정말로 마음에 들지 않는 모양이었다.

이레나는 저도 모르게 '산 넘어 산'이라는 생각을 하며, 최대한 차분한 표정과 침착한 말투로 데릭을 달랬다.

"알겠어요. 우선 먼 길 오느라 고생하셨을 텐데 비에 젖은 옷부터 갈아입으셔야지요. 수도는 날씨가 추워서 감기에 걸리기 십상이에요."

전생이었다면 이렇게 여유롭게 대처하지 못했을 테지만, 지금은 감정이 격해진 데릭을 상대로도 온화하게 말을 건넬 수 있었다.

왜냐하면 이 모든 게 데릭이 자신을 아끼기 때문이라는 걸 알았으니까.

"……!"

그 말을 듣고 데릭의 무뚝뚝한 표정이 더욱 딱딱하게 굳어졌다.

하지만 이레나는 당황하지 않은 채, 능숙하게 그가 걸치고 있는 우비를 벗겨 주었다.

바깥에서 내리는 장대비 때문에 우비는 아주 빗물에 푹 젖어있다시피 해서 대리석 바닥으로 빗방울이 후드득 떨어져 내렸다.

"집사, 오라버니의 우비를 좀 받아 줘요."

"아, 네. 아가씨."

멍하니 그 두 사람의 대화를 듣고 있던 마이클이 재빨리 이레나에게 다가와 데릭이 입고 있던 젖은 우비를 받아 갔다.

그리곤 이레나는 옆에서 구경 중이던 메리를 향해 말했다.

"실수로 누군가 미끄러지지 않게 바닥에 떨어진 빗물을 닦아 놓으렴."

"네, 네! 아가씨!"

메리는 부리나케 다시 이레나의 방으로 돌아가서 청소용품을 가지고 나왔다.

데릭은 이 상황이 못마땅하다는 듯, 혹은 달라진 이레

나의 모습이 의외라는 듯 복잡한 표정으로 그녀를 쳐다보고 있었다.

이레나가 먼저 데릭에게 말을 건넸다.

“제가 직접 방을 안내해 드릴게요. 우선 씻으시고 난 다음에 얘기해요.”

“……알겠다.”

데릭의 마지못한 대답에도 이레나는 왠지 입가에서 미소가 지어졌다.

빗줄기가 이처럼 거세게 쏟아지는 날에도 이레나가 걱정이 되어서 멈추지 않고 달려와 준 데릭이었다. 기쁘지 않을 리가 없었다.

자신을 걱정해서 달려온 게 뻔히 다 보이는데, 무작정 화만 내고 있는 데릭이 태어나서 처음으로 귀엽게 느껴졌다.

“이쪽으로 오세요.”

다정하게 방을 안내해 주는 이레나를 보며 데릭만 어색하게 표정을 굳힐 뿐이었다.

이레나는 느긋하게 자신의 방에 앉아서 데릭을 기다리고 있었다.

혹시 다른 곳에서 데릭을 만났다간 방금 전처럼 주변의 시선에 상관없이 칼라일의 신탁에 대해 떠들까 봐 걱정이 됐기 때문이다.

그래서 데릭이 샤워를 끝마치면 이레나의 방으로 안내해 달라고 말을 해 놓고, 미리 주변에는 아무도 접근하지 말라고 명령을 내려놓은 상태였다.

그리고 따뜻한 남부 지방에서 여기까지 추위를 뚫고 달려왔을 데릭을 위해 이레나는 미리 따뜻한 차도 준비해 놓았다.

그렇게 어느 정도 시간이 지났다.

방문을 열고 나타난 데릭은 비에 젖은 옷을 벗고 다시 멀끔해진 모습이었다.

이레나는 앉아 있던 자리에서 벌떡 일어나서 데릭을 맞아 주었다.

"어서 오세요, 오라버니."

"……그래."

데릭은 여전히 표정을 딱딱하게 굳힌 채로 이레나의 맞은편으로 가서 앉았다.

그러자 이레나는 재빨리 준비해 두었던 따뜻한 차를 따라서 데릭의 앞에 놓아주었다.

가만히 그것을 바라보고 있던 데릭의 미간이 슬쩍 좁아졌다.

"내가 황태자 전하와의 사이를 반대할까 봐 이렇게 잘 대해 주는 것이냐?"

"아니에요, 오라버니. 저 때문에 먼 길을 달려오셨을

걸 생각을 하니 죄송스러워서 그렇죠."

"착각하지 마라. 꼭 너 때문에 온 것만은 아니다. 곧 수도에서 열릴 검술 대회도 있고 하니 겸사겸사 온 것이지."

"네, 알아요."

이레나는 저도 모르게 흐릿한 미소를 머금었다.

사실 벌써부터 검술 대회 때문에 수도에 왔다는 건 말도 안 되는 일이었다. 하지만 데릭이 그렇게 말하니 믿어 주는 수밖에.

데릭은 딱딱하게 표정을 굳힌 채로 심각하게 말을 내뱉었다.

"전하와 결혼까지 생각하고 있다는 게 사실이야?"

"네 맞아요."

"왜 하필…… 됐다. 이미 지나간 일이니. 전하께서 너를 위하시는 마음이 있다면 결혼은 두 번째로 하겠다 청하거라."

"그건 안 돼요."

"왜지?"

"저는 전하의 황태자비가 될 거니까요."

이레나는 차분하지만 명확하게 자신의 의사를 밝혔다.

거기에 데릭의 눈동자가 흔들릴 수밖에 없었다. 지금까지 이레나가 권력욕이 있다고 생각해 본 적이 없었기 때문이다.

"황태자비라니, 그런 자리에 욕심이 있는 것이냐?"

"이왕이면 전하의 차비보다 낫지요. 그리고 다른 누군

가를 황태자비로 세우고 두 번째로 식을 올릴 만큼 저는 시간이 없어요. 오라버니."

파벨루크가 황제가 되기까지 고작 일 년 정도 남은 기간이다.

과거로 돌아오고 난 후에 소비한 시간만큼 제외하면, 앞으로는 일 년보다 조금 더 안 되는 기간이 남아 있었다.

천하의 파벨루크를 막고, 가족들을 지키기엔 너무나 촉박한 날짜였다.

데릭이 말했다.

"이해가 되지 않는구나. 그러다 신탁의 내용처럼 불행해지면 어쩌려고?"

"절대로 그럴 리 없어요."

"어찌 장담할 수 있겠느냐?"

답답하다는 듯이 말하는 데릭에게, 이레나는 분위기에 맞지 않는 화사한 웃음을 지어 보였다.

평상시의 이레나답지 않게 밝은 표정이라 데릭조차 주춤할 수밖에 없었다.

"저를 이렇게 걱정해 주시는 오라버니와 미라벨, 그리고…… 아버지가 있는데 제가 어떻게 불행할 수 있겠어요. 제게 불행은 가족들이 없는 거예요."

얼마 전 아버지의 냉대에 가슴에 상처를 입기도 했지만, 그럼에도 그들은 모두 한 가족이었다.

비록 자신의 마음을 알아주지 않는 아버지라 할지라도 전생에서는 그런 아버지의 얼굴을 떠올리며 셀 수도 없는 밤을 눈물로 지새웠다.

좋으나 싫으나 모두 이레나가 지켜야 할 사람들이었다.

어떤 연류로 시간이 되돌아왔는지 알 수는 없었지만, 분명 그중에는 가족들을 지키라는 신의 계시도 있을 것이다.

무엇보다 이레나는 스스로 맹세했다. 다시는 소중한 가족들을 잃어버리지 않을 것이라고.

"황태자 전하와의 결혼이 우리 가족과 대체 무슨 상관이라고……."

데릭은 이해할 수 없다는 듯이 중얼거렸지만, 그래도 이레나가 가족을 생각하는 마음이 싫지 않았던 모양이다.

딱딱하게 굳어 있던 그의 표정이 조금은 풀어졌다.

"오라버니 마음에는 안 드실 수도 있어요. 하지만 제가 선택한 남자고, 제가 선택한 결혼이에요. 누구보다 축복해 주셨으면 좋겠어요."

"……후회하지 않겠느냐?"

"절대요."

확신에 찬 이레나의 눈빛을 바라보며, 데릭은 내키지 않는다는 표정을 지었지만 더 이상의 말을 꺼내지 않았다.

그저 조용히 이레나의 얼굴을 들여다보다가 한층 낮아진 목소리로 말했다.

"난 네가 행복했으면 좋겠구나."

그 말에 왠지 이레나의 가슴이 뭉클해졌다.

문득 저번 생에서 블레이즈 성으로 침입한 적들을 막아서며, 이레나에게 도망가라고 지시했던 오라버니의 뒷모습이 떠올랐다.

그때의 데릭이 마치 이레나에게 전해 주는 말 같았다. 네가 행복하기를 바란다고.

이레나는 진심으로 행복한 웃음을 지어 보이며 대답했다.

"저는 지금 정말로 행복해요, 오라버니."

* * *

데릭은 수도에 도착한 첫날 이후로 칼라일에 대한 말은 꺼내지 않았다.

그가 칼라일의 신탁에 관한 이야기를 할까 봐 걱정했는데, 다행히도 그런 일을 일어나지 않아서 여전히 아무도 모른 채 지나갈 수 있었다.

그렇게 며칠의 시간이 흘렀다.

칼라일은 저번에 약속했던 대로 이레나와 미라벨의 황궁 구경을 시켜 주기 위해 황실의 마차 한 대를 보내 주었다.

마차의 외부는 온통 순금으로 장식이 되어 있어서 미라벨은 벌어진 입을 다물 수가 없었다.

"와아—"

그렇게 다시 황궁으로 들어온 이레나와 미라벨은 무도회에 참석했던 때처럼 시종의 안내를 받으면서 미로 같은 정원을 걷고 있었다.

"언니, 저기 분홍색 꽃 좀 봐. 너무 신기하다. 황궁에서만 피는 건가 봐."

"그러게. 지금까지 한 번도 보지 못한 꽃이네."

여유롭게 주변의 풍경을 감상하면서 걷던 이레나는 갑자기 떠오르는 기억에 발걸음을 멈췄다.

"아참, 깜빡했네."

"왜에?"

"전하의 외투를 가지고 있는 게 있어서, 오늘 온 김에 돌려드리려고 했거든."

레스토랑에서 식사를 한 날, 이레나가 말을 타고 싶다고 하자 칼라일이 추울까 봐 그녀에게 덮어 주었던 것이었다.

그때 당시에 돌려줄 타이밍을 놓쳐서 어쩌다 보니 지금까지 간직하게 된 옷이었다.

안 그래도 칼라일이 블레이즈가를 방문한 날, 그를 배웅하면서 생각난 김에 돌려주는 게 낫겠다 싶어서 말을 건넨 적이 있었다.

—전하, 여기서 잠시만 기다려 주시면 저번에 제게 주신 외투를 가져올게요.

—됐어. 다음에 찾아가도록 하지. 그때까지 그대가 잘 간직하고 있어.

—아…… 네, 알겠습니다.

이상하게 그때 칼라일이 한 말이 마음에 걸렸다.

마치…… 어딘가에서 들어 본 적이 있는 말 같았기 때문이다.

문득 묘한 기분이 들어서 이레나는 저도 모르게 곰곰이 생각에 잠겼다.

'내가 이런 비슷한 말을 어디서 들었더라?'

흡사 안개에 싸인 것처럼 속 시원히 떠오르지 않는 기억에 골머리를 썩일 때였다.

옆에서 나란히 걷던 미라벨이 갑자기 손가락으로 무언가를 가리키며 크게 말했다.

"언니, 저 석상은 진짜 멋있다."

이레나의 시선이 무심코 미라벨이 가리킨 석상으로 향했다.

거대한 용이 승천하려는 것처럼 여의주를 들고 날아오르려고 하는 모습이었다. 그것은 생동감이 느껴질 정도로 정교해서 한 번 보면 쉽게 잊히지 않을 것 같았다.

"……아!"

갑자기 머릿속에 번뜩하고 어떤 장면이 지나갔다.

아주 오래된 기억이었다. 이제는 너무나 시간이 흘러서 기억조차 빛을 바랬다고 느껴지는 그런 추억이 말이다.

이레나는 서둘러 고개를 돌려서 주변을 살펴보았다.

저 멀리서 무도회장이 열렸던 프리지아 궁이 눈에 들어왔다.

그때 왜 이곳이 눈에 익었는지 알 것만 같았다.

이레나는 마치 번개라도 맞은 사람처럼 딱딱하게 굳어 있을 수밖에 없었다.

'……생각났어.'

자신에게 푸른 구슬 반지를 준 남자아이가 누구인지 떠올랐다.

—내가 찾으러 갈 때까지 가지고 있어. 반드시 돌려받으러 갈 테니까.

이 구슬과 꼭 닮은 푸른 홍채를 어떻게 잊어버릴 수 있었는지 모르겠다.

자신을 빤히 쳐다보던, 그 열기 어린 묘한 눈동자를.

*　　*　　*

"전하, 무슨 생각을 그렇게 하십니까?"

제너드는 팔짱을 낀 채로 멍하니 창밖을 쳐다보고 있는 칼라일에게 물었다. 그 말에 초점을 잃고 어딘가를 쳐다보던 칼라일의 푸른 홍채가 다시금 또렷하게 변했다.

하지만 칼라일은 여전히 창밖에서 시선을 떼지 않은 채로 나지막이 입을 열었다.

"그냥, 옛날 생각."

지금 칼라일의 시선이 향한 곳은 창밖으로 보이는 프리지아 궁이었다.

칼라일은 황궁에 대해 별로 좋은 기억을 갖고 있지 않았다.

어쩌면 당연한 건지도 모른다. 어린 시절의 자신은 무척이나 불우했으니까.

태어나는 순간부터 어머니가 비천하다는 이유로 황궁이 아닌, 하녀들이 머무는 숙소에서 자랐다. 여덟 살이 되기 전까지는 아버지가 황제인 줄도 모르고 컸다.

칼라일은 황제가 낳은 가장 첫 번째 아들이었지만, 그 누구도 그를 황자로 인정해 주지 않았다.

그래서인지 어린 시절 기억하는 어머니는 항상 누군가에게 사과하고 있었다.

황후가 어머니께 찻잔을 집어 던져도 빌어야 했고, 다른 하녀들의 시기 어린 질투와 괴롭힘에도 고개를 숙여야만 했다.

어렸을 땐 도대체 어머니는 뭐가 그렇게 죄송한 건지 이해하지 못했는데…… 나중에 자라고 보니 그게 다 자신 때문이었다.

그럼에도 어머니는 언제나 칼라일에게 사과를 하곤 했다.

"미안하구나, 카릴. 이렇게 못난 어미를 만나게 해서 정말로 미안해."

어머니가 고생하는 모든 것은 다 칼라일을 지키기 위해서였다.

권모술수가 난무하는 황궁에서 아무런 외척도 없이 태어난 황자의 목숨을 건사하기가 그만큼이나 힘이 든 것이었다.

칼라일이 지금에 와서 생각해 보면 오히려 아무도 그에게 관심을 갖지 않았기 때문에 목숨을 부지할 수 있지 않았나 싶다.

"카릴, 누가 뭐라고 하면 무조건 잘못했다고 빌 거라. 너는 숨조차 크게 내쉬면 안 돼."

"싫어. 내가 잘못한 게 없는데 왜 그래야 돼?"

"철없는 소리. 다른 사람들의 눈에 거슬리는 순간, 네 인생은 끝이야."

"어머니, 우리 그냥 같이 도망가면 안 돼? 나는 황자로 살고 싶지 않아."

진심이었다.

당시에 어머니만 곁에 있어 준다면 허울뿐인 황자의 자리는 수천, 수만 번이라도 내팽개칠 수 있었다.

하지만 그때마다 어머니는 힘없는 미소를 지으면서 이렇게 대답했다.

"카릴, 넌 이렇게 살면 안 돼. 네 몸에 흐르는 피가 얼마나 귀한 건데 널 어미처럼 살게 하겠니? 너는 하늘을 나는 새처럼 높은 곳만 보거라."

그 어떤 부귀영화도 필요 없다고 수도 없이 말했지만 어머니는 언제나 들은 척도 하지 않았다.

그렇게 인생의 전환점은 예고도 없이 찾아왔다.

어느 날, 칼라일의 몸에서 여의주가 나타난 것이다.

일주일간을 침대에 누워서 극심한 고통으로 발버둥 쳤다. 온몸의 피부가 새까맣게 변했다가 다시 하얘지는 그 과정을 한마디의 말로 설명할 순 없었다.

칼라일은 자신의 몸에서 일어나는 신체의 변화를 겪으며 그때야 비소로 깨달았다.

자신은 정상적인 인간이 아니라는 사실을.

그렇게 푸른색의 여의주가 몸 안에서 자라 바깥으로 분리가 되기까지 몇 번의 태양이 뜨고 달이 저물었다.

완벽해진 구슬을 손안에 쥔 순간, 그날 처음으로 황제인 아버지를 만날 수 있었다.

그리고 아버지에게서 황가가 드래곤의 피를 얻게 된 이야기를 전해 들었다.

당장이라도 헛구역질이 나올 것 같았다. 이 피는 단순히 괴물이 아니라…… 저주받은 것이나 마찬가지였다.

어머니는 완전히 틀렸다. 자신의 몸 안에 흐르는 피는 결코 귀하거나 축복받은 것이 아니었다.

아직도 또렷이 기억이 난다.

설리반의 자신의 앞에서 눈을 맞추며 어깨를 다독거리던 그 장면이 말이다.

"칼라일, 너는 내 뒤를 이을 황태자가 되는 거다. 아비는 이제 너만 믿는다."

얼마 후 설리반은 그를 황태자로 책봉하겠노라고 모두에게 선언했다.

그때부터 칼라일의 인생이 바뀌었다. 설리반은 거짓말처럼 자신을 끔찍이 아끼기 시작했고, 덩달아 어머니를 보는 날은 서서히 줄어 들어갔다.

그러던 어느 날, 어머니는 칼라일에게 이렇게 말했다.

"어미는 잠깐 황궁을 나가야겠어요. 황태자 전하, 혼자서 잘 해낼 수 있지요?"

"어딜 가는데? 가지 마."

"금방 돌아올게요. 손가락으로 딱 열 밤만 세고 계세요."

"싫어, 가지 마. 어머니!"

칼라일이 아무리 울고불고 매달려도 어머니는 매정하리만큼 차갑게 뒤돌아서서 황궁을 나섰다.

그 후로 작은 손가락을 하나씩 접어 가며 하염없이 많은 밤들을 열 번으로 세고, 또 세어 봐도 어머니가 황궁으로 다시 돌아오는 일은 없었다.

그러다가 보니 어느 순간 깨달았다. 어머니는 두 번 다시 돌아오지 않을 거라는 걸.

지독히도 외로웠다.

황궁 안에 기거했지만 언제부턴가 자신이 먹는 음식에는 수시로 독이 타져 있었고, 몇 번이나 생사의 고비를 넘겨야 했다.

앞에서는 모두 웃는 얼굴인데, 뒤돌아서면 누가 적인지 분간이 가질 않았다.

도대체 누가 아버지의 눈을 피해 자신을 독살하려고 하는 것일까?

사방이 적인 것만 같고 아무도 믿을 수 없었다. 그렇게 혼자서만 서서히 고립되어 갔을 때 설리반이 자신을 찾아왔다.

그리고 최후의 통첩을 날렸다.

"칼라일, 여기선 너를 지켜줄 방법이 마땅치 않구나.

차라리 변방으로 가서 전쟁에 참여하거라."

"아, 아버지…… 저는 거기 가면 죽어요."

"어허, 너는 드래곤의 피를 가장 많이 이은 아이다. 쉽게 죽을 리가 있겠느냐? 아비의 결정에 따르거라. 이게 최선이다."

아버지는 마치 광기 어린 사람처럼 지독하게 신화에 집착해서 눈앞의 현실을 보려고 하지 않았다.

그때 칼라일의 나이가 고작 열세 살이었다.

자신에게 그 말은 곧 황궁 밖에서 죽으라는 소리나 마찬가지였다.

단 한 번도 검을 들어 본 적 없는 꼬맹이가 전장에 나가서 살아 돌아올 확률은 얼마나 될까?

황궁에서조차 이렇게 자신을 죽이려 호시탐탐 노리던 자들인데, 아버지의 곁에서 멀어지면 얼마나 더 심해질지 겪어 보지 않아도 뻔한 일이었다.

"……하."

지독히도 재수가 없는 인생이었다.

더구나 자신의 반려는 평생을 불행하게 살 거라는 신탁까지 내려온 상황이다.

어쩌면 정말 그럴지도 모르겠다는 생각이 들었다. 불운한 놈과 결혼했으니 상대도 당연히 불운해질 수밖에 없을 거라고.

칼라일에겐 더 이상의 분노도, 억울함도, 슬픔도 느껴지지 않았다.

그에게 남은 감정이란 오직 공허함뿐이었다.

어머니는 자신을 버려둔 채 황궁을 나갔고, 아버지는 최후의 방법이라며 자신을 위험한 사지로 내몰고 있었다.

살아날 확률은 지극히도 드물었지만, 굳이 살고 싶은 욕심도 들지 않았다.

'모든 건…… 이 여의주 때문이야.'

칼라일은 손안에 쥐고 있는 푸른색의 구슬 반지를 내려다보았다.

어머니가 떠나기 전에 다른 사람에게 들키지 않도록 반지로 만들어 주었지만, 이런 게 무슨 소용이 있나 싶었다.

자신을 위해서도, 하물며 가족을 위해서도 사용할 수 없는 물건인데…….

그즈음엔 황궁에서 일하는 하녀들조차 칼라일과 눈도 마주치기 싫어했다. 그의 존재가 부정하다는 소문이 돌기 시작했기 때문이다.

우습지만 스스로 생각해도 그 소문은 틀린 말이 아니었다.

"……하늘 참 맑네."

전장으로 떠나기 하루 전, 칼라일은 황궁에서 가장 커다란 프리지아 궁에 숨어서 파란 하늘을 올려다보고 있었다.

기분은 말도 못 할 정도로 시궁창이었지만, 그런 자신의 마음과 달리 하늘이 무척이나 맑고 청명한 색을 띠고 있었다.

왠지 억울하단 생각이 들었지만, 지금까지 살아오면서 칼라일의 기분에 따라 달라진 것은 없었으니 상관없었다. 언제나 타인의 손에 휘둘려야 했으니까.

그렇게 마음속으로 모든 것을 다 포기하려던 순간이었다.

자박, 자박.

작은 발걸음 소리가 들렸다.

무심코 소리가 들린 방향으로 고개를 돌렸을 때, 커다란 수풀을 헤치고 눈부신 금발 머리의 소녀가 나타났다.

"……!"

칼라일은 순간 할 말을 잃고 말았다.

요정이라고만 생각했다. 이렇게나 아름다운 인간이 있을 거라고 믿기지 않았으니까.

순금을 녹여 만든 것 같은 금발 머리에 투명한 피부, 그리고 작은 얼굴에 보석처럼 박혀 있는 선명한 진홍색의 눈동자가 빤히 칼라일을 쳐다보고 있었다.

처음 눈이 마주친 그 찰나의 순간이, 마치 영원처럼 길게 느껴졌다.

칼라일이 멍하니 소녀를 바라보고 있을 때였다.

"너 황궁에서 일하는 시종이니? 내가 길을 잃어서 그런데 여기가 대체 어디야?"

"……뭐?"

칼라일은 오랜만에 들어 보는 반말에 눈을 크게 뜰 수밖에 없었다. 아무리 허울뿐이라지만 황태자의 직책을 얻고 나서부터는 모두 그에게 존댓말을 썼다.

하지만 아무런 대답도 하지 않는 칼라일을 보며 소녀는 혼자서 추측을 한 모양인지 나지막이 중얼거렸다.

"혹시 이 아이도 길을 잃은 건가?"

그 물음에 칼라일은 불현듯 지금 자신이 입고 있는 옷을 내려다보았다.

스스로가 보기에도 꾀죄죄하기 그지없었다. 어차피 내일 전장으로 떠나는데 죽기 전에 뭘 못할까 싶어서 마음껏 돌아다녔더니 이 꼴이었다.

솔직하게 자신의 정체를 밝힐까도 싶었지만, 눈앞의 소녀가 다른 사람들처럼 존대를 쓰는 걸 듣고 싶진 않았다.

다들 입 밖으로는 존대를 내뱉고 있었지만, 그들이 보내는 시선이나 말투는 너무나 차가웠으니까.

곧 눈앞의 소녀가 짐짓 기분 나쁘다는 듯이 붉은 눈동자를 부리부리하게 치켜뜨며 말했다.

"그런데 왜 사람이 묻는데 대답을 안 해?"

황궁에서 꼬리 아홉 개는 달린 여우같은 여성들만 보다

가 이런 소녀를 보니, 무섭기는커녕 기가 찰 수밖에 없었다.

"내가 왜 묻는 말에 대답을 해야 하지?"

"그야…… 원래 시종은 귀족의 말에 따라야 하는 거잖아."

칼라일은 그 말에 뒤로 벌러덩 누우면서 심드렁한 목소리로 대꾸했다.

"오늘은 파업이야."

"뭐? 말도 안 돼."

"황궁 안의 길은 다른 사람한테 물어봐."

"한참을 돌아다녔는데 여기선 아무도 만날 수 없었던 말이야."

프리지아 궁은 워낙 넓고 미로 같으니 안내해 주는 사람을 놓치면 누구나 길을 잃어버리기 십상이었다.

보아하니 소녀의 드레스가 지저분해진 게 꽤 헤매고 다닌 것 같았지만, 누군가에게 친절을 베풀 정도로 이쪽 사정도 여의치 않았다.

소녀가 뭐라고 몇 마디를 더 떠들었지만, 칼라일은 눈을 감고 무관심으로 일관하였다.

그러자 어느 순간 주위가 조용해졌다.

갑자기 궁금한 마음이 들어서 슬쩍 눈을 뜨고 살펴보니, 근처에 쪼그리고 앉아서 꽃을 살펴보는 소녀의 모습이 들어왔다.

아까 칭얼거리던 모습과 달리 꽃을 보고 방긋 웃는 모

습이 어여뻤다. 물론 방금 전의 그 얼굴도 좋았지만 이쪽이 훨씬 더 마음에 들었다.

"그 꽃이 신기해?"

"말 걸지 마. 길 안내도 안 해 주면서……."

"다른 사람한테 물어보라고 했잖아."

"치, 여기서 어떻게 다른 사람을 찾아가란 말이야? 내가 얼마나 돌아다니다가 널 만난 건데…… 혼자는 무섭기도 하고."

점점 작아지는 소녀의 목소리가 귀여워서 칼라일은 저도 모르게 피식 웃고 말았다.

이렇게 또래를 만나 본 것은 오랜만이었다. 언제나 죽일 듯이 노려보는 배다른 동생들이 아닌 완벽한 타인 말이다.

"그게 그렇게 신기한 꽃인 줄은 몰랐네. 황궁 안에 널리고 널린 거라."

"내가 사는 곳에는 없는 거야. 아마도 여기서만 피는 꽃인 것 같은데…… 넌 황궁에서 나가 본 적이 없어?"

"……없어."

"한 번도?"

"응."

칼라일의 대답에 오히려 소녀가 놀란 표정이 되었다.

"그럼 황궁 밖에 있는 제과점에 가거나, 오페라를 구경한 적도 없어?"

"응, 없어."

"와— 찰리 아저씨네 제과점은 진짜 맛있는데. 원래 어린이는 오페라를 구경하지 못하는데, 나도 어머니가 데려가 줘서 아주 잠깐 본 적이 있어. 얼마나 웅장하고 멋있었는데."

"……."

칼라일은 대답하지 않았다.

그건 그가 모르는 별세상의 이야기였으니까.

아무 말도 하지 않는 칼라일을 보더니 소녀는 아차 싶었는지, 슬그머니 칼라일의 옆자리로 다가와서 말을 건넸다.

"그럼 나랑 같이 가 볼래?"

"……뭐?"

"내가 황궁 밖에 있는 재미난 곳에 데리고 가 줄게."

환한 표정으로 이야기하는 소녀가 왠지 눈이 부셔서 칼라일의 심장이 평상시보다 더 빠르게 뛰기 시작했다.

소녀가 말을 이었다.

"내 이름은 이레나 블레이즈야. 넌 뭐라고 부르면 돼?"

"……없어."

"이름이 없다고?"

칼라일이 다시 입을 꾹 다물자, 이레나는 혼자 착각을 한 모양이었다.

"……너 되게 딱하구나."

딱히 아니라고 부정하고 싶지 않았다. 황태자라는 직위만 뺀다면 칼라일은 동정을 받아 마땅한 처지였다.

하지만 그 누구도 그를 불쌍하게 여기지 않았다. 그가 황태자이기 때문에, 여의주를 가지고 있었기 때문에 당연히 치러야 할 일이라 했다.

그는 고작 열세 살의 꼬마아이였을 뿐인데.

"걱정하지 마. 어머니한테 말씀드리면 너도 데려가 주실 거야. 황궁에서의 생활이 힘들면 우리 저택에서 일할래?"

"……그럴까?"

할 수만 있다면 지금 자신을 구속하고 있는 모든 것을 내려놓은 채 마음대로 살고 싶었다.

어머니는 새처럼 높은 곳을 보라고 했지만, 칼라일은 그저 새처럼 자유롭고 싶을 뿐이었다.

"그래 그럼. 우리 집으로 가는 거다? 나랑 오페라도 같이 보고, 제과점도 가고…… 음, 그밖에 재밌는 것도 많이 보여 줄게. 약속!"

이레나가 내미는 작은 새끼손가락을 쳐다보다가, 칼라일은 거기에 자신의 손가락을 걸었다.

그 순간 왠지 울컥 눈물이 날 것만 같았다.

정말로 이레나를 따라서 그런 삶을 살고 싶었으니까.

"대신에 이제부턴 날 아가씨라고 불러야 돼. 이런 황궁에서 일하느라 잘 모르나 본데 원래 시종들은 날 그렇게 불러야지 아니면 크게 혼이 난단 말이야. 그렇지만 단 둘이 있을 때는 내 이름을 부르는 걸 허락할게."

"……그건 그때 가서."

"치, 생긴 거랑 다르게 되게 깐깐하네."

그렇게 이레나와 칼라일은 하루 종일 프리지아 궁을 돌아다니면서 놀았다.

이레나는 칼라일의 작은 상처를 보고 드레스의 끝부분을 찢어서 동여매 주기도 했고, 칼라일은 자신만이 아는 장소를 구경시켜 줬다.

거대한 용이 승천하려는 것처럼 여의주를 들고 날아오르려고 하는 조각상도 보여 주었고, 궁 안에 있는 인조 호수에 가서 둘이 발장구도 쳤다.

이레나는 모르겠지만, 칼라일은 일부러 사람들이 다니지 않는 황궁의 길목으로만 그녀를 데리고 이동하는 중이었다.

이 즐거운 시간이 영원히 끝나지 않았으면 좋겠다고 생각했다.

하지만 칼라일의 간절한 바람과 달리, 이레나를 돌려보내 줘야만 하는 시간이 결국 찾아오고야 말았다.

"렌! 어디 있니?"

누군가 이레나를 찾는 목소리가 들려왔다. 그 밖에도 '아가씨!'라고 크게 부르는 여러 사람들의 목소리가 울렸다.

덕분에 칼라일과 정신없이 놀던 이레나는 번뜩 정신을 차릴 수 있었다.

“앗! 어머니다! 난 가 봐야겠어. 곧바로 어머니께 말씀 드려서 널 데리러 올게.”

이레나는 한 치의 미련도 없이 자리에서 일어나 그녀를 찾는 어머니에게 돌아가려고 했지만, 칼라일은 이미 알고 있었다. 이게 끝이라는 걸.

“이레나!”

“응?”

다급하게 부르는 칼라일의 목소리에 이레나가 뒤를 돌아보았다.

그는 망설임 없이 가지고 있던 여의주 반지를 이레나에게 건넸다.

“너 줄게.”

“이게 뭔데?”

“반지야.”

“반지? 어머니가 함부로 물건을 받는 거 아니라고 했는데…… 난 괜찮아.”

칼라일이 무언가를 설명하려고 했지만, 점점 이레나를 찾는 사람들의 목소리가 가까워지고 있었다.

뿐만 아니라 금방이라도 자신을 두고 이레나가 그쪽으로 가 버릴 것 같아서, 시시콜콜히 설명을 하고 있을 시간이 별로 없었다.

“이건…… 그러니까 내 어머니의 유품이야. 내가 간직할 수 없어서 주는 거니까. 잠시만 네가 맡아 줬으면 좋겠어. 어차피 우리의 약속을 지키러 올 거잖아.”

“아 그렇지.”

“내가 찾으러 갈 때까지 가지고 있어. 반드시 돌려받으러 갈 테니까.”

“응.”

“약속이다?”

“그래. 약속해!”

화사하게 웃는 이레나를 보면서 칼라일은 기쁘기도 하고, 동시에 슬프기도 했다.

어차피 이제 전장으로 떠나면 언제 죽을지 알 수 없었다. 자신을 위해서도 가족들을 위해서도 사용할 수 없다면, 딱 한 가지만 빌 수 있다는 소원을 지금 사용하고 싶었다.

‘내 소원은…….’

칼라일의 마음에 반응한 건지 푸른색의 여의주가 희미하게 빛을 발했다.

—소원을 말하시오, 주인.

머릿속에서 누군가가 그에게 말을 건넸다.

처음 겪어 보는 일이라 당황스러웠지만, 이상하게도 한편으론 익숙한 느낌이었다. 마치 이런 일이 벌어질 줄 알았던 것처럼.

'이레나 블레이즈가 죽지 않게 지켜 줘.'

자신이 정말로 죽지 않고 다시 황궁으로 돌아온다면 이레나와 했던 약속들을 지키고 싶었다. 그때는 지금처럼 허무하게 보내 버리진 않을 것이다.

더구나 자신의 반려는 불행하게 살다가 비참하게 죽을 거라는 신탁이 내려온 상태였다.

'……그렇다면 죽지 말고 있어.'

이레나는 부지런히 자신을 찾는 사람들에게 달려가는 도중, 갑자기 멈춰서 칼라일을 향해 세차게 손을 흔들었다.

그 모습을 바라보며 칼라일은 저도 모르게 흐릿하게 웃었다. 그리곤 손을 들어 올려 같이 그녀를 향해 흔들어 주었다.

'내가 살아남는다면, 데리러 갈 테니까.'

당시에는 반려라는 게 무언지, 결혼이라는 게 어떤 건지 완벽하게 머릿속으로 인지하고 있던 나이는 아니었다.

고작 열세 살에 겪었던 단 하루의 해프닝이었다.

어떻게 보면 얼마 못 가 죽을 거라고 생각했기에 우발적으로 벌인 일이었다.

그런데 그 별거 아닌 하루가 가슴속에 오랫동안 박혀서 잊히지를 않았다.

칼라일은 지옥 같은 삶을 살면서 항상 이레나를 떠올렸다.

처음으로 사람을 죽이게 된 날에도, 암살자들이 자신의 숙소를 찾아왔던 밤마다…….

그리고 한쪽 팔이 괴물처럼 변하게 된 순간에도 말이다.

저도 모르게 괴롭고 힘이 들 때마다 이레나와 함께였던 그 날 하루를 떠올렸다. 그래서 언젠가부터 그날의 추억은 그저 그런 평범한 하루가 아니게 되어 버렸다.

그건 칼라일이 지켜야 할 약속이었고, 지옥 속에서 살아남아야 할 이유였으며, 그가 마지막으로 도달해야 할 종착역이었다.

일종의 구원이라고 해야 할까.

'……기필코 살아서 만날 거야. 그래서 그 후로 날 찾아왔는지, 혹시 나처럼 그리워하진 않았는지 물어봐야지.'

그 생각은 마치 식물처럼 자라났다.

햇빛과 물을 주지 않았는데도 칼라일의 마음속에서 그건 잘도 자랐다. 그래서 어느샌가 아주 거대한 욕심 덩어리가 되어 있었다.

칼라일은 아직도 이레나가 흑색의 철 갑옷을 입고 처음으로 자신을 구해 주러 왔던 날을 또렷이 기억하고 있다.

—저와 결혼해 주세요, 전하.

우습게도 자신에 대한 기억은 새까맣게 잊어버렸으면서 다짜고짜 결혼을 해 달라고 제 발로 찾아왔었지.

'……내가 어떤 심정인 줄도 모르면서.'

칼라일이 창밖으로 내려다보이는 프리지아 궁을 보면서 자조적인 미소를 짓고 있을 때였다.

뒤편에 조용히 서 있던 제너드가 누군가에게 보고를 받자마자 나지막한 목소리로 말을 건넸다.

"전하, 블레이즈 영애께서 황궁으로 들어오셨다고 합니다. 이쪽으로 모시라 했으니 곧 올라오실 겁니다."

"알겠다."

칼라일이 대답을 마치고 창문에서 몸을 돌리려는 순간이었다.

벌컥!

그의 방문이 거칠게 열리며 잔뜩 상기된 표정의 이레나가 안으로 들어왔다.

생각지도 못한 방문에 제너드가 떨리는 목소리로 그녀를 불렀다.

"아, 아가씨."

이레나의 뒤편에도 헐레벌떡 그녀를 쫓아오는 다른 시종들의 모습이 보였다.

"전하, 아니…… 카릴 왜 그때 말하지 않았죠? 황궁에서 처음 만났을 때, 저한테 황태자 전하라고 밝히지 않으셨잖아요."

생각지도 못한 말에 순간 칼라일의 푸른 홍채가 조금 커졌다.

하지만 그는 이내 기꺼운 표정을 지으며 서둘러 제너드와 문밖에 서 있는 다른 시종들에게 명령했다.

"다들 나가 있어."

"네, 전하."

그의 말 한마디에 모두가 부리나케 바깥으로 나갔다. 어느새 칼라일의 넓은 방에는 단 두 사람만 남게 되었다.

"저한테 왜 말 안 하셨어요?"

이레나는 여전히 억울하다는 표정으로 칼라일에게 따져 물었다.

칼라일은 그런 그녀의 모습을 음미하듯이 오랫동안 쳐다보았다. 아주 먼 길을 돌아 드디어 만나게 된 느낌이었다.

"이제야 날 기억해 낸 건가?"

"그날 전하라고만 솔직히 밝혀 주셨어도 이렇게 기억하는 데 애를 먹진 않았을 거 아니에요."

투덜거리는 이레나를 칼라일은 즐거운 마음으로 바라보았다.

사실 그날 이레나가 자신을 구해 주지 않았더라도, 결국 칼라일이 죽지만 않았다면 그녀에게 돌아와서 청혼을 했을 것이다.

아마 무슨 수를 써서라도 이레나를 가지고 싶어서 안달이 났겠지.

'그대가 그토록 소중히 여기는 블레이즈 가문을 내 손으로 무너뜨려서라도 그대를 가지고 싶다고 말하면…….'

이레나는 도망갈까?

〈다음 권에서 계속〉